媳婦好粥到

3

風 文創 1022

踏枝 著

目錄

第二十一章

到了買糧這日，侍衛們帶著鎮上的老油條文二老爺，再點了周掌櫃和他同行。

一行人下山到了寒山鎮，直奔各大米鋪。

鎮上的大型米鋪就兩家，一家是大興米鋪，另一家則居然恰好關了門。

侍衛們得了命令不能明搶，還得表現出禮待百姓的模樣，所以在拍了許久不見人應門後，只得離開。隨後，一行人便到了大興米鋪，這是文家自己的鋪子，此時店內還有其他客人，文二老爺直接讓文沛豐把客人都請走了。

「我家的米最好了，童叟無欺！」文二老爺奸商本質發揮得淋漓盡致，舌燦蓮花，恨不能把自家的大米誇上天。

侍衛們哪裡懂什麼米？看著店裡放的米確實潔白如雪，加上這店鋪又是文家的，因此稍微檢查後就讓人裝車。

也不巧，有一麻袋米沒有綁緊，從裡頭掉出來一些，有侍衛上去綁緊口袋，聞著覺得不對勁，說：「這米怎麼有股奇怪的味道？」

文二老爺笑道：「小大人不懂，這天氣潮啊，米、麵這些哪裡禁得住放？稍微一受潮就變味了。」說著他又看向侍衛統領，輕聲道：「受潮大米價格低，這個差價嘛……嘿嘿。」

都知道這文二老爺蠅營狗苟的，很上不得檯面，但正是因為他上不得檯面，所以當初撤離時，隆慶帝特地沒讓文大老爺跟在態度尚不明確的老太爺身邊，只讓人把文二老爺帶上。

「咱們五五分帳，您看怎樣？」

這點小錢，擱從前在京城的時候，自然是入不了侍衛們的眼。但時移世易，他們的身家都還在京城呢，正是缺銀錢的時候。那侍衛統領也是爭取了好久才謀到這個肥差，文二老爺這話正好撓在了他的癢處。「三七，我七你三。」他斜了文二老爺一眼，也不說同意不同意，只催促一眾下屬道：「出門在外，哪裡講究得了這些？別說受了點潮，就是發霉了，災年的時候百姓不也一樣吃？」

和大多數人一樣，侍衛這種不辨菽麥的人，根本不知道其中利害。

「哎呀，行吧行吧！」文二老爺那冒著精光的眼睛裡滿是肉疼。

兩人一拍即合，後頭文二老爺又帶他們一行人買油，還捎帶回去好些個酸菜和木耳，自然品質也沒那麼好，但是越差的東西，差價越多嘛！

最後一行人運糧回山上，看守關卡的士兵也收了打點，加上獵犬也沒做出聞出毒藥的反應，就痛快地放行了。

於是這天傍晚，灶房裡就接收到了這一批「新鮮」食材。

顧茵檢查過後心裡鬆了口氣，但凡這群皇城裡出來的人懂一些門道或者不肯收賄賂、剛正一些，計劃都不會順利地進行到這一步。但到了這一步還不算結束，難的還在後頭——要把這些食材處理得沒有異味，讓人渾然不覺地吃下。

「掌櫃做酸菜雞肉粥可好？這天怪冷的，晚上喝點熱呼的也舒坦。今天好像還看到買了些木耳，炒個肉絲最好吃不過了。」顧茵當著尚膳太監的面詢問周掌櫃。

周掌櫃又看向尚膳太監。

尚膳太監正吃著顧茵孝敬的豬油渣下酒。從前他只負責給皇帝傳膳和試毒，出去都是小太監們一口一個「爺爺」伺候著，如今倒是成了半個灶房的人，日日圍著鍋臺轉悠。他疏懶地擺擺手，道：「你們自己決定就好。」

整雞切塊後放入蔥、薑、料酒醃製一刻鐘去腥，豆腐跟香菇切片，馬鈴薯切成條塊。之後大鍋燒油，放蔥跟蒜爆香，放入酸菜翻炒，等炒出香味後加水煮沸，放入醃製好的雞肉塊，再放香菇和馬鈴薯條、大米。

熬粥這個交給顧茵來，她判斷火候是一絕，熬到出鍋前再放上一些豆腐，熱滾滾的酸菜雞肉粥就做好了。

同時，周掌櫃也炒出了一大鍋木耳炒肉——那木耳事先已經泡過，送到山上後又再由他們浸泡了半下午，此時已經變得膠質綿軟，但周掌櫃一身本事不輸顧茵，又用大火快炒，再放一些香料，不論是外觀還是香味，都和普通木耳沒有區別。

「今天小娘子和周師傅倒是不藏私了。」尚膳太監聞著灶房裡的香味，嚥了嚥口水。

「咱家也有些餓了，正好先吃一頓。」

顧茵卻不能讓他吃這個，若先把他吃出個好歹來，外頭的人還怎麼吃？「您哪兒用吃這大鍋飯？」顧茵笑道：「我們給您另外做些精緻的。」顧茵對著周掌櫃使了個眼色。

周掌櫃便再次放酸菜下鍋爆香，放入雞塊爆炒。

同時，顧茵下了碗放足了雞肉的雞湯手擀麵。

那酸菜炒雞配著清爽可口的雞湯麵，把尚膳太監哄得眉開眼笑。

沒多會兒，侍衛們就來傳膳了。

這次輪到來抬吃食的兩個侍衛，邊走邊抱怨。「兄弟們從前在京城不說炊金饌玉，那也是吃香的、喝辣的，何時淪落到這種地步？」

他們所謂的淪落，也就是隆慶帝給他們制定的兩菜一飯，有葷有素的標準。

別說行軍打仗了，就是一般的富戶百姓都沒他們吃得好。光說那木耳一樣，就是一般百姓都吃不起的。但在他們看來，這樣的待遇儼然已是一種折磨了。

「你少說兩句。」同行的人肘了他一下，同時不禁感嘆道：「今天的飯菜好香啊！」

「大人們都辛苦了。」周掌櫃笑著，和往常一樣和他們一道去分發吃食。

一般的軍隊紀律嚴明，便是用飯也有規矩，但這群皇城來的公子哥兒自然不講究那些。

聞著今天格外香的吃食，眾人都比平時多要了好些。肉粥多、木耳少，所以這些木耳最後大部分還是呈送到了暗衛那裡，他們才是如今營寨裡最受皇帝器重的人。

而灶房裡，顧茵又心急、又害怕，卻偏還要笑著應對那尚膳太監。

這時，高大的身影在門口出現，顧茵一見了他，心裡立刻鬆了口氣。

喝得半醉的尚膳太監瞧著好笑，打趣道：「妳這相好倒是來得巧，肯定是因為今天妳做的飯菜格外香，把他給勾來了呢！」又對青年招手道：「別在門外站著了，快進來吧！」

青年看到顧茵發著抖的手，第一次逾矩地牽了上去。

他的手乾燥而溫暖，那溫暖從指尖一直傳到顧茵心裡。

她的掌心帶一點薄繭，顯然是日常做活之人的手，但手柔弱無骨，他甚至不敢用力，生怕一不小心就把她弄疼。

這樣的舉動自然是親密了些，但都知道他們的關係非比尋常，便是尚膳太監瞧了都只是笑笑沒出聲。

青年牽著她坐到灶膛前的小板凳上。

顧茵的指尖漸漸恢復了溫度，也不再打抖。

就這樣安靜地坐了大概兩、三刻鐘，周掌櫃從外頭回來了，對著他們點頭示意，表示飯食都已經分發出去。

顧茵對他微微招手，讓他也坐過來。畢竟一會兒若是有人中毒，第一個懷疑的肯定是吃食有問題，要找他們兩個廚子的麻煩，而待在青年身邊，則是最好的保障。

周掌櫃自然過去了，結果看到兩人緊扣的手，他臉沈了沈，就那麼看著。

顧茵這才反應過來自己竟一直沒鬆開青年的手，連忙放開。
青年手裡一空，倒是沒說什麼，只是照常添柴火燒灶。
顧茵也覺得有些害羞，起身又下了碗酸菜雞肉麵，遞到青年手裡。
又過了一會兒，外頭突然傳來此起彼伏的痛喊聲。
「怎麼回事，我肚子好疼！」
「我想吐……嘔！」
「你們這是怎麼了？吃壞了嗎？」
有人在進食的一個時辰裡立刻發作出來，有人則尚無反應。
外頭亂成一片，尚膳太監聽到喧鬧聲旋即嚇得醒了酒，站起身問道：「發生何事了？都是一樣的吃食，怎麼有人吃壞了？」他狐疑的目光落到顧茵和周掌櫃身上。
就在這個時候，青年放了碗，霍地站起身，同時身上突然發出「卡卡」幾聲響，只見他每走出一步，身形就高大一分，眨眼間，他身形暴漲，整個人竟比之前還高大魁梧不少！
「你你你……」尚膳太監嚇得跌坐在地，指著他，連句完整的話都說不出，最後被青年一記手刀放倒。
「跟我走。」
三人喊上袁師傅，從後門離開灶房。
外頭果然亂成了一片，青年又早就摸熟了山頭上的明崗、暗哨和地形佈置，遇上阻攔的散兵，也都讓他兩三下給放倒，一行人很快從小道來至了半山腰。

此處再往下，就是青年日常打水的地方和禁衛軍設置的進出關卡。

「你們在這裡躲一下，我去接文老太爺。若是有人追來……」

「你快去吧，若是有人來，我們往山裡跑。」顧茵說完又抿了抿唇，道：「你自己小心些！」

換上了侍衛服飾的青年眼光一柔，頷首之後就快速離開，一路趕到文老太爺的屋子。

可惜人算不如天算，這日隆慶帝突發奇想，把老太爺召到自己身邊，又商量起復國大計。這下子是再不可能在不驚動隆慶帝的情況下，把文老太爺也送出營寨了。青年當即就返回灶房，把灶房裡還暈著的尚膳太監扔了出去，然後將屋裡的油全部倒出，點燃了灶房。

這天無雨，火遇油燒得很快，就在煙升起之際，山腳下的義軍前頭部隊看到這臨時充當狼煙的信號，便齊齊往上進攻。

此時隆慶帝這邊，他本來正和文老太爺說著話，突然下頭的人來報，說一眾侍衛及不當班的暗衛中，有半數人都出現了肚疼、嘔吐的癥狀，這癥狀來得又急又快，還有不少人直接昏迷了。

「這是中毒了?!」隆慶帝慌張地站起身。「如何被下的毒？為何有人中毒，有人無事？」

下頭的人自然給不出答案。

隆慶帝又道：「剛過夕食的時辰，速把那廚子緝拿住！」

還不等人去，便有人來報，說灶房走水，燒起了大火，這下子是不用去拿人了。

隆慶帝再讓人去滅火，不久後又有人來報，說山下有叛軍來襲！

隆慶帝心中一慌，內傷發作，嘔出一口血，氣息虛弱地道：「叛軍有多少人？再探再報！」說著他轉頭看向文老太爺。「老大人，您看……」

文老太爺一直鵪鶉似地在旁邊縮著，此時被隆慶帝點了名他才站起身，哆嗦著嘴唇道：「聖上騙得老臣好苦啊，您之前肯定是受傷了！您別急，咱們人多勢眾，必不會讓那亂臣賊子得逞……」說完，文老太爺踉蹌兩步，又暈倒了。

文二老爺日常都在老太爺身邊的，不過他近不得隆慶帝的身，只和普通宮人一樣站在門口伺候著，見狀立即喊了起來。「爹啊！我的親爹啊，您可別嚇唬兒子啊！」

文二老爺嚎喪似地嚎起來，嚎得本就身體不適的隆慶帝越發難受，他一揮手，宮人自然把文二老爺的嘴堵上了，後頭他乾脆讓文二老爺陪著老太爺去一邊歇息。當然，這種時刻他是不放心讓老太爺離開自己視線的，所以就還和他在一個屋子裡。

就在這個時候，外頭傳來了打鬥的響動。

青年雖換上了侍衛服，但能進出皇帝屋子的侍衛都是熟面孔，因此他剛接近就被人發現了。不過因為去吃過飯食的人都多多少少受到了影響，尤其是那些個武藝高強的暗衛，吃木耳吃得多，就算現下沒發作出來，但打鬥過程中氣血上湧，好幾人立刻就發作出來。

高手過招，差之毫釐，失之千里，兩刻鐘不到，青年就破門而入。

「護駕！」大太監率領一眾宮人擋在隆慶帝跟前，尖細的聲音劃破長空。

「又是你！」隆慶帝雖然沒見過青年的真容，但是觀他比常人高大許多的身形和那拳勢，就已經把他認出。

一干宮人雖不會武，但處理他們也需時間，這個時間足夠暗衛跟進來了。

電光石火之間，文老太爺和文二老爺從旁邊的椅子上一躍而起。

「你走！」文二老爺到底是個壯年男子，比他爹的動作還快一步，立即把站在最後頭的隆慶帝用力往前一推，正好推出了宮人的包圍圈。

隆慶帝往前踉蹌幾步，青年同時逼近，長臂一伸，鐵鉗子似的大掌已經扣上了隆慶帝的咽喉。

「文大人，你……你們！」隆慶帝憤恨地盯著生龍活虎的文老太爺，他也不算太蠢，自然想通了其中關竅。

「走！」青年並不和他廢話，扣著他的咽喉就把他帶出了屋子。

這下子自然是更沒人敢靠近了，只敢綴在數十步開外。

青年挾持著隆慶帝，帶著文老太爺和文二老爺去了半山腰。

躲起來的顧茵和周掌櫃、袁師傅也立刻出來和他們匯合。

就在這個時候，半山腰的關卡讓義軍衝破，他們一行人馬帶來了一輛簡陋的馬車。

馬車自然是為文老太爺準備的，他這段時間故意吃了讓身子發虛的藥，能走到此處已經是掛在文二老爺身上。

「上車。」青年言簡意賅。

文二老爺立刻攙著老太爺上了車，周掌櫃和袁師傅兩個也趕緊跟上。

「你自己小心。」顧茵說話的同時也進入了車廂。

車廂簡陋，後面並無遮擋，顧茵坐在最後頭，恰好可以看見外面的景況，只見烏泱泱的、看不清數量的侍衛都在逐漸向這裡聚攏。車廂周圍的義軍也不過一、二百人，而青年挾持著隆慶帝落在最後，魁梧的身軀擋在車前，竟有一夫當關、萬夫莫敵之勢。

「春水鎮的精銳應當快回來了，你帶他們走！」青年吩咐義軍中領頭的白皮小將。

「將軍不可！」小將堅持道：「讓兄弟們護送他們離開，我在這裡陪你！」

其他將士也紛紛應和。「不走，我也願和將軍奮戰到底！」

吵嚷中，一支利劍帶著破空聲從侍衛身後射出，目標正是挾持著隆慶帝的青年！

青年眼力過人，在利劍射出時就洞察了先機，然而他不能用隆慶帝擋箭，雖然他們都盼著這狗皇帝死，但若是眼下他死了，他們這些人自然成了甕中之鱉；另一方面，若是他側身躲開，則利箭射中的便是他身後坐在車廂最後頭的顧茵。

幾乎是本能反應，赤手空拳的他馬步下沈，微微側過身子伸手一抓！那由勁弓射出的利箭自他掌心劃過，從他握成拳的手中穿過，直到把他整個手掌穿爛，終於讓他抓住了箭羽，而箭尖則恰好落在顧茵眼前，上頭沾染的鮮血甚至濺射到了她的臉上。

青年將利箭擲在地上，沈著臉將隆慶帝拉在身前，對著一眾禁衛軍挑釁一笑。

「不許放箭！誰再放箭，朕誅他九族！」隆慶帝嚇破了膽，方才那冷箭距離他可就一臂的距離，但凡這醜臉賊子心狠一點拿他作擋箭牌，他可就沒命了！

青年接著吩咐同行之人道：「都走，違令者軍法處置！」

那小將還要再爭辯，回過神來的顧茵已經抽出一個將士的佩刀，扔到青年腳邊，然後立刻坐到車轅上，抖動韁繩。「駕！」

馬車駛動，義軍中人只能跟上。

「放他們離開。」青年用腳尖踢起那佩刀提在受傷的手上，架到了隆慶帝咽喉處。

「咳咳……」隆慶帝吐出一口血，揮手道：「放行！」

包圍他們的禁衛軍立即讓開一條路，顧茵為首的一行人很快離開了。

因為離開的快，前往春水鎮埋伏的禁衛軍精銳還沒趕回，出了關卡後就暢通無阻。

「天色將暗，道路難行，來不及至寒山鎮，你們最近的據點在何處？」她詢問領頭的小將。

那小將恨恨地瞪她一眼，雖沒應她，但還是從馬上跳下，躍到車轅處，搶過了韁繩，帶著他們往據點去了。

顧茵也乾脆進了車廂。

車廂裡，文二老爺正哭喪著臉道：「爹啊，您可害死我了！您不是說只要騙他們買點壞米，吃壞肚子，咱們就能乘機離開嗎？您也沒說您和義軍是一夥的啊！」

文老太爺啐道：「光讓他們吃壞肚子，咱倆一老一弱的就能跑了？都和你說，你不早就露餡兒了？再說了，你現在知道抱怨了，剛不是你把小皇帝推出去的嗎？怎樣，現在知道怕了？」

文二老爺撩開車簾，看了看外頭才一、二百人的模樣，哭道：「爹啊，您糊塗啊！他們就這麼點人，就算人家禁衛軍只剩一千，也不夠他們打的啊！」

「把嘴閉上！」文老太爺氣呼呼地瞪他一眼。

顧茵聽著他們父子說話，整個人雖然還是緊繃著的，但起碼不再發抖了。

一行人趕了大概兩刻鐘的路，突然，後頭響起了成片的馬蹄聲。

青年攔著隆慶帝縱馬而來，而他身後則是上千追兵！

「快走！」年輕小將面上一喜，喝道。

馬車的速度一下子加快，在馬車附近跟著跑的周掌櫃和袁師傅也讓其他人提到馬上。

文老太爺身上沒有半點力氣，歪在車壁上，猛地一加速，他整個人往後摔去，眼看著就要掉出車廂！

顧茵趕緊伸手把他拉住，然而她力氣也不大，連帶著自己也差點要摔出去。

關鍵時刻，文二老爺奮力往前一撲，雙手把文老太爺拉住！

顧茵另一隻手還有抓扶，老太爺坐穩之後她自然也就安全了，然而文二老爺卻直接從車廂後頭撲了出去！

「老二——」文老太爺急得破了音。

「爹啊，您可真是害死我了！」翻滾出去的文二老爺哭叫道：「您記得給我多燒點紙錢，一定要多燒點，我怕不夠花啊！」

話音未落，青年縱馬趕到，伸手提起文二老爺的脖領，再反手一甩，直接把文二老爺甩到了自己的馬背上。

這單手提人的力氣實在駭人，嚇得文二老爺顫巍巍地道：「將軍可悠著點，別把我撕了！」

等青年縱馬趕到馬車旁，又一把將文二老爺塞進車廂，隨後他再次抖動韁繩，帶著隆慶帝走了另一條路，追兵自然被他引開。

顧茵一行人順利下山，趕了大概一個時辰的路，天色暗得伸手不見五指，終於到了義軍暫時的落腳點。那小將又帶著人出去接應，顧茵則扶著文老太爺和嚇得快尿褲子的文二老爺下了車。義軍暫時的據點十分簡陋，就是一間已經斷了香火的荒郊破廟。

顧茵一手扶一個，扶著他們進了廟宇正殿，從角落拉出兩個蒲團，讓老太爺和文二老爺歇下，然後她看到殿內正中間搭置的簡易灶臺——就是柴火堆上頭放個架子，架子上掛著一個陶鍋。

顧茵取用了殿中放置的火摺子，生起了火。火生起來後，她又向人問了水缸的位置，端著陶鍋去取水、燒水，還要了一些青菜和米。

看守正殿的士兵見她這樣，氣憤地和同伴道：「這小娘子心忒狠，我們將軍捨生忘死地把他們救出來，到現在還沒個下落呢，你看她這悠哉遊哉的模樣，太氣人了！」

「算了，你管她呢！咱們將軍主要是為了救文老大人，救他們這些百姓也就是順手的事。不過你說的也沒錯，怎就燒水做飯了？餓死鬼投胎？確實氣人！」

熱水很快燒滾，顧茵放了青菜和大米，熬起了菜粥。

她隨身帶著調味罐，加上手藝非凡，很快地正殿內就縈繞著食物的香氣。

「我餓了，我陪著我爹和那狗皇帝說話，還沒吃夕食呢！」文二老爺緩過一陣後，哆嗦著腿從蒲團上爬到顧茵身邊，扯了下她的衣袖。「給我先盛一碗吃。」見顧茵沒動，文二老爺嘟囔道：「怎麼了，妳也嚇傻了？」

屋外忽然雷聲大作，豆大的雨滴噼哩啪啦砸在地上，雨幕大得遮天蔽月。

文二老爺驀地被嚇得打了個激靈，抬眼望去，這才看到顧茵已經淚流滿面。她下半張臉上的鍋灰都被淚水沖刷乾淨，淚滴從下巴處像斷了線的珠子般落下，砸在地上。文二老爺被她一聲不吭、淚如雨下的模樣嚇到了，再不敢要吃要喝。

大雨傾盆而下，晚些時候，那小將帶著人冒雨趕回。

外頭喧鬧起來，一眾將士都在問青年的消息，顧茵也倏地站起身，站到了門邊。

然而令人失望的是，小將再回那山上已經尋不到青年的蹤跡了，且春水鎮的精銳禁衛軍也趕了回去，憑他們幾人並不能再衝破關卡，一行人且戰且退，總算是在沒有減員的情況下全身而退。

「怎麼還有吃食的味道？這當口你們還有心思吃飯？」小將恨鐵不成鋼地喝道。

「不是我們，是將軍救的那個婦人弄的。」

小將瞪向正殿門口，他可沒忘了那婦人當時迫不及待離開的模樣！

顧茵並沒有察覺，只是微微垂首，靜靜地站在那兒，厚重的劉海把眼睛完全蓋住。

「不管他們，兄弟們照常巡邏把守，等到天亮，咱們再派人出去搜尋接應。」

眾人紛紛應是，都回到自己的崗位上。

而顧茵依舊站著，她自己也不知道站了多久。

一直站到天邊泛起魚肚白，雨勢漸小，殿內的文二老爺都傳出均勻的呼嚕聲了，才聽到外頭將士的歡呼聲。

「將軍回來了！」

青年蓬頭垢面，渾身是血，臉上那塊貼合的胎記也掉了，露出了側臉靠近耳蝸處一道拇指長的紅色疤痕，沾染上鮮血後，那疤痕紅得越發奪目。

他推搡著前仆後繼要往他身上撲的眾人，爽朗笑道：「嚷什麼？怎麼，見不得老子回來？」

一眾將士都紅了眼睛，簇擁著他入內。

進得那破廟，入眼處則是火光躍動、一室溫暖的正殿，門口安安靜靜地立著個窈窕的身影。荒郊野外，夜風獵獵，將她那不合身的衣裙吹得衣袖鼓鼓、衣袂翻飛，好像隨時要隨風而去一般，青年不自覺地放慢了腳步。

「你回來了？」她輕輕地問，聲音裡還帶著沙啞。

「嗯，我回來了。」他亦輕輕地答。

「我給你留了熱粥，你喝一些吧。」

「好。」青年跟著她進屋。

簇擁著青年進來的士兵們反而不好意思跟了。

更有人奇怪地嘟囔道：「奇了怪了，我怎突然臉紅了？」

「我也是，反正感覺不該在這裡待著。」

那年輕小將也耳朵發熱，開始趕人。「都走都走，幹自己的事去！」

顧茵用手背擦了擦眼睛，蹲下身開始舀粥，帶著些鼻音道：「熬了好久，火候肯定是不對的，但是先吃一點暖暖肚子吧。」

青年又輕道一聲「好」，等熱粥端到手裡，他幾口就喝完了一小碗。「好喝。」是真的好喝。

當時他挾持著小皇帝，被逼至一處懸崖，前無去路，退無可退。不過幸好，那裡他也去過，依稀記得下頭有許多藤蔓。他伸手擰斷了隆慶帝的脖子，在對方來不及呼救的時候將之扔往反方向，同時縱身躍下。他身形魁梧，下落的勁道更比常人大，即便是雙手抓住藤蔓，也是下落了十幾丈才勉強穩住了身形。後頭山上的禁衛軍開始放箭，同時從其他山道下來搜尋，他只能改變路線，從另一處爬上去。

夜色昏暗，他身上也有不少傷，力有不逮的時候，也不知道怎麼的，就想到事發之前，顧茵給他煮的那碗麵，熱滾滾、香噴噴，雞肉軟嫩，酸菜酸得恰到好處，若是在這冷冽的風雨交加之夜能吃上一碗，那是何等的快活？眼下雖沒有那樣的麵，但一碗簡單的菜粥也讓她烹調得很是可口。腸胃一熱，青年舒服地喟嘆出一口長氣。

「我當時、我當時……」顧茵深呼吸一口，不知道該怎麼解釋。

「妳做得很好。」青年溫聲道：「比他們都好。」他也不擅長誇人，頓了頓又乾巴巴地道：「妳比他們都聽話，若是男子，妳肯定是個好兵。」

文老太爺在旁邊聽了，差點沒笑出聲。

「你身上的傷……」聽他沒有責怪，顧茵的目光落在他端碗的手上。

他雙手都皮開肉綻，尤其是抓利劍的那隻手，更是血肉模糊。

「疼嗎？」

「不疼。」

顧茵無奈地看他，這是把她當孩子騙嗎？

青年彎了彎唇，笑道：「好吧，是有一點疼的。」

兩人都狼狽得很，一個臉上、身上盡是血跡，活像從地府裡爬出來的惡鬼；一個髮髻散亂、臉上又白又黑的，卻是一起都笑了起來。

「咳咳！」文老太爺清了清嗓子，先轉頭看向青年。「你先去包紮傷口，她做的飯是仙丹妙藥嗎？能治你的傷？」又對顧茵道：「聞了一晚的粥香，妳不知道給我盛一碗來吃？」

兩人被他說的分開了，青年去找人包紮傷口上藥，顧茵則還留在殿內。

顧茵又舀出一碗菜粥送到老太爺跟前。「您餓了早說呀！」

文老太爺呼嚕著熱粥看她一眼。傻子也瞧出顧茵之前不對勁了，而且當時青年未回，他也沒心思吃飯。「妳這樣不行，」文老太爺嚥下一口熱粥，問：「他姓甚名誰？有沒有家室？妳打聽清楚沒？」

「沒、沒啊。」顧茵聲如蚊蚋。「萍水相逢，我打聽那些個做甚？」

「妳說打聽這些個做甚?!」文老太爺急得直瞪眼！那青年看著二十好幾了，這個年紀早該成家，更可能是幾個孩子的爹了！顧丫頭雖然嫁過人，但總不至於給人做妾啊！

顧茵被他瞪得不敢抬頭。

「一會兒妳閉嘴，我來問！」文老太爺恨鐵不成鋼地把空碗塞回了她手裡。

「嗯……」顧茵的聲音越發低，和蚊子哼哼沒差別。

然而不等後頭老太爺再找青年說話，外頭晨光熹微的時候，撲簌簌地飛來了一隻信鴿。

青年帶著未包紮完的傷口及尚未清洗的一臉血跡，快步進了來，道：「援軍來了，我們要去攻打清淨山，你們先回家！」

顧茵攙上文老太爺，文老太爺再把睡得不知今夕是何年的文二老爺喊醒，帶上周掌櫃和袁師傅，一行人輕車簡行地由那白皮小將護送，踏上回寒山鎮的歸途。

臨分別前，青年看著顧茵，顧茵也正好看向他。

「你……」顧茵張了張嘴，千言萬語到了唇邊，最後只說出一句。「保重。」

一行人天亮出發，路上並未遇到舊朝的人，終於在當天夜裡趕回了寒山鎮。

那白皮小將為首的義軍中人並未久留，把他們平安送到文家大宅門口就立刻轉頭離開。

文家值夜的家丁看到文老太爺和文二老爺完完整整地回來了，高興得像過年了似的。

文大老爺聽到響動，就立刻出來了。

都深夜的時辰了，他還穿得整整齊齊的，顯然是還擔心得沒有就寢。

看到文老太爺被家人接進府裡，顧茵他們也準備回顧宅了。

然而馬車剛掉頭沒走多久，就遇到了提著個燈籠尋過來的王氏。

「我家大丫呢？」王氏看到坐在車轅上的周掌櫃和袁師傅，如同當時看到文二老爺掉下車的老太爺一般，急得都破音了。

「娘，我在這兒呢！」周掌櫃勒停了馬車，顧茵撩開車簾，探出頭。

「唉，妳別下來了！」王氏小跑著上前，手腳並用地從馬車後頭上了車，把顧茵從頭到腳地摸了一遍，然後緊緊攥著她的手，連聲道：「回來就好、回來就好！」

顧茵的手被她捏得生疼，卻也不呼痛，只問王氏。「娘怎麼知道我們回來了？」

王氏解釋道：「就隔著一條街，我正和忠伯在門口說話呢！」至於自己為什麼這麼晚還守在家門口，自然還是在等顧茵，怕她哪天回來了，忠伯年老耳背，沒及時給她開門。

兩家確實離得不遠，說話的工夫，馬車就停到了顧宅門口。

顧茵和王氏、周掌櫃下了馬車，袁師傅則趕著車自己回家去了。

顧宅門口，不只忠叔在候著，宋石榴、武安、顧野、徐廚子和他兩個小徒弟，甚至田氏母女都沒睡，一聽到響動全部迎了出來。

「娘！」

「嫂嫂！」

兩個小傢伙像兩顆小炮彈似的，一起衝了過來。

顧茵張開臂彎把他們接住，一人揉他們一把，而後看著顧野笑道：「怎麼打扮成這樣？」武安沒怎麼變化，只是高了些，也瘦了些。顧野卻是大變樣，穿著那件黑漆漆的大斗篷，套著帽兜，還學顧茵一樣剪厚劉海、抹鍋灰，像又經歷了一次流浪一般。這要是走在路上，顧茵還不一定能一眼把他認出來呢！

「想和娘一樣嘛……」顧野帶著鼻音，甕聲甕氣地說。

自從他有了娘以後，就沒有和娘分開過這樣久。有時候顧野也很害怕，怕自己會像不記得小時候的事那樣把娘的模樣也忘了，所以他才堅持這般打扮。

那就是說，之前他也是這個樣子去山上打探她的消息？那麼將軍見到他這樣，會不會覺得這對母子倆真是醜得如出一轍？這麼想著，顧茵不由得彎了彎唇，後頭看到眾人都笑著出來迎自己，她更是眼眶發熱。「人這麼齊啊？怎麼大家都沒睡？」

「唉，師父回來就好、回來就好……」徐廚子捂著臉，哭得像個孩子。

田氏母女雖然和顧茵接觸得最晚，但此時也是一起嗚嗚咽咽地哭了起來。

「人都回來了，還哭個啥？走走，都進屋去說話！」王氏指揮著大家進去，但她自始至終都沒鬆開顧茵的手，顯然心情並不如表現出來的鎮定。

武安和顧野就別提了，跟黏在顧茵身上似的。她到了正廳被王氏按著坐下，兩個小傢伙也不找地方坐，就還一左一右地靠在她身上。

王氏又招呼著宋石榴出去，兩人很快從廚房過來，一個端著清水，水盆裡放著柚子葉，另一個端的則是燒著炭的火盆。「來來，跨火盆！剛進來的時候忘了，現在再跨過！」

顧茵雖然不相信這些，但是看到王氏早就備好了，還是依她的話跨了火盆。

後頭王氏又用柚子葉蘸水在顧茵頭上、身上都打過，再把柚子葉遞給周掌櫃，讓他也在自己身上拍打一通，最後又擰了帕子遞給顧茵。「先擦擦，這水是乾淨的。」

宋石榴在旁邊道：「老太太每天都燒柚子水，早中晚各燒一回，這水是晚上才燒好的。」

顧茵擦了把臉，王氏又站到她後面，拿了把小梳子要把她那鍋蓋劉海給梳上去。

顧茵知道自家婆婆和她是一樣的，心緒不定的時候就喜歡找點事在手裡做著，所以儘管她一會兒肯定要再拆開髮髻沐髮，也還是任由她梳弄。

周掌櫃已經開始說這些天發生的事了。他們兩人雖然出去了一個半月，但其實情況並不複雜，也都是一開始負責做飯，最後參與了一下逃跑計劃。

「哎，我就知道妳那辦法肯定管用！」王氏又轉過身擦了擦眼睛。

當時青年和顧茵、文老太爺三人商量好之後，文老太爺負責把文二老爺騙住，讓他出面去和買糧的統領打交道，青年則託顧野傳信回寒山鎮。

王氏率領徐廚子和菜刀、砧板及文家一干人等不眠不休地齊齊幹活，總算是在約定的時間前，處理好了王家二老留下來的那些糧食。

說完話，時辰是真的不早了，王氏便打發大家先去休息。

「我有點餓，娘吃不吃宵夜？」顧茵說著話就要去廚房。

王氏把她拉住。「家裡有現成的，妳別忙活了。先沐浴，洗完再吃。」

不用顧茵再張羅，王氏就已和宋石榴一起打好了熱水，放置好了浴桶。

顧茵把灰撲撲的衣裙脫下，整個人泡進熱水裡，只覺得每個毛孔都熨貼起來，立刻舒服地嘆了口氣。在外頭一個多月，她不能像在家裡時一、兩日就洗一次，每次洗澡都像做賊似的，洗不到一刻鐘就得趕緊出來。洗完澡還不算，得立刻把鍋灰抹上，另外還要把身上的衣裙連夜洗了，趕上陰雨天，第二天早上衣服上身的時候濕氣簡直重得嚇人，也幸虧她是在廚房上工，坐到灶膛邊烘半上午也就暖和了。要不怎說在家千日好，出門一時難呢？

她靠在浴桶上，舒服得昏昏欲睡，後頭察覺到王氏輕手輕腳地進來拿走了她換下的髒衣服，又給她洗頭髮，顧茵也懶得睜眼，乾脆由王氏擺弄。

這麼懶著懶著，她還真睡過去了，連怎麼回床上的都不知道。

提心吊膽過了那麼些天，又趕了一整天的路，顧茵一覺睡到第二天早上。

外頭天色大亮，日光從窗槅處照進來，顧茵一醒先是立刻睜眼，反應是在家裡了，她才呼出一口長氣，又把眼睛給閉上了，但閉眼還沒迷瞪過去，顧茵察覺到似乎有人在看她。一扭頭，王氏和宋石榴、武安、顧野四個人都蹲在床頭，動作整齊劃一地雙手托腮看著她！

「這是幹啥？」顧茵好笑地伸了個懶腰。

「誰知道他們呢，都不讓人省心！」王氏站起身，捶打著痠軟的腿埋怨。

「奶別說我們，我們還睡了呢！」

「就是！」武安也跟著顧野小聲嘟囔。「嫂嫂不知道，我們昨天還睡了半宿呢，娘說陪妳沐浴，結果直接就待妳屋裡一晚上沒睡！」

「我還不想起，不然一起躺會兒？」顧茵說著話，就往裡靠了靠。她現在睡著的床是年前訂做的，就是仿現代樣式的實木架子床，不像現在大戶人家的床有那麼多的裝飾，卻很寬敞，足足有三公尺寬。

兩個小傢伙一聽這話，把外衣一脫，鞋一蹬，立刻爬了上去。

王氏和宋石榴沒上去，一個靠坐在床頭，一個靠坐在床尾。

顧茵知道他們還是擔心自己，乾脆再把之前發生的事說給他們聽。當然，青年和她之間發生的事她一筆帶過，沒有多說，只說自己偶然發現廚房的幫工是義軍中人，最後和他們合作，才和文老太爺他們平平安安地逃了回來。

雖然已經聽過一遍，但王氏他們還是聽得專心致志。

「那個醜臉叔叔，武功確實厲害。」顧野又往他娘身邊挨了挨。「等我長大了，我也會那麼厲害，保護娘的。」

「小野說啥醜臉叔叔？就是妳說的那個義軍將領？」王氏一下子來了精神。「不會是傳聞中那個……」

顧茵回憶起了分別前，他臉上貼合的胎記脫落，雖然一臉是血，還是讓人看不清真容，但靠近耳蝸處的那道凸起紅疤確實顯眼。「就是傳聞中那個，不過他是不會做那等殘忍事的。」說到這裡，顧茵忍不住笑起來。「那時候他裝作聾啞人，我還在他跟前唸叨，說只聽過手撕雞、手撕包菜的，就是不知道活人怎麼撕？」

「妳也忒大膽！」王氏伸手點了點她的額頭。「他們這樣的人打打殺殺，渾身的戾氣，可不是能隨便開玩笑的！」

「那個醜臉叔叔，還挺好。」顧野難得地誇人了。「武功厲害，人也不凶。」

「好啦好啦，不提那些晦氣的事了！」王氏擺擺手。雖然是新朝了，但是那傳聞中的惡鬼將軍實在嚇人，和那樣的大人物產生糾葛，對自家這種小老百姓來說並不是什麼好事。

後來王氏又催著顧茵休息。

在家裡一連躺了五日，一直到這天前線傳來捷報，說趕來的三千義軍已經把舊朝的禁衛軍給打敗了，只剩下一些餘黨往南邊竄逃。

這種天大的好消息傳來，沈寂了幾個月的寒山鎮百姓個個都激動得像過年似的。

田氏母女搬回了緇衣巷，周掌櫃和徐廚子、菜刀、砧板也住回了食為天後院。

顧茵閒不住了，喚來周掌櫃商量重新開業的事。春天的時候食為天就歇業了，眼下都六月了，等於半年過去，自家店鋪只營業了兩個月。

王氏雖然有心讓她再緩緩，但是之前檢查過，她身上一點傷口也沒有，就掌心有兩道淺淺的、被韁繩磨出來的血印子，加上這幾天看她狀態也挺好的，就沒攔著了。

正值盛夏，恢復營業這天，顧茵先是推出了去年夏天上市過的冰飲，這次不再只是冰過，而是可以直接加冰塊進去的，同時再次推出新品——刨冰。

這次的冰不是文二老爺囤的了，是去年冬天的時候她自家囤的。一個大地窖存便宜的河冰；另外一個小地窖，囤的則是可以入口的乾淨冰塊。後者價格委實不便宜，若不是囤這個，去歲盤帳的時候，食為天還能多出大幾十兩純利潤。光是為了這些冰，食為天也不能錯過夏天的生意。

有了可以入口的冰，刨冰製作就十分簡單了。整塊的冰用銼子剉成冰碴，客人可以根據自己的口味，選擇加西瓜汁、酸梅湯、奶茶或者只加了白糖的牛乳。

刨冰的價格不算親民，一小份二十文錢，若加的是牛乳或者奶茶，還得再加十文錢。加冰塊的冷飲也要比平時貴上幾文錢。但是這次都不用顧茵費心思宣傳，客人們自動就願意掏這個銀錢——她一開始被宮人從家裡請走的時候是白天，當時雖好多人不敢上街，但也有不少心繫自家安危、時刻關注廢帝動向的人家，所以顧茵前腳被帶去文家，後腳外頭就知道了。再後頭，廢帝離開寒山鎮，百姓們並不知道禁衛軍還在埋伏，只當雨過天晴，逐漸地恢復了從前的生活習慣。只食為天一直沒開業，顧宅大門也是緊閉，再去文家一打聽，這才知道她和周掌櫃、袁師傅一起被帶走了！

這種和廢帝相關的消息，對於日常沒有消遣的百姓來說，如同投入油鍋的水一般炸裂，經過這近兩個月的發酵，那幾乎是無人不知、無人不曉了。

現在都知道，顧茵可是給皇帝做過吃食的廚子啊！

雖然那是潛逃出來的廢帝，但那舌頭肯定是刁鑽的，皇帝都願意帶在身邊的廚子，做出來的吃食二、三十文錢誰敢說貴？而且不只這個，百姓們並不知道寒山鎮差點遭到滅頂之災，因此還興致勃勃想藉此打聽前朝宮廷的事當樂子聽。

所以，自從六月重新開業，一整個月，食為天就再沒有一個空位。冰飲和刨冰賣得尤其好，畢竟那麼些人坐在一處，就算店內放了冰盆也燥熱得慌，吃一碗冰冰涼涼的刨冰或者一份放了冰塊的冷飲正好解暑熱。

這天營業結束，一眾夥計忙著打掃環境。從前食為天雖然人多，但清潔並不難做，現在人不僅更多，還來了個說書的，說的正是廢帝來到寒山鎮後發生的那些事。

那說書的還不是無的放矢，人家有正版授權的，所說內容都是文二老爺教的。

原來文二老爺聽人說食為天的客人多到無地下腳的地步，就瞅準了這個商機，領著說書先生來找了顧茵。聽說書肯定要給錢，一個人收五文錢，一天下來怎麼也能收入幾百文。

「二八分帳如何？」當時文二老爺拈著細細的鬍鬚詢問顧茵。「不然三七？」

雖然之前顧茵對文二老爺的觀感挺差的，但到底共過患難，而且這也是雙贏的事，也就應了下來。

這臨時的說書場一開，那真的是打早上還沒開門的時候，門口就開始排隊了，一天下來，店內的瓜子皮都快沒過人的鞋尖了！但是這瓜子點心也是食為天在賣，要打掃的東西越多，說明生意越好啊！所以誰都沒有覺得麻煩。

周掌櫃做完了手裡的活計，就去詢問顧茵擴大規模的事。

之前隔壁的鋪子說春末到期後不租了，但是春天後，朝廷改朝換代了，那戶人家就沒有先退租，等著看新朝的形勢。後頭新朝的政令頒布，稅收成了人人可以接受的程度，便又把生意做起來了。現在不能直接盤下隔壁的鋪子，想擴大規模，一是重新選址，二則是選擇大一些的地方開設分店。

新朝政令是鼓勵商業的，周掌櫃還聽說朝廷收繳了一大批從前被貪官權宦昧下的產業，那些產業許多已經尋不到舊主，正在以極公道的價格對外開售、放租，這可正是個好機會！

這事擱從前，顧茵比誰都積極，但這天周掌櫃和她說，她卻有些分神，眼睛落在門口。

也得虧周掌櫃和她親近，並不生氣，只是欲言又止道：「東家還是……還是別等那位了。」

「誰說我等他了？」顧茵收回亂飛的思緒，笑道：「掌櫃說的這事其實我還在考慮，選址畢竟是大事，州府和京城都是不錯的選擇，不過兩地我們都知之甚少。」

周掌櫃忍不住心道：我還沒說等的是誰，妳就直接回答了，可不就是心裡還記掛著？但是他也怕說多了惹人煩，所以沒再提這遭，而是道：「我覺得京城更好一些，我畢竟是京城人士。說來有些慚愧，離開故土這些年，到了這個年紀，已經有些牽掛了。」

京城嗎？顧茵垂下眼睛。其實她也覺得京城更好，天子腳下，一國中心，而且不論何朝何代，沒聽說過發生動亂的時候京城百姓會遭殃的。從前她覺得寒山鎮就很好，這次才發覺在這個消息並不靈通的時代，位置偏遠的小城有多被動。

可若是去京城，不就是和那人在一個地方了？顧茵也不知道自己在糾結什麼。六月中旬聽說義軍就已經大獲全勝，班師回朝了。那人就從寒山鎮附近經過的，就算當時他有軍務，不方便來見她，如今已經又過去大半個月，即便回京述職，也該騰出手腳來了吧？

她也不是要和他做什麼，只是覺得兩人的關係到底有些不同，報一聲平安總是要的。到底是她自己單方面的自作多情了，還是和文老太爺擔心的一樣，那人已有家室，所以……

也是趕巧，他們昨天剛提到京城，今天文老太爺就派人來接顧茵了，說的也是去京城的事。

文老太爺雖然是舊朝之臣，但這次受了義軍的恩惠，等於無形中接受了對方的橄欖枝。而且他現在想通了，給誰做臣子不是做呢？管他是誰當皇帝，總不會比想著屠城的豬狗不如的隆慶帝更差了。他是老了，可還有文大老爺、文琅兩代，眼下正是起復的好機會。

文老太爺準備過完八月十五就上京，詢問顧茵要不要同行。

顧茵便說道：「實在是巧，周掌櫃昨兒個也和我說到去京城開店的事。」

站在一旁的文二老爺聽著他們的對話，先嘿嘿笑起來。

老太爺從前不愛搭理他的，自從這次回來，覺得他性子雖然歪了，但根上沒壞，還是想給他矯正一下，就時常把他帶在身邊。但這一帶，文老太爺也沒少和他生氣。

就像前頭文二老爺忙忙碌碌的，嘴裡時常唸叨什麼舊朝、新朝的，文老太爺還當他是經過大事後突然開竅了，但仔細一問，他居然是在編話本子找人說書賺銀錢！

一天賺幾百文，一個月下來也就二、三十兩銀子，還要分三成給顧茵，但因為做的是無本買賣，可把文二老爺給樂壞了。

二、三十兩對現在的顧茵來說都不算一筆大數目，對文家更別說了，不值一提的小錢。文二老爺都四十了，若不是文家男兒都成婚晚，現在他都是該當祖父的人了，如今卻因為一點小錢樂得尾巴都快翹到天上了，可不是讓文老太爺恨鐵不成鋼？

聽他一笑，文老太爺就沒好氣地問他笑啥？

文二老爺立刻止住笑，嘴角卻還是止不住地上揚。「不笑啥，就是覺得爹說的對。」又對顧茵道：「顧娘子別猶豫了，京城是好地方啊！妳這好手藝，怎麼能只拘泥在這小小的寒山鎮？合該去京城那樣的地方大放異彩才是！」

話是好話，但配合著文二老爺那老鼠偷油似的笑，就顯得很不對勁。

顧茵無奈道：「就算是真去京城了，現在的食為天也不會歇業的。」寒山鎮是她穿過來後，第一個給她溫暖的地方，不管以後把生意做到哪裡，這裡都是她的家鄉。而且前頭在家裡歇著的時候，閒來無事，她和周掌櫃盯著徐廚子和他兩個小徒弟苦練基本功，如今他們師徒三個已經可以獨當一面了，就算在他們走後，也可以把店裡平價快餐的生意撐起來。

這話一出，文二老爺臉上的笑立刻垮了一半，那可是他想了兩年的鋪子啊！不過幸好，他爹和大哥他們要回京城去了，家裡的祖產還是要回到他手裡！文二老爺的嘴角剛要上翹，卻又聽見文老太爺沒好氣地說——

「你管顧丫頭退不退租呢？反正你們一家子也是得跟我回京城的！」

「我不去！」文二老爺急得拔高了聲音，一看到老太爺臉色鐵青，他眼珠子亂轉，又立刻描補道：「爹和大哥、甚至大姪子回京都是為朝廷效力，要辦大事的！我去幹啥？在家裡空口吃閒飯，我可做不出那樣的事。我留在這兒打理祖產挺好的……」他每說一句，文老太爺的臉就黑一分，最後文二老爺的聲音越來越低，直到再不敢說下去了。

當著顧茵的面，文老太爺沒再責罵他，但卻是打定主意一定得把他帶走的！

從文家出來後，顧茵也不擰巴了，她本來就不是鑽牛角尖的人，不就是京城嘛，去看看唄！看看鋪子，也看看那個人。真要打聽清楚了對方沒那個意思，或者有家室了，就不再糾結了。京城又不是什麼小地方，一輩子再不見面也是能做到的。

而且顧茵已經做好了最壞的打算，把這種從未萌生過的感覺歸於「吊橋反應」，想著本就是萍水相逢，又不是多深厚的感情，終歸會歸於平淡的。

回家後，顧茵就把中秋後要和文老太爺一道上京，去考察新店的事宣佈了。

王氏一聽這話，第一反應就是正好！前兒個許氏和她說了，新朝大開恩科，許青川就要下場了。他準備了多年，考個舉人肯定是手到擒來，來年就要入京考進士了。這要是他去了京城，顧茵還待在寒山鎮，兩家八字還沒一撇的結親一事可不就泡湯了？眼下正好，再不用擔心那些了！

王氏和許氏兩個眉飛色舞地狂給對方打眼色，使完眼色兩人又齊齊笑起來，笑得嘴都合不攏了。

顧茵見了，難免要問她們在幹啥？再開一間店肯定不至於讓她們樂成這樣。

「沒啥！」王氏說。

這些天王氏發現顧茵老是走神，問她怎麼了，她也說不出個所以然。在請老大夫看過她，確定她沒有病痛後，王氏就猜著，應當是前頭的事影響了她——雖然顧茵說當時情況並不危急，但她是個報喜不報憂的性子，真有凶險也不願意說給王氏聽的。

想著這當口顧茵大概沒心思想那些，因此王氏眼下並不提許青川，只道：「那咱們回壩頭村一趟？正好中元節給妳爹他們倆燒點紙錢。」

因為不知道丈夫和大兒子的忌日，所以王氏每年都是在中元節燒元寶、紙衣給他們。畢竟在傳統觀念裡，中元節鬼門大開，即便是沒有墳塚的遊魂野鬼也能享用到家裡人燒過去的東西。而且王氏也打算在那天把她準備給顧茵尋親事的事，正式告訴他們父子。

顧茵早就和王氏說好要回鄉給武家父子立衣冠塚，自然沒有不應的。

商量好之後，七月初，顧茵拜託了周掌櫃看顧店鋪，一家子就從寒山鎮出發返鄉了。

雖然現在外頭都說新朝的軍隊把流匪都給清剿了，世道太平了許多，尤其是寒山鎮附近，義軍追剿過廢帝的，順帶把那些個毒瘤全摘掉了，更是安全，但為了保險起見，顧茵還是讓大家都換上了粗布衣裳，另外還給了一些銀錢，搭上了寒山鎮上鏢局的順風車，讓人送貨的同時把他們送回去。

鏢局的馬都是經過嚴格挑選的，腳程比一般的馬還快不少。當初他們從壩頭村到寒山鎮，走了一個多月，這次回去，才不過花了一旬的工夫。

七月初十，顧茵和王氏帶著兩個小傢伙，回到了既熟悉又陌生的壩頭村。

第二十二章

武青意從宮裡出來後，就回到了府裡。

新朝建立，正元帝封賞群臣，因他戰功赫赫，武家成了英國公府。不過國公之位不是他的，而是其父武重。

當年父子倆一起被徵召入伍，也是一起遇到義王。

武重不像自己兒子那樣天生神力，只是普通的莊稼人。不過他那會兒正當壯年，生了一副威武剛正的樣貌，一開始比那時候還是個毛頭小子的武青意還受到義王重用。

可惜戰場上刀劍無眼，三年前他為救義王受了重傷，又聽聞壩頭村被大水覆滅的消息，悲痛交加之下卒中，成了連說話走路都困難的病人，便從前線退居後方，日常起居都需要人服侍。

義王本是要將國公之位封給武青意的，是他跪求，堅持把國公位給了自己的父親。

父子倆都是沈默寡言的性子，武青意來請過安後，就沒話說了。

武重如今已經年近五十，半邊身子不索利，正哆嗦著一隻手在摺紙元寶。他摺得很慢，但也極有耐心，身邊已經摺好了一大堆。

相對無言，武青意乾脆也幫著一道摺，不過他手笨，速度竟沒比他爹快多少。

「春姑娘。」門口的下人齊聲問安。

一個身穿淡粉色繡紅色菊花交領褙子的女子進了來，她看著約莫二十出頭，容貌姣好，名喚沈寒春。

沈寒春本是一介孤女，但通醫術。因為她在動亂時偶然救了武重一命，後頭武重卒中，也是由沈寒春照料。

如今新朝建立，聽到她過來了，武重難免又想到一事。「寒春，婚事。」他嘴還有些歪斜，日常並不願意多說話，此時說完這幾個字，便看向武青意。

武青意明白他的意思，道：「爹放心，待我回來就去求見皇后娘娘，讓她為寒春指婚。」沈寒春救過他爹，又照顧了他爹幾年，如今天下大定，是該給她尋摸一門好親事，讓她以國公府小姐的身分風風光光出嫁。

他們父子是大老粗，不好和沈寒春說這些，所以說完這句，武青意也不再多言。

沈寒春端著湯藥進了屋，熟稔地先用手碰觸碗壁，確認不燙，才把湯藥遞送到武重面前。

武重用那隻正常的手接了湯藥，一飲而盡，然後繼續摺紙元寶。

父子倆無言地摺了好一會兒，終於把剩下的黃紙都摺完了。

武青意清點過數目，和之前摺的那些加起來剛好足一千個，便喊人來裝袋。

「早點去……」武重哆嗦著嘴唇，吐字艱難地說：「你娘她，耐心不好。」

天下初定，父子倆最掛心的，自然還是多年前葬身於洪水的家人，早就說好要回鄉尋找他們的墳塚。當然，這是好聽的說法，其實父子倆都清楚，他們肯定是屍骨無存的。所謂尋墳塚，不過就是假裝他們還在家鄉罷了，其實就是要造新墳。

武青意頷首，走到門口又折回來，稟報道：「我回鄉後還要去別的地方略作停留，已請示過陛下了，所以今年的中秋……」

父子倆從不過節的，武重點頭表示知道了。他方才說了那麼幾句話，口水已經滴到了嘴邊，是以只擺擺手讓武青意儘管去忙。

沈寒春跟著武青意出了屋，武青意察覺到了就放慢腳步，用眼神詢問她是不是有事情要說。

這種眼神沈寒春太熟悉了，上輩子的她在武青意身邊待了一輩子，武青意就是用這種和看花花草草、山石樹木沒差別又波瀾無痕的眼神看了她一輩子。直到上輩子她死前，讓人傳話求武青意見她最後一面，他還是這副模樣，眼神裡不帶任何一絲情緒。

可那時她仍然傻，還帶著希望問他「將軍一生未娶，是不是心裡對我……對我還是有些不同的」，然而即便是她行將就木了，武青意卻連騙都不想騙她，直言道「不是」。

她含恨而終，恨自己傻、恨自己癡、恨自己當年不該愛上他，沒想到再睜眼，她又回到了自己青春年少之時。

那年她爹娘先後沒了，被兄嫂逼迫著給鎮上的老員外沖喜，便從家裡逃到野外。

一介孤女沒有生計難以生存，恰好義軍的軍隊就在附近駐紮，正缺人手。

上輩子的她就是在這時候去了軍營，憑藉自小採摘草藥賣錢從而能分辨草藥的本事，成了軍醫的學徒，後頭才在軍中認識了武青意——彼時他已經是高高在上的一軍主將，而她不過是個醫術不怎麼精湛的小小醫女，身分之別如同雲泥之差。

重活一世，她的醫術早就在軍醫之上，立刻就受到了重用，還治好了一名當時奄奄一息的傷將。後來她才知道，她救的竟是武青意的爹——上輩子在這會兒已經傷重不治的武重。

鬼使神差的，一個詭譎的念頭在沈寒春的腦海裡冒了出來——若她成了武重的繼室，成了武青意名義上的母親，是不是對武青意而言，自己就可以成為不可忽視的存在了？

為了這個目的，她衣不解帶地照料武重，終於將他從鬼門關前拉了回來。

可惜武重到底是不該活的人，後來他偶然聽說壩頭村遭遇洪水的事，又突發了卒中，差點直接去了，還是她盡心盡力地救治，這才讓他苟活到現在。

天下初定，她憑藉功勞和醫術本是可以像上輩子那樣進宮做醫女的，但這輩子的她有了照顧武重的由頭，就還留在武家。

武重日漸離不開她，也不曾趕她，沈寒春已經在籌謀等機會向皇后求恩典，讓她賜婚，想來到時候武重並不會拒絕。儘管嫁的是個老邁的廢人，但想到武青意再見她時得面容恭敬地喚她一聲「母親」，沈寒春心裡就有說不出的暢快！

她知道，他這次出行會遭遇刺客，受到重傷。他後來終生未娶，便是因為這次傷到了不可對外人道的部位，且極為嚴重。

但是沈寒春並不打算提醒他，若是提醒他了，豈不是他以後還要再娶別人？

雖然上輩子她努力了半生，都沒能把他這塊冷石頭捂熱，她自覺別人也做不到，但她並不想改變這件事，要是有個萬一呢？

她重活這世，絕大多數的事情都沒變，卻也有變數。比如上輩子武青意雖也是去追剿廢帝，但此行並不成功，他只行刺了一次，卻沒把廢帝殺死，後頭被逼著從廢帝身邊離開，回到義軍中和廢帝舊部正面交鋒，中間還發生了屠鎮的慘禍。之後廢帝一路南逃，把屠鎮的事嫁禍給義軍，在南邊占地為王。一直到那位……那位回來了，親自掛帥出征，把廢帝斬於刀下，曝屍三日後又將其挫骨揚灰，才算是結束了新朝和舊朝之爭。

這輩子她雖不懂為何會發生這種改變，但卻更不敢貿然改變局勢，去賭那個萬一。萬一他沒受傷，續娶了別人，那可不是她想看到的局面。

所以，她只是壓住笑意道：「早去早回。」

武青意微微頷首，逕自離開。

清點完要帶回鄉的東西後，武青意讓隨侍等待著，便去了府中別院。

別院住著一名老者，正是武青意的師父。

這老者是藥王谷中人，過了一輩子閒雲野鶴的生活，無奈當時正值戰亂，朝廷節節敗退，缺醫少藥的時候竟把主意打到了藥王谷上頭，是武青意率人擊退了他們，保全了藥王谷。老者知恩圖報，便出谷助武青意一臂之力。

武重能活到現在，雖然當時是靠著沈寒春盡心盡力地救治，但後續還是靠老者的本事。

「你來了？」老者正在擺弄自己新製作的小型天象儀。

「師父。」武青意喚完他後便跪了下去。

老者任由他跪了一刻鐘，才終於憋不住怒氣，把桌上的東西盡數往前一掃，氣呼呼罵道：「你還叫我師父？我叫你師父得了！」

一堆零零碎碎的東西甩到武青意身上，他並未閃躲，也不敢頂嘴。

「老子就沒見過你這種不知死活的傻子！我當初怎麼和你說的？現在當今根基淺，又正當壯年，可是他總有坐穩皇位、總有老邁的一天！那時候有救駕之功的你爹已經沒了，今上就算念著舊日情分，難道不給他兒子鋪路？」老者愈說愈氣，指著他破口大罵。「這次追剿廢帝，我怎麼和你說的？別打死，放他跑！只要留著他在，今上就還有用得著你的地方，日後不至於鳥盡弓藏……」老者喋喋不休地罵了他好一會兒，罵完又上氣不接下氣地道：「你啞巴了？我和你說話呢！」

武青意這才開口。「可是，廢帝意圖屠鎮。」若他不知道這些，或許真的會聽老者的話，留廢帝半條命，可一旦知道了，如何還能放任這樣的人繼續活在世上？

老者沒再言語，頹然坐下，惶惶然道：「別人的命是命，你的命就不是命了嗎？」

武青意沈著臉抿了抿唇，還是沒言語，顯然是並不後悔的。

「那就只能照咱們之前說的那樣了。」老者嘆了口氣。

當時他勸武青意放廢帝一條活路來保全自己，但師徒這些年，他還是頗了解武青意這人的——剛正過了頭，就算沒有事先知道屠鎮這件事，武青意有機會殺廢帝肯定也不會猶豫的。所以為了保險起見，他還給武青意另外想了一個辦法，就是找機會說自己受了重傷，不能人道，這輩子不近女色。一個沒有子嗣後代的臣子，又沒有兄弟、親族，自然就沒了造反的必要。就算今上日後變了心性，只要想到這個，即便奪權，也不會要了武青意的命。

看到自家徒弟又跟木頭似的不吱聲了，老者思索半晌，猛然站起身，不敢置信地問道：「你不會……不會已經有了心儀之人吧？」

武青意垂眼，算是默認了。

「那你待如何？」

「不如何。」武青意重新抬頭。「我再去見她一次。」

前些日子途經寒山鎮，他本是有機會去找她的，但是想到他師父對未來的擔憂，他便沒去。這些天，他在心裡告訴自己，雖她是寡婦，帶著個年幼的孩子，但他們母子都十分聰慧，尤其她還有一手不輸於御廚的本事，新朝政通景明，她必然可以活得很好。

可心底，到底有一絲不甘。

想再去見見她，問問她是不是真的過得好。這次回鄉，他必然是要再去見她的。

「想和師父討一樣東西。」

老者煩躁地擺擺手，讓他自己去庫房裡挑。反正他庫房裡絕大多數東西都是他這徒弟送的或者義王賞的，在外人看來極為珍貴的東西，於老者而言卻不值一文。

「我是想要……」

「隨便什麼都行，別煩我！」雖然當初是為了報恩，他才留在武青意身邊，但這些年如師徒父子一般相處，兩人的感情早就不可同日而語。如今知道他已經有心儀的女子，老者真是煩得不行。從前武青意心無所屬，也不想再成家，所以那辦法還算可用，但現在既知道武青意難得對人動了心，難道真要為了還沒發生的事情，讓他這徒弟打一輩子光棍？

可惜老者自詡是個通曉武藝、醫術、八卦、易容的全才，一時間也想不到別的法子。

為今之計，還是得先讓英國公武重活下去。武重當年重傷是為了救義王，傷得實在重，不然後頭也不會在不惑之年就卒中了。只要武重活著一天，就能提醒天下人一天，保佑英國公府的平安一天。武重的本事不如兒子，腦袋卻不算蠢笨，不然也不會以廢人之身苟活這些年，就是要保全兒子的意思。只可惜他也看得出，武重早就心灰意冷了，此種心境下，便是意志力非凡，對身體的恢復也是極為不利的，怕是也就這幾年可活了。

老者又開始翻看早就爛熟於胸的醫書，連武青意是什麼時候離開的都不知道。

後頭小藥童進庫房灑掃，沒多會兒就著急忙慌地跑過來道：「師祖！師叔把您那塊天外隕鐵拿走了！」

那塊天外隕鐵無堅不摧，是老者的心尖寶貝，從不給外人看的。也就是當年承蒙武青意搭救闔谷，老者曾忍痛提出過要把那隕鐵送給他，但武青意並不肯要，說自己不缺良兵利器，於是老者也就心安理得地繼續留著了。沒想到，他方才是要那個！

老者心痛地捂著胸口，只能安慰自己，徒弟武藝超群，那隕鐵到他手裡成了神兵利刃，也不算辜負了它。

壩頭村當年遭遇洪水後又重新建了村。

可惜的是，如今壩頭村的人和從前已經不是同一批了。

王氏不禁感嘆一聲物是人非，又再道一聲慶幸。真的是慶幸，當年要不是因為她們婆媳合力制伏了那賊人，又連夜逃走，怕是如今也都不在人世了。

他們從前住的地方已經有了一戶人家，但因為那位置並不好，所以新住的並不是什麼富裕人家，也只建了兩間茅草屋。

王氏是打算在這附近建衣冠塚，所以顧茵給了屋主二兩銀子當作補償，並借來屋子暫住一旬，那家人毫不猶豫地就先搬走了。

距離中元節還有好幾日，因此一家子就先住下，先找人在茅草屋後頭的山上挖兩個坑，再去訂做石碑，等到中元節前把石碑送過來，再填土合墳。

王氏的心情明顯不好，摺元寶的時候感嘆道：「當年走得匆忙，只帶走他們一人一件衣裳做個念想，沒想到後頭發大水，啥都沒有了。」

顧茵和兩個小傢伙都幫著她一道摺，顧茵聞言就勸慰道：「沒事，咱們多給爹他們裁兩身新衣裳，這舊衣服少些也不礙事。」

「哎！」王氏先是笑了笑，又忍不住擦了擦眼睛。「也是妳爹他們沒福氣，不知道妳後頭會有那麼好的廚藝，都沒能吃上一口。」

顧茵說這也不難。「雖然茅草屋簡陋了點，但我們出來的時候不是帶著菜刀傍身嗎？我還有隨身帶著的調料，做些飯食總是不難的。」顧茵說著就去拆包袱，要找裡頭的菜刀。

她一動，兩個小傢伙也跟著動了起來。

自從上次顧茵離家月餘，回來後兩個小崽子有事沒事就去瞧她，還有更過分的，顧茵去上茅房，他們也在門外等，把王氏看得笑死了。至於王氏為什麼會看到，當然是因為她也時不時就去瞧自家兒媳婦啊！她也促狹，從寒山鎮出發前，在顧茵的粗布衣裙上縫了兩根長帶子，帶子的另一頭就繫在兩個孩子腰間，這下子真成了把孩子繫在褲腰帶上。

顧茵都要笑壞了，不過從寒山鎮到壩頭村路途遙遠，外出謹慎些總是好的，便也就由著王氏把他們繫上了。

現在到了村子裡，那繫帶自然被拆下來了，但是兩個小傢伙都養成習慣了，便還跟著她團團轉。

王氏抬眼見了兩條「小尾巴」，忍不住又噗哧一聲笑出來，心裡那些悲傷的情緒總算被沖淡。

「娘……」顧茵無奈地看她。

「哎！」王氏應了一聲，又招呼武安和顧野說：「來和我摺元寶，老跟著她幹啥！」

顧茵找到菜刀後，又數了幾十文錢出來，去村裡買了些雞蛋和蔬菜，還託人第二天去趕集的時候幫自己捎帶一些肉。等到她回來的時候，那狹小的茅草房裡已經堆滿了紙元寶。

王氏找來麻袋把紙元寶都裝上，搖頭苦笑道：「當年我生青意的時候，真的是吃盡了苦頭，差點就一屍兩命。再懷武安時，我怕自己熬不過來，還和妳爹說，要是我走在前頭，讓他也不用費銀錢給我準備什麼祭品，每年摺一千個元寶在下頭就盡夠花的，沒想到如今倒是我年年給他摺了。」

「這不止一千個了娘。」武安小聲提醒。

王氏斜他一眼。「咱家條件好了，不得多給你爹、你哥燒點？你小子怎比我還摳搜！」

「不是摳搜，是您讓我計數嘛！」武安知道他娘心情差，不是真的罵自己，就只是小聲地解釋。「現在是兩千五百三十六個。」

「那再摺會兒，」顧茵坐回小板凳上。「給爹他們湊個整數。」

最後，一家子摺了四天元寶，足足摺了三千餘個，但是誰都沒抱怨一句辛苦。

就連顧野，他一開始都不知道這趟來拜祭的是誰，也沒有任何的不耐煩。

七月十四，趕工了四天的兩塊大石碑送來了。

看到「武重」和「武青意」兩個名字，王氏忍不住又紅了眼眶。

顧茵心裡也酸酸的，雖然從前就知道武家父子沒了，但那會兒和他們沒什麼感情，現在因為王氏和武安，她也把他們父子當成一家人了。

墳塚合上之後，當晚王氏沒睡，就坐在兩個墳頭上發了一晚上的呆。

武安也沒睡，他正在努力地給他爹和他哥哥寫悼文。雖然他才開蒙沒多久，但是早就想好要給他們寫，已經打了很久的腹稿，因此再落筆的時候就寫得很快。

顧茵和顧野乾脆也沒睡，顧茵處理食材，準備第二天好好做一頓祭飯，顧野則去陪著他奶奶。

等到天邊泛起魚肚白，正式到了中元節這天。

王氏讓陪她坐了半宿的顧野進去歇會兒，自己則進屋先拿出一麻袋元寶，去了路口開始燒。這叫路祭，在傳統裡是先燒給四方遊魂的，怕他們搶自家人的錢。

王氏口中唸唸有詞道：「都有、都有，誰都別搶。」

等到在路口燒完，王氏才拖著空麻袋回家。沒走兩步，遠遠的，她就看到一個高大的身影站在自家新立好的墓碑前。儘管那個人的身形是王氏沒見過的高大，但那種熟悉的感覺……當母親的不會認錯自己的兒子！她手裡的空麻袋掉在地上，發出一聲輕響，那人立刻轉頭過來。他戴著半邊面具，但晨光熹微下，另外半邊露出來的臉還是既熟悉又陌生。

王氏先是一喜，第一反應是以為兒子活著回來了，但很快就清醒過來，村子和自家舊址就一條路，她剛就在路口，根本沒看到人過來，而且方才那一聲輕響，一般人怎麼可能隔著十幾丈還能聽到？這是……這是鬼魂上來了啊！

「大大大大大……」王氏哆嗦著嘴唇，大ㄚ兩個字怎麼也喊不出，最後才尖叫出聲道：「媳婦啊！有鬼啊！」

武安已經寫好了祭文，剛走到門口就聽到他娘一聲尖叫，立刻衝了出來。他先看到了一個極為高大的人影，一身玄衣，還戴著半邊面具，神色晦暗難明，一看就不是什麼好人。

「嫂嫂，救命！」嫂嫂手裡有著家裡唯一的菜刀！

話音未落，聽到王氏尖叫的顧茵抄著菜刀也衝出來了。中元節大早上鬧鬼？想也知道是有人裝神弄鬼！哪裡來的無恥鼠輩，敢在他們門前裝神弄鬼?!

「不許欺負我娘！」剛回屋躺下休息的顧野趿拉著鞋子也衝出來了。

眨眼的工夫，一大兩小就從屋裡竄了出來，不過兩個小傢伙都沒再衝過去，讓顧茵拉住了。她已經認出了眼前的青年，雖還不明白情形，但起碼知道他不是壞人。

武青意掃過他們一眼後就繼續看著王氏，淚水在他剛毅的臉上蜿蜒而下。

八年的時光，說長不長，說短也不短。八年足以讓他們從青澀的少年成長為另一個人；而對於顧茵和武青意這樣的青年來說，八年的光陰只在她臉上留下了溝壑和滄桑。

王氏這樣的年紀，八年的光陰只在她臉上留下了溝壑和滄桑。眼前的親娘，雖然打扮窮苦，面容也老了一些，但看著極為精神，整個人都呈現出一種年輕的朝氣，是他夢裡都不敢設想的模樣。「娘……我回來了。」

他聲音粗礪喑啞，聽在王氏耳朵裡，她又喜又駭然，閉眼道：「兒啊，人鬼殊途，現在還是大白天，你可別出來嚇人啊！」轉頭看到顧茵他們沒動，王氏又顫著腿兒要往他們那邊靠，邊顫聲說：「你們是不是看不見他？嗚嗚……快來扶我一把，我可能是一晚上沒睡，腦子糊塗了。」

看她真嚇得不行了，武安立刻答道：「娘別怕，我們看得見的！他不是鬼。」

「你們能看見、不是鬼就好……」王氏都走到他們跟前，離那兩塊墓碑遠遠的了，聽到這話才猛地站住腳，又驀地轉頭，不可置信地道：「兒……你沒死?!」她話還沒說完，就已經踉蹌著跑了過去，武青意也快步伸手迎她，母子倆抱在一處，王氏慟哭道：「你這沒良心的兔崽子、龜兒子！沒死還這麼久才回來，老娘都要傷心死了！」

武青意安安靜靜地任由她罵，後頭又聽她語無倫次地罵道——

「老娘每年給你們父子摺那麼些元寶都白摺了，全讓你爹在下頭一個人花了！他那個老不羞的，多得了那麼些銀錢，也不知道上來給老娘報個夢，肯定是在下頭討小老婆了……」

「娘……」武青意失笑，眼前這個的確是他如假包換的親娘。「爹也沒死啊！」

王氏終於不罵了，訥訥地道：「他怎也沒死？」

這話聽著委實不像好話，不過在場的都是和王氏親近之人，都知道她沒有咒武爹死的意思。

「當年我和爹雖是被朝廷徵召入伍，但還未入軍，就遇到了義王，成了義王座下將領……」武青意慢慢地說起了當年的事，最後道：「爹如今被今上封為國公了，就是身子不大好，卒中了。」

「卒中好、卒中好！」王氏又哭又笑，有啥比人活著還重要呢？至於兒子說的啥國公，王氏也沒聽懂，反正就是戲文裡的大官就對了！這下子自家真是否極泰來了，王氏作夢都夢不到這種好事！激動之下，一夜沒睡的王氏暈了過去。

武青意面色一沈，立刻把王氏抱起，大步跨進茅草屋裡。

「我去請大夫！」顧野立刻跑出了家門。雖然到了壩頭村才幾天，但他一如既往的閒不住，早就把村子裡的狀況都摸清了。不到兩刻鐘，顧野就牽著一個大夫回來了。

鄉野之間自然沒什麼好大夫，好在王氏身體強健，根本沒什麼事，大夫給她診脈的時候她都開始打呼了。

「沒事，就是睡過去了。」大夫說完就離開了。

屋裡眾人也都放下心來，看王氏睡得香，顧茵便帶著兩個孩子出了屋。

武青意最後留了一留，確認屋裡的娘和這一切都不是他幻想出來的，這才鬆了一口氣。隨後，他的眼神落到屋門口。他想到自己方才看到的婦人和小孩，雖心神動盪之際沒仔細看，但也知道那是他的幼弟和他的髮妻，還有一個五、六歲的小不點口口聲聲喊他的髮妻為娘。他離家八載，哪裡來的五、六歲孩子？何況當年他和髮妻成親本就是權宜之計，根本沒有夫妻之實。不過他當年說過，自己去後就讓她自行發嫁，想來應該是改嫁了。

時移世易，他已經不太記得八年前她的模樣了，只記得她打小嬌怯膽小，只敢縮在人後，沒想到如今都敢揮起菜刀了。他揚了揚唇，起身出了屋。

顧茵已經進灶房去了，準備了一夜的吃食可不能浪費，雖不用做祭飯了，但可以做團圓飯啊！

兩個小崽子正在屋門口小聲說話。

「那是你大哥啊？」顧野心裡有一點點酸酸的。他也認得醜臉叔叔那半張臉，他挺佩服對方的，還想著再見面時要和對方結拜呢，卻沒想到對方竟是武安的親大哥。武安又不練武，這麼好的大哥，給他多好啊！

武安樂得人都傻了，點點頭道：「是啊，是我大哥！」發現到顧野的口氣不對勁，武安又道：「是我大哥，也是你爹啊！」

顧野搔了搔頭。「可又不是他生我養我的，怎麼就是我爹了？」

「唔……」武安想了想，解釋道：「和娘在一起的，就是爹啊！」

顧野還是搖頭。「我還是不想要爹，我只要娘。」

武青意出屋的時候，剛好把他們的對話聽到了耳朵裡。聽著他們的意思，這孩子好像是沒爹的？是大丫改嫁的男人死了嗎？還是別的？他面色一凝，出屋詢問背對他的顧野。「你娘呢？」

見到他出來，平素話不多的武安格外熱情，立刻搶著回答。「在灶房！」

顧野的情緒本就有些低落，聽到武安回答了，他也懶得吭聲了，還蹲在地上。

武青意對武安笑了笑，接著去尋顧茵。

家裡就這麼大，顧茵早就聽到他們在外頭說話了，餘光也一直留意著門口。她彎了彎唇正要說話，卻看他只是走到門口就站住了腳，與她隔著半邊沒開的門板。冷不防的，顧茵聽他問道——

「孩子他爹呢？」

怎麼問起這個？顧茵前後連貫一想，便猜到他是誤會了。

見她久久沒有言語，武青意自顧自地嘆息一聲。「我明白了。這些年妳也不容易……」儘管髮妻改嫁了，可也奉養了婆母好些年。家裡條件實在是差，他肯定不能讓他們繼續留在這裡。「你們隨我上京，之後的和離書——」

「剁」一聲，顧茵手裡的菜刀插在了砧板上。「來，你現在就寫，我們當場和離！」

這聲音委實熟悉！武青意立即抬腳進屋，再定睛仔細看去，只見面前的顧茵雖然身穿著粗布衣裙，卻是雪膚花貌、杏眼瓊鼻，尤其一雙眼睛，說是燦若星辰也不為過。「妳……怎麼是妳？」

顧茵剛剛還有些生氣的，怎麼也沒想到再見面，他竟是武家的武青意，更沒想到他張口就提和離的事！但聽了這話，她也懵了一瞬。「是我啊……」

「是妳很好。」武青意突然笑起來，略顯凶戾的面容瞬間柔和下來。「是妳就好。」

剛才跟著武青意一道來灶房的武安見狀不對，已經跑回屋裡，搖著王氏道：「娘，別睡了！大哥和嫂嫂好像不對勁。」

王氏睏得不成，上下眼皮像黏在一起似的睜不開，只嘟囔道：「他們能怎樣？睏死老娘了，你別煩我……」

武安道：「我也不懂，就是大哥說啥『和離』，然後嫂嫂就不高興了，菜刀都插砧板上了呢！」

王氏立時爬起來下了炕，也不穿鞋，抄起鞋子就出去了！

「武青意！老娘真是給你起錯了名，怎麼生了你這麼個無情無義的東西？死兔崽子，翅膀硬了，當個什麼將軍了不起是吧？你娘還沒死呢！想和離，老娘抽死你！」王氏抄著鞋底板，抽在了武青意的身上，立刻在他的玄色勁裝上留下幾個灰撲撲的印子。

眼看王氏拿著鞋底板就要往武青意臉上抽去，偏他也不敢躲，全家唯一一個明白人顧茵趕緊出聲喊道：「娘先別打！有誤會，有話好好說！」

儘管顧茵出了聲，但以武青意對他娘的了解，他娘是不會停手的。別說是他們這樣當晚輩的了，就是從前他爹也都是勸不住他娘的。然而出乎他意料的，顧茵一出聲，王氏還真就立刻停手了！

「娘先別生氣，您剛剛可是暈過去了呢！」顧茵輕聲細語地說著話，上前拿走她手裡的鞋，放到她腳邊，又攙扶住她的一條胳膊，把她往屋裡帶。「猛地起來頭暈不暈啊？」

王氏把鞋子趿拉上，又「哎喲」一聲。「妳不說還好，這一說我還真有點犯暈呢！」婆媳倆已經轉身進了屋，察覺到武青意沒跟上，顧茵又對他招招手。

武青意神情一鬆，笑著跟上了。

王氏坐回了炕上，武安給她倒了水，她一口喝完了，顧茵就帶著孩子們都先出去，讓他們母子留在屋裡說話。

王氏喝完水後，氣順了不少，但看向武青意的時候，臉色還是不大好。「來，這位大將軍，和你親娘說說，你剛回家就想和奉養了婆母、照顧了小叔子的髮妻和離，是怎回事？」她的語氣裡滿含威脅，顯然若是他還敢提和離的事，她就還拿鞋底板抽他！

武青意輕咳一聲，尷尬道：「不和離了，我以後會把那孩子當親生子。」

「本來就該當親生子，我也把小野當自家孫子看的……」王氏也不蠢笨，一下子就反應過來，反問道：「等等，你幹啥特地說這個？你是以為大丫改嫁生娃了？」這話說完，武青意雖沒吭聲，但王氏一瞧他的反應就知道自己沒猜錯。「想啥呢？小野是咱家收養的，還和大丫姓顧呢！」王氏好笑地輕聲道：「但這話我就說一次，小野和親生的沒兩樣！」

收養的？武青意微愣。

看到他又鋸嘴葫蘆似的，王氏又有些手癢，但想到顧茵還在外頭，就只是壓低聲音問：「你聾啦？聽到我說話沒有？給個反應！」

「是！」武青意立刻應道：「是我想錯了，娘別生氣，我再不提和離了。」

說完他也有些暈乎了，樂的！所以髮妻不僅是當初在廢帝身邊和自己患難相共的女子，更不曾有別人！

「親母子生啥氣？」王氏不以為意地擺擺手，又道：「你在這兒待著，我去跟你媳婦解釋。」知道他嘴笨，王氏怕他說多錯多，穿好鞋又出去了。

灶房裡，顧茵還在做菜，王氏洗了手就去幫忙。

「兒啊，別生氣，娘替妳揍過他了。」王氏恨恨地道：「真要生出個陳世美，老娘就當兒子沒了！不過方才真是誤會一場，他剛進屋就說不和離了，以後把小野當親生兒子看。」

「娘沒和他說小野不是咱家親生的嗎？」

「說了。他先那麼說了，我聽著語氣不對，就說小野是咱家收養的，然後他就更傻了，也不知道在那兒傻樂什麼勁？小時候看著挺機靈的啊，怎麼今天像個傻子似的……」

顧茵也跟著笑起來，她其實已經猜到是怎麼回事了。

當時在廢帝身邊，雙方都易容變裝，加上多年未見，根本沒想到眼前人會是自己名義上的另一半。後頭她見過他除掉胎記的面容和解除縮骨後的身形，今天再見，光是憑藉那與常人不同的魁梧身形，她都能把他認出來。但是武青意沒見過她本來的模樣，今天他也確實心緒激動，眼神始終死死落在王氏這親娘身上，沒認出她倒也算情有可原，所以方才他聽到她說話，才會那般驚訝地說「怎麼是妳」。

「他真的一進屋就說不和離了，要把小野當親生子？」也就是說，他在不知道顧野是收養來的之前，只知道她是他名義上的那個妻子，就已經不想和離了。

「是啊，我不剛說完嗎，妳怎又問一遍？」王氏奇怪地看著也笑得眉眼彎彎的顧茵，嘟囔道：「完了完了，一傻傻倆！」

「娘去歇著吧，一會兒吃飯我喊您。」顧茵用胳膊肘撞撞她。

王氏也確實睏，看灶房活計不多，就聽話地回屋去躺著。

武青意還在屋裡，眼神卻留意著門口，王氏一進來，他就站起身。

王氏指著他道：「是咱家祖上積德，也是你小子運道好，得了這麼好的兒媳婦，大丫沒和你生氣。」

武青意面上一鬆。

爬上炕的王氏又道：「過來，娘給你撣撣灰。怎樣也是個大將軍，一身腳印忒難看！」

武青意乖乖地坐到她身邊。

王氏伸手為他撣衣，一撣就發現不對勁了。武青意的衣裳是半乾的，初時她以為是晨間的露水，後來發現自己掌心變紅了，才知道是血！「兒啊，你這是受傷了?!」

武青意說沒有。「不是我的血。」

之前圍剿廢帝的時候，武青意就發現不對勁——他們的大部隊永遠追不上廢帝的腳步，就好像對方事先知道他們什麼時候急行軍，什麼時候停留補給一般。

這自然是身邊出了朝廷的細作。

所以他堂堂一軍主帥，才選擇隱姓埋名、易容換貌，潛伏到廢帝身邊行刺殺之事。

後頭回到京城，武青意自然得把身邊的細作揪出來，其實大概是誰，他也心裡有數。這次歸鄉，他特地沒帶自己的心腹，只選擇了那幾個可疑的部下。那細作也察覺到了他的懷疑，出京城沒多久就動了手。雖對方早有準備，埋伏於路上，最後還是武青意略勝一籌。

但到底還是耽擱了一些時日，想到臨出京前，爹再三交代不能誤了七月十五的時間，武青意便一人先行趕回，想著在這天先把家人的墳塚立上。

對親娘，武青意沒什麼好隱瞞的，只略去了中間和細作周旋及真刀實槍打鬥的過程。

「爹也給娘摺了好些個元寶，不過他們腳程慢，想來得晚上才能送到。」

王氏不以為意地擺擺手。「人都活著，還要啥元寶？讓他們就地扔了燒了就行，也省得來回跑。」

說完這話，她就讓武青意脫衣裳。這大兒子打小就是個遇事不和人說的，王氏就怕他受了傷也瞞著。

武青意就將衣服脫到腰際。

王氏仔細檢查過，他身上確實沒有新傷，但是看到他身上和胸前縱橫交佈著的舊傷，王氏還是不禁紅了眼睛，心痛道：「哎，我兒福大命大！」

就在這時候，顧茵端著菜餚進了屋。「娘，吃飯了！」入眼，她就看到一副極為精壯的軀體，膚色黝黑、肌肉遒勁、猿臂蜂腰，雖帶著不少舊傷，卻不至於讓人覺得可怖，反而增添了令人心驚的野性。

武青意立刻紅著臉提上衣裳，轉過身整理衣襟。

「對不起！」顧茵掃過一眼就立刻轉過身。

兩人背對背的，誰都不敢先轉身。

王氏都被他倆的動作整懵了，見兩人的耳根子紅得都要燒起來一般，她才出聲道：「這有啥？沒事沒事，來開飯了！」

確實沒啥，從前在碼頭上擺攤的時候，苦力們沒那麼講究，穿個開襟背心敞著胸脯的比比皆是，顧茵作為穿越人士，見了也不會大驚小怪。方才就是他見到她進來的時候，一下子慌亂起來了，才把她也帶得奇奇怪怪的。

這麼想著，顧茵先轉過身了，把托盤放到桌上。

武青意也有些尷尬，他和顧茵算是從小一起長大的，從前在家的時候沒那麼講究，打著赤膊在家劈柴也有過，有什麼好慌張的？他自己都不大明白。

菜餚十分豐富，酥炸鯽魚、粉蒸肉、油燜鮮蘑、千層蘿蔔糕、草菇蛋花湯，另外還有一鍋熬了一晚上的雞湯。雞湯上的浮油都讓顧茵撇去了，澄澈清洌卻又香氣撲鼻。

兩個小傢伙也拿來碗筷，一家子落坐吃飯。

那雞已經熬到骨酥肉爛，筷子一插就能分出肉來。

「娘先喝碗湯。」王氏不年輕了，一晚沒睡，之前還暈過去了，顧茵還是有些擔心。

王氏睏得沒什麼胃口，但還是用雞湯泡飯吃完了一碗飯。

一家子都熬了夜，顧茵其實也吃不下，但是好在武青意對她做的飯菜依舊買帳，看著他那享受的吃相，顧茵也吃了半碗飯。

吃完後王氏就往炕上躺，還招呼顧茵道：「你們仨昨兒個也沒睡，別忙活了，碗筷都放著，我起來了再收拾。」

武安和顧野也都睏得不行，飯桌上一句話也沒說，抱著飯碗都直迷瞪眼睛。

顧茵就把他們的飯碗都收了，讓他們也和王氏午睡去。

半邊屋子就只剩下顧茵和武青意兩個。

「妳也去睡吧。」武青意看到她眼睛下面的青影。「我守著你們。」

他的聲音依舊是令人安心的沈穩醇厚。兩人共過患難，也見到過彼此落魄時的模樣，因此顧茵也不同他客氣，碗筷一放，就跟著王氏他們和衣躺下了。

顧茵本來想讓他也躺到王氏身邊歇歇的，眼下卻知道行不通——屋子裡就一條通鋪，兩大兩小一睡，已是一點空位都沒有了，而且武青意的身形本就比常人高大許多。「你應該也是趕路回來的，我就躺一會兒，一會兒後換你來躺……」顧茵說完就睡過去了。

早上陰沈沈的天，到了這會兒突然晴朗起來。午後的村莊靜謐安寧，只能聽到蟬鳴和犬吠。

武青意連夜趕路而來，確實是疲憊的。但是此時他卻一點兒都不累，只覺得渾身像有使不完的勁。

一家子自從到了壩頭村，就都比在寒山鎮的時候警醒，因此晚上都睡得不大好。今天這一覺，大家都睡得格外香甜，簡直不知今夕是何年。

一直到被外頭的兜兜聲吵醒了，王氏和顧茵才先後醒來。

「石榴這丫頭，又半夜劈柴！」王氏好笑地嘟囔道。

顧茵第一個反應也是宋石榴在劈柴，後頭睜眼看到屋裡的環境，理智就回籠了，想起這是在壩頭村。

外頭已經到了黃昏時分，夕陽斜照從門口流淌進來，屋內暗得都需要點燈了。

合著親人相見的第一天，他們一家子竟睡了一下午？

顧茵和王氏對視一眼，忍不住一起笑出了聲。

看到兩個孩子還在睡，顧茵和王氏理了衣襟和頭髮，起了身。

兩人下了床才發現，家裡大變樣了！

桌上的碗碟都被收起來了，那吃飯的桌子也被擦得光可鑒人，連家裡的泥土地都被清掃了一遍。再去旁邊那間灶房一看，收過去的碗碟都被洗好了，整齊地堆在一起；其他略顯凌亂的油鹽醬醋的瓶瓶罐罐也都擦過一遍，重新排列；地上跟桌上都被拖過、擦過；整個灶房同樣也是纖塵不染。兩人再循聲去後院一看，只見武青意正在劈柴。

劈柴這活計王氏和宋石榴都很擅長，但他更是如魚得水，高矮不一的柴墩子被他用腳尖一踢就立住了，然後斧子一落，那柴便應聲裂成兩半。

「妳們醒了？」武青意看到她們出來，把斧子隨手放下。

「我看一會兒太陽就要下山，再不劈柴就要晚了。兩間屋我都打掃過了，妳們看著可還好？」武青意邊說邊看她們的臉色，想著她們應該看到自己忙活了一下午的勞動成果，當然，主要是給顧茵看的。

上午他一眼沒把她認出來，和她說話一張嘴就說要和離，他覺得十分對不住她。雖說她沒生氣，但他總該做點什麼賠罪。他還記得她喜歡乾淨，從前在廢帝身邊做吃食，她也會把灶房收拾得很乾淨。他這番努力，應該可以讓她高興一些吧？

「你打掃得很好。」顧茵笑道。他本來就是很會做活的人，不然當初她在不知道他身分的時候，也不會想要把他收做夥計。

武青意便也看著她笑。「時間匆忙了些，明天我再——」

王氏無奈道：「好啥好啊？大郎，你腦子是不是打仗打傻了？你沒事打掃別人家屋子幹啥？還劈那麼些柴，明天我們就得回家了，咱們也帶不走啊！」

「這、這不是咱家嗎？」

「是咱家原來的地方，但不是咱的屋子啊！」王氏看著眼前的傻兒子，便把他們花二兩銀子請人暫時先搬走一句的事給說了。

武青意無言。「……」

顧茵實在是忍不住笑了，邊轉身邊道：「我去把孩子們喊起來，睡太多晚上要睡不著了。」

兩個小傢伙起來後，也發現家裡大變樣了。

武安在家裡轉了一大圈後，奇怪地道：「嫂嫂不是說屋子要還給人家，不好動人家的東西，所以不打掃嗎？」

聽到這話，王氏和顧茵都想笑，武青意則別開眼。

好在她們婆媳都沒想下武青意的面子，所以誰都沒解釋。

這天一家子就隨便吃了口夕食。

第二天早上出發離開前，寄宿在同村友人家中的屋主夫妻回來了。

見到家裡頭內外都乾淨得不行，後院裡更有打滿了水的水缸、堆成小山般盡夠使一、兩個月的柴火，妻子不禁對著王氏道：「嬸子也忒客氣了，只是在後頭山上立個衣冠塚而已，離這屋子還好遠呢，咱們村裡人沒那麼講究的，真沒必要給了銀錢還幫我們做活啊！」

「唉，我們家人就是既愛乾淨又勤快！」王氏促狹地笑道。

武青意靜默。「……」

歸期是早就定好的，因為當天就是寒山鎮的鏢局隊伍送達貨物後，返程會途經壩頭村的日子。

這次多了個武青意，再不用擔心路上遇到匪徒了，王氏他們也不需要和那麼些人擠在一起上路了，就另外花了銀錢，和鏢局租了一輛馬車，自己安排行程。

顧茵本是想讓王氏先隨武青意去京城的，畢竟她和武爹分開那麼多年，既知道對方還活著，肯定是都記掛著彼此的，而自己則按著原計劃，等把店鋪裡的事情都安排好了，再和文家一起上京，但王氏卻不肯。

「我肯定得先把妳送回鎮子上才安心，到鎮子上就七月底、八月頭了，就算到時候立刻動身，也來不及和你們爹過節，索性還是按照原計劃，等到八月十六再上京，不然就算知道妳是和老太爺同行，我也會忍不住擔心。咱們一家子不分開，還在一處。」王氏自然是想早日和丈夫團聚的，但只是半個月而已，她八年都等過來了，並不覺得半個月的時間長。而且顧茵也是她的心尖尖，前不久才失而復得的，少看一眼，王氏都要睡不著覺。

歸程路上，白日裡王氏和武青意一起坐在車轅上駕車，分別了這麼些年的母子倆自然有說不完的話。尤其十五那天武青意只簡單說了這些年大概的經歷，所以在路上王氏自然得仔細問問。

顧茵本是帶著兩個孩子在車廂內，但武安這幾天都很激動，平時很文靜的他閒不住，也要求坐到車轅上，聽他爹和哥哥這些年的經歷。

聽到外頭武青意在說自己第一次練兵點兵的事，武安激動得都叫出聲了，顧茵便推了推閉眼假寐的顧野，問他怎麼不去聽。

「我不愛聽那些。」顧野道。

這話傻子也不信，他比誰都喜歡湊熱鬧。「那就不過去，我們母子倆說點悄悄話。」顧茵把他拉到身邊，讓他靠在自己懷裡。「這兩天你到底怎麼了？能和娘說說嗎？」這孩子自從七月十五那天就突然話少起來，當天還能說是因為前一天睡得少，累著了，但後頭卻是一天比一天悶，自然是不對勁的。「是不喜歡他嗎？」看到這孩子心事重重的卻只是抿著嘴不吭聲，顧茵便出聲詢問道。

顧野立刻搖搖頭。

顧茵一想也是，這小子不怎麼服氣別人的，連教他武藝的關捕頭，他雖然對關捕頭很有禮貌，但私下裡也沒有像誇武青意那樣誇過關捕頭厲害。「那是怎麼了？娘猜不到了。」

顧野想了想，道：「武安說，和娘在一起的，就是我爹。」

「那你是不想喊他爹？」

顧野點點頭。

「沒事啊，那你還喊叔。你想當娘一個人的孩子對不？」

顧野趴在她懷裡點點頭，又過了半晌，他用更低的聲音問道：「你們會不會很快就有別的小孩？」

顧茵聽到這話，驚訝道：「你怎麼問這個？」

想到這孩子日常就愛聽說書，早前去了一趟府城，回來就說什麼女人是老虎，顧茵懷疑他是不是又聽了什麼兒童不宜的成人內容了。

好在顧野沒再說出什麼驚人的話，只是解釋說：「范勁松的爹娘今年給他生了個弟弟，還有小胖，他去年多了個妹妹。我聽他們說，有爹有娘，這是很正常的事。」他們都說自從家裡多了弟弟、妹妹後，他們的娘就變得很辛苦，每天都得圍著弟弟、妹妹轉，分給他們的關心也少了。他不想讓娘辛苦，更不願意別人分他的娘。

「這肯定不會！」顧茵斬釘截鐵地道，說完她也有些赧然。她和武青意共過患難，因為知道名義上的另一半是對方，所以不提和離。不然換個人，估計已經解除了關係。但兩人目前也只是互有好感的程度，說什麼生孩子，肯定是遠遠不到那層關係的。

「真的?!」顧野立刻從她懷裡坐起身。他其實也不用顧茵再次和他保證，因為他娘從不騙他。他親暱地用頭頂蹭顧茵的肩膀，又以激動的語速飛快地道：「其實也不用很久，再等幾年我長大了，不能天天陪在娘身邊了，娘還是可以再有別的小孩的。到時候我掙好多的銀錢，幫娘養弟弟、妹妹……」

聽他一口一個弟弟、妹妹的，顧茵臊紅了臉，趕緊把他的嘴捂住，求饒道：「小祖宗，可別再提這個了！」

養娃真不容易，五歲上頭已經要和他說這些了。這時候顧茵寧願他還是一開始那個說話不索利的樣子！

母子倆說完悄悄話後，顧野也坐不住了，趕緊鑽出車廂聽武青意說軍中的事情。

顧茵自然也樂得他們相處得好，並沒攔著。

武青意其實並不是愛顯擺的性子，但是這兩天他也發現了顧野對他好像有些敵意。他不是很會哄小孩，只是猜著顧野應該喜歡聽這些，所以才故意說起帶兵打仗的事。

車轅上並不特別寬敞，並排坐著武青意和王氏母子就沒有空位了，武安都是坐王氏懷裡聽的。武青意要抖韁繩駕馬車，懷裡不方便坐人，顧野想著其實坐車簾子後頭聽也是一樣的，就想再往回爬，卻聽見武青意問他——

「小野要不要坐我脖子上？」

做父親的讓幾歲大的孩子坐在脖子上是很常見的事，顧野從前在鎮子上時常看到，還聽小胖說他六、七歲的時候，他爹還讓他騎脖子上上街呢，坐得高看得遠，可好玩了！可惜小胖是真的越來越胖，個頭也竄得快，就再也沒有那種待遇了。顧野聽他說過幾次，心中並不以為然，想著坐人脖子上有啥好玩的？反正早晚他們也會長高、長大的。

擱平時他不一定會有興趣，可是武青意正在駕車啊，此時坐他脖子上豈不等於是自己在駕車了？曾經在寒山鎮試過偷偷駕驢車，差點又招來一頓竹筍炒肉的顧野立刻忙不迭地點頭應了！

第二十三章

顧茵本擔心顧野和武青意會相處不好，還想著該怎麼讓這爺倆緩和關係呢，沒想到根本不用她出手，這兩人的關係就愈來愈親密。

先是顧野騎在武青意的脖子上玩了一下午，後頭天漸漸黑了，一家子找了客棧投宿，武青意把馬從馬車上解下來後，又帶著他騎夜馬去了，兩人一直玩到夜色濃重的時候才回來。

顧野高興瘋了，拉著武安的手道：「你不去實在太可惜了，太好玩了！」

武安才剛寫完功課，羨慕地道：「請了這麼久的假，再不寫要寫不完了。」

「無妨，」武青意也出了一頭汗，笑道：「日後騎馬的時候多了去，等回京了我給你們一人選一匹小馬駒，在家裡就能騎。」

哪個小男孩能拒絕小馬駒呢？兩個小傢伙的眼睛都立刻亮了。

「我要通體烏黑的那種！」顧野立刻道。

武安想了想，說：「那我要雪白的。」

說完他們立刻商量起要給自己的小馬駒起什麼名字？

王氏一手一個，提起他們的後脖領，說：「還沒玩夠呢，別給我皮，先洗澡去！」

一家子要了三間房，武青意的房間在靠近樓梯的最外頭，顧茵和王氏的房間則在後頭。

王氏把他們提溜回屋了，屋裡就只剩下武青意和顧茵。

兩人重遇有些日子了，但是不論是在壩頭村的茅草屋，還是在路上的馬車裡，都沒有單獨相處過。

眼下好不容易能清靜地說會兒話，顧茵遞了自己的帕子給他擦汗，又問道：「那次你說援軍到了，後頭我聽人說，其實只來了一千餘人？」

當時細作還在軍中，調動大部隊肯定會讓廢帝提前得到消息，武青意便只讓心腹率人連夜前來支援。千餘人對陣上萬人，儘管對方大多數都是沒上過戰場的宮中禁衛軍，也不是一場容易的戰役。不過好在，顧茵那法子確實管用，一開始只有半數人出現了癥狀，後頭戰役越拖越久，中毒的人也就多了。加上武青意當時把他們存糧的地方燒了，廢帝又讓他殺了，就變得輕鬆很多。

「我回京後未替妳請功。」武青意歉然道。當時未曾想到她會是他的妻，只想著廢帝餘孽逃了一部分，若是貿然給她請了功，昭告天下，難免給她惹來禍端。

顧茵搖頭說：「我本也不想要那功勞。」

她到底是廚子，若讓天下人知道她能用常見的食材毒倒那麼多人，不得把人嚇壞？以後還談什麼做吃食生意？而且眼下大家都是一家人了，就更沒必要糾結功勞到底是誰的。

看他似乎真有些過意不去，顧茵便笑道：「那不然，你把你立功的獎賞給我？」

「這是自然。」義王效仿前朝，並不封什麼異姓王，國公之位就到頭了，武家已升無可升，立功的獎賞不外乎就是些金銀財寶。他們父子生活儉省，根本不曾取用過，等回到京城，自然要交給王氏和顧茵打理。

剛說到這裡，門口出現了撓門的動靜。

八成是顧野洗完澡，來喊顧茵回去睡覺了。顧茵好笑地搖了搖頭，起身告辭。出屋一看，果然是濕著頭髮、只穿著中衣的顧野。「洗好了直接喊我不成嗎？幹啥又學野貓撓門？」顧茵把他牽回屋裡，拿了乾巾帕給他擦頭髮。

顧野笑笑沒吭聲。雖然醜臉叔叔挺討人喜歡的，但是娘親嘛，暫時還是他一個人的！看在醜臉叔叔給他當馬騎，又教他騎馬的分上，他已經讓娘跟他單獨說了一刻鐘的話了！

給他擦完頭髮後，顧茵也去洗漱。等她也洗漱好了，顧野才上床去。

顧野平時動作都非常迅捷，今天上床的動作卻慢騰騰的，還齜牙咧嘴的。顧茵上輩子去馬場玩過，只稍微騎了一會兒，大腿內側就被磨紅了，因此猜到他應該是傷到了，好在他們出門有帶著傷藥。「腿磨破了嗎？」顧茵說著就要去脫他的褲頭。

儘管睡褲裡還有四角大褲衩——是顧茵讓王氏給他們做的。但顧野還是脹紅了臉，死死拉著自己的褲子不讓她脫。

顧茵沒辦法，好在眼下家裡多了個男人，倒不用特地去請個男大夫來了，她便又去了隔壁一趟，把武青意請過來，她則站到屋外去，讓武青意單獨給顧野檢查。

這次顧野沒再不好意思了，沒多會兒屋裡頭還傳來了他格格的笑聲。

半晌後，武青意出來了，又歉然地道：「無大礙，只是破了一點皮。是我的不對，沒想到他會受傷。」剛去軍隊時，他已十八、九歲，剛學騎馬那會兒自然受過傷，貼身的褲子都黏到了大腿上，脫下來的時候無異於撕下一層皮，因此今天他一直把顧野半托在手臂上，卻沒想到小孩子皮膚嫩，這樣還是受傷了。當然，沒有他當初那麼嚴重，只是磨破了點油皮。

「沒事，他不是那種嬌氣的孩子。」顧茵彎了彎唇。「你看著吧，明天他還會吵著要騎馬。」

還真讓顧茵說中了，屋裡立刻就傳來了顧野的聲音——

「叔你早點睡吧，明天咱們再一道騎馬！」

聞言，兩人對視一笑。

顧茵身上還帶著水氣，烏灼灼的眼睛霧濛濛的，不如平時那麼明豔，卻另有一種柔弱的美感。她外衣只簡單的披著，露出一截光潔白皙的脖頸，那麼的纖細脆弱，似乎只要他輕輕一握，便能握在掌中把玩……武青意立刻挪開了眼，看向別處。

「早點歇息。」說完這話，他便逃也似的走了。

顧茵奇怪地看著他的背影，後頭又被顧野催著進屋，便沒再多想，入內上床安歇了。

顧野歇過一晚，第二天又生龍活虎了。等月底他們回到寒山鎮之前，他已經可以自己騎上一小段了。當然，肯定得武青意在場的情況下，不然他的小屁股又要遭罪。

回寒山鎮之前，王氏召開了一場小型家庭會議，內容是圍繞著武青意的。

王氏覺得大兒子的身分不能往外透。錦衣還鄉當然體面，但是現在的武家並不是一般的發達，聽著比戲文裡的大官還厲害些，這樣的身分，放到這個小鎮上，無異於把水扔進熱鍋滾油裡，誰知道會不會惹出禍端來？

而且就像戲文裡唱的那樣，權貴身邊多的是仗勢欺人的白臉龍套。自家是開門做生意的，和四方客人都打好了關係，萬一有人仗著和他家熟稔，等他們離開鎮上後冒用他們家舊友的身分做壞事可怎辦？尤其王氏的娘家人還在這兒呢，雖兩房黑心的夫婦都不在了，但還有王氏的姪子、姪媳婦、姪孫們，雖眼下看著都還算好的，沒作出過什麼么蛾子，但時移世易，人心難測，難保哪天心大了，或者被旁人攛掇了，又惹出什麼事來。

不得不說，王氏雖是個農婦，還是很知道防患於未然的。

武青意也是這個意思。征戰這些年，他樹敵頗多，廢帝餘孽南逃，京城那樣的地界還能說太平，可寒山鎮這樣的小鎮就是鞭長莫及了，別回頭連累了和王氏、顧茵有交情的人。

顧茵也不是喜歡逞威風的人，當然也沒有不應的。

三人一拍即合，當即就商量好了說辭，就說武爹和武青意當年跟隨義軍打仗去了，現在打完仗了，就解甲歸田回鄉尋找家人，然後就遇上了。又叮囑過兩個孩子。

回鎮之前，武青意把面具摘下，露出了臉上的紅疤。

王氏都做好見到他半張臉面目全非的準備了，結果看到就拇指長的紅疤，不禁好笑道：

「這就是傳聞中那道能嚇退萬軍的疤嗎?這要離開幾步,或者眼睛不好的人,根本看不見啊!」

這話把武青意也說笑了。「本就是戰場上的傳言,當不得真的。」

疤痕不算打眼,他再把勁裝換下,穿一身普通的短打,就越發沒人會懷疑他的身分了。

七月底,一行人回到了寒山鎮。

馬車剛停到顧宅門口,宋石榴就小跑著出來了。「老太太總算回來了!可擔心死奴婢了!」

回壩頭村的時候,宋石榴就想和他們一道的,但她也只是個半大孩子,再帶一個她,顧茵和王氏怕兼顧不過來,就沒讓她去。

顧茵問她怎麼這個時辰在家?

宋石榴把她扶下馬車,解釋道:「忠爺爺這兩天有些中暑,奴婢已經請了大夫給他瞧過,也開了藥吃著。掌櫃的就讓奴婢在家守著,說這兩天老太太和太太就該回來了,家裡沒人總是不好。」

王氏是真的累壞了,到了家裡立刻鬆散起來,看宋石榴搶著去提行李了,她就先進屋去看中暑的忠叔。

「兩位小少爺都黑了瘦了!」宋石榴把他們推進大門,也不讓他們自己拿行李。最後只剩下武青意，宋石榴又不認得他，因此並不和他客氣，讓他一道幫著提行李。一行人剛從前院走到後院，宋石榴就出聲道：「這位大哥辛苦了！鏢局的費用稍後我家太太會去結清的，您請留步吧。」這是要往外趕人了。

而且宋石榴這話雖還算客氣，但臉上的神情卻是齜牙咧嘴的，手裡還不知道從哪裡摸了根洗衣槌橫在身前，好像在說他再敢往後院去一步，她就要和他拚命了！

顧茵忍不住笑道：「石榴妳攔他幹啥？沒發現他和我娘、武安長得像嗎？」

宋石榴聞言，總算沒再張牙舞爪的，放了洗衣槌問道：「這是老太太鄉下的親戚？」

「是我大哥。」武安無奈地看著她。

「你大哥不是……」

顧茵就把之前商量好的說辭拿了出來，說之前都以為他死了，這次回鄉遇上了，才知道他還活著。

「哎喲，奴婢有眼不識那什麼山！」宋石榴連忙告饒。

武青意當然不會和這麼個小丫頭計較，微微頷首便算是揭過這件事。

他心裡確實沒有不舒服的，從前就想著孤兒寡母的，生活肯定十分不如意，怕是許多苦楚都不願意對他說，平添他的傷心。如今看著這敞亮寬闊的宅子，雖不能和京城的英國公府相比，但總歸不像壩頭村那兩間茅草屋那樣，看著就讓人傷懷。且十來歲的小丫頭就這麼警醒，顯然是平日裡就被調教得很好。

歇過一陣，緩過了暑熱，顧茵便招呼著大家去食為天吃飯。

食為天的午市已經過去，顧茵讓宋石榴先去傳信，讓周掌櫃給他們準備好飯食，也把尋到武青意的事情先跟大家知會一聲。

「這是好事啊！」徐廚子聽完宋石榴轉告的消息，立刻出去買了兩串掛鞭，就在門口放了。

宋石榴因為錯認武青意為鏢局的人，感覺自己做錯了事，也想著描補，還借來了一個響鑼，伴隨著噼哩啪啦的鞭炮聲，她站門口噹噹地敲著鑼。

不年不節的放恁大兩串掛鞭，還敲起鑼來，客人們和附近的住戶聽到這響動，就問起發生了什麼事？一問之下才知道，竟是食為天東家的男人回來了！

就在這種鞭炮齊鳴、鑼鼓喧天的陣仗裡，顧茵一行人到食為天了。

「我們東家不是寡婦啦！」宋石榴一邊敲鑼，一邊扯著嗓子給大家報喜。「我們東家的男人回來了！」

等到顧茵一露面，眾人齊刷刷地朝她看去，都一迭連聲地和她道喜。

「顧娘子大喜啊！我就看妳是個有福氣的！」

「顧娘子手藝好，男人又回來了，有人照應著，日後生意肯定越做越好！」

顧茵的手藝毋庸置疑，但這世道，女子想立起來比男人難太多了，尤其是一些看不慣食為天生意好的，背後都一口一個「寡婦店」編排著，說店裡全是寡婦，晦氣得很！因此他們都是真心實意為顧茵感到高興。

然而對顧茵而言，所謂社死現場也不過如此！顧茵尷尬得一瞬間都想往回跑了，她剛往後跨了一步，後背就撞進了武青意懷裡。

「小心。」他伸手虛托住顧茵的腰，隨後往前一步，站在她身前。

這下子，眾人的目光自然集中到了他身上。

「這就是顧娘子的夫君啊？生得真好！」

「好英偉俊俏的兒郎，武夫人和顧娘子都好福氣啊！」

武青意並不介意被大家看，逢人誇獎，他都會微微頷首表示感謝。

有他掩護，一行人總算是進了店內。

「石榴妳……」顧茵幽怨地看著宋石榴。她只是讓宋石榴通知店內的夥計們而已，怎麼搞出這樣大的陣仗？

宋石榴把銅鑼一放，立刻說：「是徐廚子買的掛鞭和炮仗，我就敲鑼而已！」

徐廚子也立即道：「我問過掌櫃的，掌櫃的沒反對啊！」

周掌櫃輕咳一聲，尷尬地笑道：「我想著家人再聚是大喜事一件，一個沒看著他們，動靜就鬧大了。」

「算了算了。」顧茵無奈扶額，乾脆讓夥計寫了個告示貼出去。

「東家有喜，今日八折」的告示一貼出去，儘管是暑熱當頭的下午晌，店裡也一下子湧進來好些人。

後頭連文二老爺都聽說了，趕緊派了說書先生來加開了說書的場次。

這下子又有說書聽，又能來看看武家那福大命大、英偉高大的兒郎，店裡一時間又成了之前生意極好的模樣。

眼見文二老爺都知道了，顧茵乾脆就帶著武青意去見文老太爺了。

文老太爺剛聽到消息時還在替顧茵發愁呢！她男人回來了，但之前她對那個義軍將軍明顯也是有些不一樣的，可那將軍回京後就杳無音信了，猜著也不是什麼好東西，不如還是和糟糠之夫過下去吧？當然，他也得先見見人，看對方是不是值得託付，不然就算他們早先就成親了，老太爺也不能看著顧茵和一個不像樣的人過下去。

再見面，自然是不用發愁了，老太爺直接把顧茵支開，留武青意在書房裡說話。

說了什麼，顧茵不得而知，反正自從這次之後，老太爺對武青意也親厚了起來。

消息不脛而走，到了中秋節前，全鎮就沒有人不知道顧茵不再是寡婦的了。

再賣月餅，這次的月餅銷量比去年又上漲了一些，一來是食為天的口碑越來越好，越發多的人知道他家；二來逢年過節的，有些講究的人家之前還在忌諱「寡婦店」的名聲，如今是不用再忌諱什麼了，自然也成了食為天的主顧。

擱從前，顧茵等人又要忙得腳不著地，但這次大家都輕鬆很多，因為武青意委實能幹，雖不會下廚，但他有一身的力氣，劈柴、挑水的粗活比誰都做得麻利。水盡夠，柴任燒，盤子還洗得又快又乾淨，一個頂五個人使都是少說了。

顧茵看到他忙活，心裡還挺過意不去的。好好的一個大將軍，在自家後廚不分日夜地做粗活，總有些大材小用、殺雞用牛刀的感覺。她要幫忙，或者說可以去雇幫工，反正以前逢年過節，也都是雇臨時工來幫忙的，但武青意卻說不用。

「這些粗活妳和娘都做得，怎麼我就做不得了？」缺席了八年，到了寒山鎮，他才知道自己錯過了多少事。沒人喜歡做活，他也不例外，可是做著這些事，他才覺得離缺失的那些歲月近一些。「只是我好多活計也許久沒做過了，妳看這個鍋，我方才又忘了妳說過得留著油層，不能刷太乾淨的。」武青意一本正經地道：「妳要是真想幫忙，不若做個監工，有做得不好的，我再重做。」

王氏正好走進後廚，聽到這話，差點沒笑出聲來。就廚房裡這些是個人就會做的簡單粗活，還要分配個監工？而且從前在家的時候，家裡的粗活都是武青意從小做到大，做到快二十歲才離家的，才八年就能都忘光？真是睜眼說瞎話！

王氏又要嘟囔兒子打仗打傻了，卻看見她平素裡極為聰慧的兒媳婦竟然點了點頭，甚至還搬了個小板凳坐到他旁邊！

「那我幫你掌掌眼。」顧茵笑著說。

兩個傻子，還真能玩到一起！王氏調轉了腳尖，又嫌棄、又好笑地出去了。

這天食為天又營業到天黑時分，吃過夕食，許氏沒像從前和王氏磨會兒牙再回家，而是逕自離開了。

旁人不知道，早在王氏出發回壩頭村之前，兩人就說好回來後要正式撮合顧茵和許青川的，許氏也早就和許青川打好了招呼。許青川雖不像她和王氏那麼激動高興，還是一如既往的淡然，但自己的兒子自己知道，他沒有反對，也沒再說「沒有功名，何以為家」的大道理，顯然也是有那份心的。許氏都算好日子了，中秋的時候讓兩個孩子再看一次花燈，先培養感情，等到了京城的時候再頻繁走動一下，來年二月等許青川考上了進士，就可以操辦喜事了。如今武青意回來了，這樁事自然黃了。

許氏雖也為王氏感到高興，但平白沒了那麼好的兒媳婦，她的心情自然也有幾分低落。

走到店門口，許氏看到顧野正被一群孩子簇擁著說話。

小胖吸著鼻涕，羨慕地道：「野哥的爹好高好壯，是不是可以一直把你舉在頭頂？」

顧野自己是不喊爹的，但並不介意別人這麼稱呼武青意，不然人家說「你娘和你叔」怎麼樣的，總是感覺很奇怪。「是可以，回來的路上他還帶我騎馬，我現在已經會騎馬了。」

「哇！」孩子們都羨慕壞了，他們絕大多數人這輩子只在街上見過馬，都沒摸過，更別說會騎馬了。

「野哥的爹跟過皇帝打天下呢！」范勁松與有榮焉地挺了挺胸膛。「會騎馬算啥？」

顧野馬上就要離開寒山鎮，眼看著就要產生新的孩子王，尤其顧野已經離開鎮子上一個月了，就有個孩子萌生了「野心」，想在他離開前壓一壓他，好自己上位，聞言就道：「啥打天下啊？野哥他爹現在不就是個普通人？又不是當將軍了！解甲歸田這個詞你們沒聽過嗎？真有本事的怎麼會卸甲？」

顧野牢記著他娘的話，不能把他叔的身分公開，但也不喜歡別人提起武青意的時候帶著鄙夷，因此立刻就道：「雖不是將軍，但他在京城也是有差事的。」

眾人問他啥差事？

顧野努力回憶了一下。

之前王氏問過武青意，說不打仗了是不是他就沒事做了？都說亂世武將受重用，太平盛世文官吃香，王氏聽戲聽多了，就怕兒子用命換來的功勛，到頭來還要讓文官給比下去。

武青意說不是的。

「雖不打仗，但也要練兵，目前兼還掌管宮中禁衛。」掌管宮中禁衛，那就是皇帝把身家性命都託付給他了，這種差事是親信中的親信才能做的。

王氏不懂那些，就笑道：「好哇，給皇帝看大門！宰相門前七品官呢，誰要是敢看不起你，你連皇宮的門都不讓他進！」

所以顧野想完就道：「在京城看大門，進出都得聽他的呢！」

孩子們又是哇哇的一陣歡呼。京城哎！他們只聽人說過的好地方！別說他們，就是他們的爹娘、爺奶，也一輩子都沒去過呢！聽說那裡比寒山鎮要繁華一百倍，什麼吃的、喝的、好玩的，只有他們不敢想的，沒有那裡沒有的。能在那裡看大門，還進出都得聽他的，真的太有本事、太厲害了！

許氏在旁邊聽了，簡直要鬱悶壞了。別說在京城看大門了，就是在皇宮看大門，那也只是份對普通人來說的好差事。她家青川是要考舉人、考進士的，怎麼就輸給了武家看大門的兒子呢？都怪老天爺啊，讓顧茵和武家的兒子成婚在先，不然她肯定還要為自己的兒子爭取一下！

第二天再見到王氏，許氏眼裡滿是怨念。

王氏其實也是有些心虛的，前頭許氏都把自己最喜歡的一個藏了多年的金鐲子給融了，說是來日要給顧茵打頭面的。但是兒子回來了，她肯定不能把顧茵這麼好的兒媳婦往外推啊，也只能對不起許氏那個金鐲子了。

當然，許氏最後也沒為難王氏，只恨恨道：「妳兒子要是敢對媳婦兒不好，我就、我就……」她「就」了半晌，也沒說出個所以然來。

看她肯主動說話了，王氏面上一喜，立刻拉著她胖乎乎的手保證道：「這妳放心，真有那日，我先吊死他，再吊死他爹！都是他管教出來的，肯定不是隨了我！」

千里之外的京城英國公府裡，武重狠狠地打了一連串的噴嚏。

打完噴嚏後，武重形容狼狽，煩躁地斥退了整個屋子的下人。

等到屋子裡都安靜下來了，武重枯坐半晌，才抹乾淨了自己噴到唇邊的口涎，隨後艱難地用一隻手打開了兒子寄回來的家書。父子兩個大老粗，日常分別半年才會互寄一封家書，這次倒是奇怪，兒子才出去一個月，居然就寄信回來了。

本以為是些日常的問候，沒想到這次他竟看到了別的！飛速地看完一遍後，武重越發呆愣，又翻來覆去地看了好幾遍，甚至還搧了自己有知覺的半邊臉一巴掌，這才確定自己不是在作夢！

花燈節前，許氏特地回了家一趟看許青川。這次的花燈節，是之前說好讓他和顧茵一道去的，如今自然是不能成行了。

「兒啊，不然你還在家裡看書，娘做完活計就回來陪你？」

許青川淡淡一笑，道：「我又不是三歲的孩子了，娘不必這般。」

許氏小心地觀察他的神色，見他確實沒有鬱結的模樣，這才呼出一口氣道：「是娘想多了，那你自己照顧好自己，娘去忙了。」許氏接著回食為天忙活。

許青川又拿起了沒看完的書，但或許是今天的節日氛圍太過濃重，外頭熱鬧過了頭，許青川破天荒地看不進書上的內容。他索性把書放下，出了屋子。

外頭花燈掛起，到處都是帶著孩子的父母和相攜出行的年輕夫妻。

許青川形單影隻，並不和他們擠，慢騰騰地走到了去年花燈節來過的那棵大樹，此時大樹下站著幾個少年男女。

有個有些面熟的少女，見了許青川就對身邊的少年笑道：「去年就是這位公子贏了燈王，今年他又來了，看來你是贏不了的。」

那少年不服輸地道：「我去歲沒下場，妳怎麼知道今年我贏不了？」說完他就對許青川昂了昂下巴，一副非要和他爭個高下的模樣。

許青川不禁彎了彎唇，解釋道：「今年我不參加，只是來逛燈會的。」

那少年正是要在心上人面前表現的時候，聽到這話面上不覺一喜，但很快就裝作不在意的樣子道：「那真是可惜了。」說完他又轉頭催促道：「走啊，不是要看我贏燈王？」

幾人說說笑笑的，轉眼就離開了大樹之下。

許青川在花燈樹下略站了站，百無聊賴，乾脆還像去年那樣沿著長街慢慢走著。

沒走多遠，許青川看到了一個熟悉的窈窕身影，同時看到的，還有她身邊另一個極為高大的男人。女子的頭頂只到男人肩膀處，環境喧鬧，他們彼此的交流很有些困難，但是男人的眼神一直落在她身上，每次看到她嘴唇一動，他就很自然地矮下身子附耳過去傾聽。許青川不自覺地跟了過去。

顧茵正在讀燈謎。「彼此姻緣恰並頭，這是個啥？」她秀氣的眉頭蹙起。

她身邊的武青意也蹙起劍眉，兩人一起冥思苦想。

半晌後，兩人大眼瞪小眼，都等著對方給答案。

無奈他們一個雖然讀過幾年私塾，但後頭行軍打仗多年，早就把讀的那些書還給先生了，且他本來也沒有讀書的天賦，更沒學過字謎、燈謎這類高雅的事物；至於另一個顧茵更別說了，字看多了頭都發暈，讓她猜謎語，簡直是要她的命。

於是兩個看面孔都是聰明機靈的人，卻是你看我、我看你，看了好半晌，最後誰嘴裡都沒蹦出一個字來。

最後，顧茵忍不住笑道：「算了算了，咱們還是走吧！早知道把武安帶來了。」

武青意也跟著她笑，詢問她。「那個燈王，賣不賣的？」

「哎！怎麼問這個？」顧茵趕緊伸手把食指豎到唇邊，比了個噤聲的手勢，又招招手，讓武青意低下頭來，這才小聲解釋道：「去年花燈節第一日，我聽人說那燈王十分的威武好瞧，就想著要把它買下，把我們食為天的橫幅掛到燈王上，那該是何等氣派？但是後頭一打聽，這燈王是不對外出售的，而且用銀錢買是壞了人家的傳統……差點挨罵呢！」

果然，她這話剛解釋完，旁邊聽到他們說想買燈王的人，看他們的眼神都帶著不滿。

「走了走了！」顧茵扯了扯武青意的袖子，兩人走出去一段後，又不約而同地笑起來。

許青川無聲地彎了彎唇，轉身往家的方向走去。彼此姻緣恰並頭，姻緣同音、員，是個「韻」字呢。

猜燈謎不是兩人擅長和喜歡的，顧茵和武青意便沒再回那條花燈街，而是去其他雜耍和賣小吃的攤子上。

兩人玩沒多久，就遇到了顧野和他的小夥伴們。

顧茵笑咪咪地和他們打招呼，孩子們從前都很喜歡她的，這次雖然還是熱絡地喊了她，但轉頭卻全都貼到了武青意身邊。

「叔，你也來看雜耍啊？」

「叔，我叫呂小胖，你要記得我喔！」

武青意常年征戰，身上染了戾氣，面色也是長期保持肅穆，平常別說是孩子，就是一般的大人也不敢近他的身，如今一下子來了好些個小蘿蔔頭圍著他打轉，還有膽大一些的，自顧自地去牽他的手、往他身上撲，武青意生怕自己不小心把孩子弄痛了，只能手足無措地站在那兒。

看到他身體僵硬、待在原地不敢動的模樣，顧茵好笑地問顧野。「你這是又跟他們說什麼了？」

顧野攤攤手，道：「沒說啥，就說叔在京城看大門。他們說以後要去京城找我，怕叔到時候不放他們進去。」

顧茵無言。「……」

最後還是顧茵出聲，招呼大家一道去玩，總算是解開了武青意的困局。

雖然今年花燈會的項目和去年差不多，但大家還是玩得很高興，尤其一些攤子上有擲飛鏢、套竹圈的活動，對擅長騎射的武青意來說，都是他極為拿手的，飛鏢每次都正中靶心，套圈也是一套一個準，周遭的看客們都熱情地叫好、鼓掌。

站他身邊的孩子們更是激動壞了，喝彩喝得把嗓子都快喊啞了。

最後他贏來了好些小玩意兒，都由顧野分給了孩子們。

那些擺攤的攤主們臉都白了，都是小本生意，他們也都是靠逢年過節賺上一筆，就沒遇到過讓他們虧本的！

武青意當然也不占他們便宜，回頭就把銀錢給他們補上，又得了他們一籮筐的吉祥話，說「壯士武藝非凡，和夫人天造地設」。

武青意聽完倒是沒什麼表情，只把顧茵聽得很不自在，拉著他快些走了。

熱熱鬧鬧地玩了半晚上，顧茵正要招呼顧野回家，卻聽他道——

「我還不想回家，娘你們先回吧！」看他叔今天的表現這麼好，他就大方一些，再讓他們單獨待會兒吧！

顧茵不知道他的小心思，想著花燈會通宵達旦，治安由關捕頭等人負責，不用人操心。明日一家子就要上京，顧野應該是捨不得這些小夥伴，也就由著他去了。

顧茵和武青意肩並肩離開，走到食為天附近，她出聲詢問。「要不要吃點東西？」之前天剛黑沒多久，兩人就被王氏推出了店鋪，如今已經月至中天，雖一晚上吃了許多小食，但是顧茵知道他的飯量，猜著他應該沒吃飽。

武青意點頭。「是有些餓，不過不用妳再辛苦，隨便吃一些就行。」

店鋪已經關了門，黑燈瞎火的，門都是從裡面關的，要再進去肯定會驚動他們。尤其是周掌櫃，明日一早就要出發，他早就歇下了。

不過眼下倒不用擔心那些，那對顧茵來說高不可攀的圍牆，武青意微微提氣便輕巧地翻過去了。其實這也是多此一舉，因為武青意進去後才發現後門根本沒拴，只是虛掩著，從外頭一推就能推開。兩人做賊似的，輕手輕腳地進了後廚。

武青意點了個油燈，顧茵在後廚找到了醒好的麵團，乾脆就給他下個素拉麵吃。

油燈昏黃，照得她昳麗的面容比平時柔和了好幾分。那雪白的麵團被她捏在手裡，竟讓人一時間分不出到底是麵團更白，還是她的手更白。

兩刻多鐘，顧茵就做好了一大碗麵條。

「有徐廚子和石榴在，店裡日常是剩不下東西的，你隨便吃一些。」

清湯素拉麵，上面放了兩條綠油油的、燙好的油菜，還臥了個黃澄澄的荷包蛋。

「這就很好了。」武青意接過麵碗，大口吃起來。油菜爽口，荷包蛋半焦，咬開脆脆的皮，裡頭是軟嫩的流心。橙色的蛋液流淌到麵湯裡，配合著彈牙勁道的麵條，在這靜謐的夜裡吃起來格外美味。

依舊是格外噴香的吃相。顧茵坐在旁邊撐著下巴，笑咪咪地看他一口一口地吃完了一大碗麵，最後還格外珍惜地把麵湯都喝乾淨了。

他吃完就起身，把自己用的碗筷都拿到水槽邊洗了。後頭看他還要刷鍋，顧茵攔道：「放著吧，時辰不早了，明天一早咱們就要動身，再不回去睡覺怕是要起不來。」

「也就是順手的事。」說著話，他就把收尾的活計做完了。

兩人又吹滅了油燈，躡手躡腳地走到後院，準備從後門離開。

他們剛出了後門，後院廂房的門吱嘎一聲就開了。

徐廚子揉著眼睛起夜，嘟囔道：「我怎麼好像聞到麵香了？」

和他同屋的小徒弟帶著睏意道：「師父別是作夢吃麵了，大半夜的哪來什麼麵香？」

徐廚子又大力嗅了兩下。「不是，真有香味！一定是進賊了！」說完他立刻跑向廚房，然後叫道：「天殺的小賊，把我準備留著吃宵夜的麵團給吃了！沒天理啦，小賊還吃了菜和蛋，還把碗筷和鍋都刷了！灶膛還熱著呢，老子看你往哪兒跑！」

「走了。」顧茵壓低聲音，狡黠地衝武青意眨眨眼。「讓他不記得關門！嚇唬嚇唬他，給他長長記性！」她笑得像隻偷油吃的小老鼠。

武青意看著她彎成月牙兒的眼睛，跟著點點頭。

說著話，徐廚子點著油燈摸到後門這兒來了，兩人就一溜煙地開跑。

一直跑了半刻鐘，顧茵實在跑不動了，撐著腰笑道：「這下子他是再不會忘記關後門了！」

武青意也跟著笑，看她氣喘吁吁的，便出聲詢問道：「要不要我揹妳？」

顧茵剛還樂得跟什麼似的，聽到這話她止住了笑，搖頭輕聲道：「不用了，都到家門口了。」

武青意抬頭一瞧，果然，幾步開外就是顧宅大門了，他心道一聲可惜。

大門口，王氏正打著燈籠等他們，見到兩個人影，她提著燈籠走近，奇怪道：「你倆大半夜跑個啥？跑了就一口氣跑回家嘛，站那兒幹啥呢？」

顧茵搖頭說沒啥，然後垂著眼睛進了宅子。

武青意跟著她後頭一起進去，剛走到門口就讓王氏伸手拉住了。

「怎樣？」王氏壓低聲音問他。

武青意不解地反問道：「什麼？」

王氏恨鐵不成鋼地跺了跺腳。「什麼什麼？我問你和你媳婦處得怎樣！」

顧野比他們還早到家，到了家還奇怪地問，說他們夫妻倆早就說回來了，也不知道幹啥去了。王氏一聽就有戲，當時已笑得合不攏嘴了，還裝作什麼都不懂的樣子，對顧野道「估計是在商量上京的事，你先睡，我去門口等著他們」，結果這一等等了快三刻鐘，小夫妻兩個才回來。知道顧茵面皮薄，王氏沒拉著她問，自然還得問自家皮糙肉厚的大兒子。

武青意便說：「挺好的。」

「去之前我怎和你說的？去年你許嬸子家的青川，那可是帶著咱家大丫猜了一整條街的燈謎呢！你今天猜出了幾個？」母子倆邊說著話邊進了宅子。

武青意幫著王氏，單手拿起了成人手臂那麼粗的門栓，輕飄飄地插進卡槽。「一個都沒猜中。」

王氏急道：「那你們後頭去幹啥了？」

「遇到了小野他們，和孩子們一道玩了。」

「再後來呢？」

「後來她在食為天給我下了碗麵，很好吃。」

這一腳踹一個屁似的問答，讓王氏的後槽牙咬得吱嘎響，玩玩吃吃的，吃個屁！

人家許青川去年還知道給顧茵送個兔子燈呢，雖然後頭聽兩個孩子說，顧茵好像並不是很喜歡那個花燈，把它轉送給其他孩子了，但這傻小子和媳婦出去了一趟卻啥也沒送，真是越想越氣人！

武青意平白挨了一頓眼刀子，雖有些不解，卻也沒有爭辯什麼。

母子倆剛要離開門邊，卻聽到外頭門上一陣輕響。

三長兩短，是義軍中人慣用的暗號，武青意又把門打開。

進來一個身著玄色勁裝的年輕人，奉上一個盒子後就立刻閃身離開了。

「啥要緊的東西，還大半夜送上門？」王氏正是看他哪兒都不順眼的時候，便挑刺道。

「給她的。」武青意輕聲道。

「哎！」王氏這才笑起來，捶了他的肩膀一下。「不愧是我生的，總算不是太笨！」王氏伸手掂了掂那木盒子，發現十分沈手，越發滿意了。兒媳婦和自己一樣務實，就喜歡實在的東西，這要是一匣子珠寶或者金元寶，肯定能把兒媳婦哄得眉開眼笑！她推著武青意進了正院，顧茵已經換好了家常的衣裳，她敲了門進去，笑道：「這孩子就是忒不會說話，竟悶不吭聲地給妳準備了份大禮，快來看看喜不喜歡！」說著話，王氏就把木匣子放到桌上，打開了。木匣子裡頭躺著塊黑漆漆的東西，根本不是王氏想的什麼金銀珠寶，而且看樣式還挺眼熟的。「這是個啥？」王氏問武青意。

不等他開口，顧茵已經伸手拿了出來，眼睛發亮地回答道：「是菜刀！」

武青意點點頭，這才解釋道：「我從京城出發之前讓人做的，當時並不知道咱們要一道上京，就讓人送到鎮子上來。」說著他又從身上摸出一根圓潤的短木棍，垂著眼睛道：「刀把是我自己打磨的，裝上去就能直接用了。」

顧茵托著沈甸甸的刀片遞給他，武青意沒怎麼費力氣就將刀把固定好了。

王氏在旁邊笑不出來了，中秋節大半夜給人送菜刀，她怎麼就生出這種傻子呢？要不是顧茵在場，王氏已經想伸手敲爆他的頭了！

「也不知道妳喜不喜歡？」武青意有些忐忑地道。

顧茵已經試起菜刀了，那刀把完全是按照她手掌大小打磨的，不只是一根木刺都沒有，還很合手。那刀身就更別說了，雖不大美觀，也有些沈手，但是大小、重量也都在她可接受的範圍，最難得的當然是鋒利。她放了根頭髮上去，輕輕一吹，那頭髮立刻斷成兩截。

「我很喜歡，謝謝！」顧茵格外愛惜地把菜刀抱在懷裡。

武青意輕輕呼出一口氣，又道：「反正要上京，妳先用著，要是有不合手的，到時候還能再改。」

顧茵忙不迭地點頭，又仔細把刀從頭摸到尾。這刀的材質是她沒見過的，不知道是不是錯覺，這刀摸著還有些發寒。要不是眼下已經晚了，家裡也素來不準備什麼食材，她都忍不住要直奔廚房去試刀了！「要是再改的話，可以刻我的名字嗎？」

「自然是可以的。而且刀背、刀身，我特地讓工匠留了可以改動的餘地。」

大半夜的，兩人還真就對著把菜刀聊起來了！王氏木著臉看著他們。算了算了，早知道這兩個傻子能玩到一起，她這操的哪門子心呢？

翌日一大早，一行人裝好行李，去了文家大宅和文老太爺等人會合，浩浩蕩蕩地出發。

徐廚子和兩個小徒弟要留下看守大本營，臨分別前哭成了個淚人，千叮嚀、萬囑咐道：「兩位師父別忘了我和菜刀、砧板啊！」

半個月的時間，其實一切事情早就都安排好了，但是看到徐廚子傷懷，顧茵還是再次同他道：「我和周掌櫃先去看看形勢，後頭把店開起來，到時候再找人來接你們的班，咱們還在京城見。還有，別忘了葛家，葛大叔跟葛大嬸在我剛擺攤的時候幫過我，放到她家寄賣的包子一定要每天按時按點地送過去。」

徐廚子忙不迭地點頭。「我知道的，都知道的，師父路上小心！」

顧茵揮揮手，坐回車廂裡。

馬車駛動，不到半個時辰，就離開了寒山鎮。

一行人數量頗多，尤其是文老太爺，前頭吃過讓身子虛弱的藥，將養了幾個月才微微好些，並不能日夜趕路的，所以隊伍走得並不很快。

不過倒也悶不壞大家，武青意每天帶著顧野騎馬；文大老爺帶著武安唸書；文二老爺每到一處就打聽當地有什麼特產，採買之後準備帶到京城倒賣去發一筆財；而顧茵和周掌櫃，兩個廚子出外肯定得品嚐當地的美食。

他們在廚道上都是一點就透的聰明人，嚐過之後再簡單問兩句，回頭一琢磨就能琢磨出大概的做法，路上不方便立刻實驗，就把方法先記下，等著上京的時候再實際操作。

王氏也新交了一個朋友，文二太太。

文二老爺的婚事是文家二老在世時定的，文二太太不同於文大太太那樣出自書香門第，她就是個普通的富商之女，這輩子沒出過這樣的遠門。而且她生得有些胖，在寒山鎮的時候不覺得有什麼，聽說京城那些夫人、太太都以纖瘦為美，也不知道去了那邊會不會讓人嘲笑，因此一路上她都悶悶不樂的，還因為節食，下車的時候差點暈倒了，恰好王氏經過她的馬車，伸手把她給扶住了。當時文二太太臊壞了，她是知道自己胖的，等閒兩個小丫鬟都扶不住她，她生怕自己把王氏給壓壞了，連忙一邊道歉、一邊要讓開，誰知王氏看她面色發白，堅持沒鬆手，一路把她扶進了客棧。

兩人出身相似，性格也是大剌剌的，居然很快就熟稔了起來。

王氏拉著她一道加入了顧茵和周掌櫃試吃美食的隊伍，還勸她道：「吃啊，民以食為天，還有啥事能越過吃上頭去？而且我看著妳挺好的，有福相！妳要真把自己餓壞了，成了病懨懨的才不好看呢！」

顧茵聽說二太太想減肥，乾脆就給她做沙拉。

水果、素菜配水煮雞胸肉，加上顧茵烹調的油醋汁，滋味並不很差。

尤其顧茵得了把她覺得天下第一好的菜刀，正是閒不住的時候，日日做沙拉的時候都會盡施刀工，把它們切完又裝點成極為可愛的模樣，讓人看著都覺得很可口。

文二太太每天早上和中午都正常吃喝，晚上就吃一份顧茵做的沙拉，到了九月上旬，還真比出發時瘦了不少，且因為晚上吃的清淡，她面上也不再起痘，皮膚都變得光潔了不少。

文二太太這一瘦，人也變得自信起來，每天臉上都帶著笑，再也沒有快快不樂的模樣了，還親熱地同顧茵道：「從前只知道妳手藝好，沒想到妳還懂養生之道。這去了京城，妳再開鋪子，可還得賣這沙拉，我日日要吃的！」

這倒是給顧茵提了個醒，她並不清楚京城百姓的口味，之前還沒想好新店要做什麼業務，眼下倒是可以先想想沙拉這樣的輕食，畢竟這東西不存在什麼南北口味差異，沒有女孩子不喜歡的，可以作為備選。

不過文二太太是高興了，王氏可發愁了。

跟著顧茵和周掌櫃吃喝了一路，她晚上又不去吃那什麼沙拉，下巴都圓潤了一大圈。進京這天，她後悔地拉著顧茵的手，小聲道：「早知道我不吃了，我這襯裙都覺得緊了。妳說要妳爹見我的時候，覺得我難看可怎辦？」

擱從前王氏從沒在乎過什麼美醜，連顧茵給她買鮮亮一些的衣裙，她都會覺得不耐髒，更愛穿那些灰撲撲的衣裳。可如今要再見自己闊別已久的丈夫，她不由自主地緊張了起來。

顧茵拍著她的手背，溫聲道：「娘哪裡難看了？瞎操心！」

王氏真的不難看，不然也生不出武青意和武安這麼對樣貌周正的兄弟。只是她過去日常板著臉，臉上有兩道深深的法令紋，面相看著有些凶，顯得不好相與。但是這幾年家裡的日子好了，她已經很少同人置氣，又聽顧茵說的，做生意要和氣生財，臉上日常帶笑，那紋路早就不知不覺地淡了去。

此時王氏穿著一身草綠色如意雲紋衫，頭梳著一個簡單的婦人髮髻，雖只插了從前顧茵買給她的那根梅花簪子，卻是一頭烏髮抿得一絲不亂，半點都不顯滄桑。

王氏說完也不等顧茵說話，又自顧自地道：「他都卒中了，要敢嫌我難看，我就一拳打死他！」

雖話說得凶狠，顧茵卻感受到她的手微微發抖，顯然是緊張壞了。

王氏深呼吸一口氣，又道：「都當什麼國公了，也不知道妳爹身邊會不會多了什麼鶯鶯燕燕？戲文裡的皇帝最喜歡給大臣賞女人了。」一路上她都沒跟武青意打聽這些，一來是當娘的和兒子說這些實在臊人；二來也怕打聽清楚了，得到自己不想知道的答案。

這個顧茵還真不好說，畢竟之前雙方都以為對方已經不在人世了，武青意從前日日在戰場廝殺，身邊沒有女人還屬正常，但武爹身體差，若是沒個人細心服侍，還真不大現實。

「算了，不想那些！」王氏擺擺手。「就算真有，咱們也不能怪他。」雖這樣說著，但王氏還是把拳頭捏得咯咯作響。

顧茵心道最好沒有，要真有，她也不能保證到時能勸得住婆婆不動手。自家婆婆這手勁，把人打殘真不是什麼問題啊！

英國公府裡，武重方才起身。

昨夜他作了個夢，夢到了十年前還在壩頭村的生活。

當時家中的境況和現在比算是清苦，卻每天都是熱熱鬧鬧的。

天剛亮，王氏就會起身，一邊做朝食、一邊扯著大嗓門喊大家起床。

乖巧怯懦的顧大丫總是第一個起身的，幫著王氏料理打下手。

等到武重和武青意都起了，就能吃上熱呼呼卻看不出到底是什麼東西的朝食。但凡他們父子敢提出異議，王氏就會氣呼呼地拍桌罵道「吃還堵不上你們倆的嘴？愛吃吃，不吃滾」，吼得他們父子縮了脖子，再不敢置喙。

還有一樁事，武重印象深刻。

被徵召入伍的那年，王氏再次有孕，家中眼看著又要多一張吃飯的嘴，因此他趁著農閒又挑起了貨郎扁擔，去城裡走街串巷地做起小買賣。小生意做得還算順利，眼看著年前就能攢下一兩銀子，給王氏和未出生的孩子置辦些東西。

那天下了工，他剛走到村口，就看到王氏插著腰、虎著張臉站在那兒，他連忙上前——

「妳身上可還有孕呢，做什麼大冷天出來迎我？」

王氏冷哼一聲，從背後拿出了家裡的菜刀。「背著老娘又當貨郎去了是吧？要不是村東頭的李寡婦告訴我，說看到你和城裡的大姑娘、小媳婦說話，老娘還真要被你瞞一輩子！」

自從兩人成親後，王氏就不讓他做貨郎了，說是他長得好，難保別人不會像她那樣賴上他，別到時候惹些桃花債回來。

武重哭笑不得，他生得再好，眼下都是奔四十的人了，哪還有什麼桃花債可招惹？且就算是從前，也只有王氏這樣的傻姑娘，願意捨下家裡的好日子，跟著窮苦的他過日子。

「我是想給妳和孩子攢點銀子。」怕王氏動了胎氣，武重好聲好氣地解釋。

「那我不管！你是不是答應過我，說要是做出對不起我的事就讓我砍死，絕無二話？」

武重說是，又道：「可我這不算做了對不起妳的事吧？」

王氏接著冷笑。「那我把你砍個半死，也不算砍死你吧？」

別看王氏做菜的時候使菜刀使得不怎樣，要砍人的時候那菜刀卻是舞得虎虎生風！

這種陣仗家裡經常上演，這次卻把武重嚇壞了，倒不是真怕她砍自己，王氏嘴硬心軟，從來都是嚇唬他的，他就是怕王氏會傷到了自己和肚子裡的孩子。

他邊跑邊喊，讓她注意著身子，夫妻倆正鬧著時，村裡來了好些個官兵……

這樣的夢，這些年武重經常作，醒來都是淚濕衣襟。

這次起身，他只覺得好笑，心中想著，也不知道過了這麼些年，年過四旬的老妻還舞不舞得動菜刀？

後頭他就讓小廝給自己更衣、梳頭。他許多年沒有這樣講究了，刨花水上頭，摻雜了銀絲的頭髮梳得一絲不亂，束到頭頂的金冠裡，配合著他仍有幾分年輕時風采的剛毅面容，一下子年輕了好幾歲。若不說話，就是個英武的中年人模樣。

下人們見慣了他暮氣沈沈的樣子，這天不免誇讚道：「國公爺早就該這麼打扮了，看著比小的還年輕精神呢！」

武重抿了抿唇，笑起來的時候半邊臉依舊不大自然。

沈寒春就是在下人們的恭維聲中進來的。看到武重這將死之人突然知道打扮，沈寒春的眼中流露出一絲鄙夷。

算算日子，武青意就快回來了。上輩子的她囿於宮廷，但依稀記得他是八月回京的，這輩子也不知道怎麼了，竟然拖到了九月。只盼著他身受重傷、不能人道這件事，不要也跟著起變化才好。

她壓住內心隱隱的不安，進了屋就道：「國公爺今日確實英朗！」

武重點了點頭，和眾人吃力而緩慢地道：「都警醒些，夫、夫人他們今日回來。」王氏和顧茵他們還活著的消息，武青意只寫信告訴了武重和正元帝。武重也是戰場上下來的人，謹慎慣了，只讓人仔細打掃了家裡的院子，又自己檢查過，到了今日才提了這件事。

下人們不明所以，但知道自家這位國公不願多說話，也不敢多打聽，便只一起給他道賀，又連忙去辦自己的差事——雖不知道哪裡冒出來的夫人，但總歸府裡的大爺要回來了！

沈寒春心下卻掀起了驚濤駭浪！什麼夫人？她從不知道！是了，武家鄉下確實有家人，天下大定後武青意就上書請封，給他在洪水中喪命的母親和髮妻都追封了誥命。

沈寒春重活一世，所依仗的不過是「未卜先知」的本事，可最近上輩子沒發生過的事情越來越多了，這如何能讓她不感到驚慌呢？正當她六神無主之際，門房進來通傳——

「國公爺，將軍的馬車到街口了！」

武重立刻站起身。他不良於行，從前並不出屋子的，此時卻是拿起了枴杖，一瘸一拐地自己出去了。

沈寒春立刻跟上。雖然情況和她知道的完全不同，但事已至此，即便武重的髮妻平安來了京城，她也不覺得自己會輸給一個山野村婦！沈寒春扶了扶頭上的髮簪，拿出了上輩子在宮廷學過的規矩禮儀，一起出了去。

武重剛走出院子就氣喘吁吁地停下來，他讓沈寒春先帶人出去相迎，自己則歇過一陣再走。

沈寒春走到門口，剛好看到騎在高頭大馬之上的武青意。

他穿著一身慣常的玄色勁裝，勾勒出肩寬腰窄的身形。且他沒有再戴覆蓋半邊臉的銀製面具，剛毅俊朗的面容暴露在外，自有一種攝人心魄的氣度。

他居然也沒受傷？沈寒春眉頭蹙起，越發覺得事情不該是這般的。她心中氣結，強忍著不帶到面上，只等著看武重說的夫人。

那個鄉野村婦，猛地進城來了，以為靠著丈夫和兒子能過上好日子，結果卻發現老夫身邊已經有了她，想來這場面一定極為熱鬧吧？

第二十四章

顧茵這邊，馬車剛停穩，王氏不用人扶，自己就跳下車了，接著轉過身伸手要去扶顧茵，不過看到武青意下馬之後已經走到馬車的另一頭了，顯然是知道要扶自己媳婦兒的，總算不太蠢。王氏笑咪咪地把手一縮，看到馬車裡還放著的盒子——就是放菜刀的那個，顧茵喜歡得不行，日常都放在身邊的，她就轉而拿起了那個。

下人們自然來取行李，王氏趕緊趁這個工夫四處打量起來。

國公府門庭威武，兩扇朱漆銅釘大門，上頭是朱漆金字的牌匾，門口還有兩尊一人高的石獅子，一左一右靠著廊柱，神氣非凡。一眾下人都穿著一致服飾，雖不認得她，卻個個臉上都露出熱絡殷勤的笑。好哇，自家真的是要過上好日子了！王氏眼眶一熱，隨後又想到自己不該看這個，得看看有沒有戲文裡說的姨娘、通房什麼的。

沈寒春上輩子是在宮裡待過的，察言觀色的本事並不輸給一般宮人。眼前站著的婦人看著四十來歲，雖能看出幾分年輕時的風采，卻和自己這個年紀的姑娘不能同日而語。察覺到王氏探究的目光，她立刻站直了身子，露出一個自認為很嬌怯甜美的笑容。「您就是國公夫人吧？我——」

王氏看她一眼後，就把她撥到了一邊去。這丫頭看著和自家兒媳婦差不多大，還沒大兒子大呢，武重再有花花心思也不會打到這個年紀的丫頭身上，而且她還笑得像個傻子似的。

沈寒春被力氣大的王氏撥了個趔趄，剛穩住身形，卻看見一旁的馬車內，一隻纖細白嫩的手撩開了車簾，一道清麗婉轉的女聲帶著笑意從裡頭傳出——

「你先把武安抱下去。」

武安的性格膽小靦腆，雖這幾年扳過來一些，但架不住今天確實是大場面，光是國公府的下人就出來了好幾十個呢！尤其進京後王氏還給他添柴加火，說他如今都七歲半了，現在可是國公府的二爺，這次可不能丟醜！國公是個啥，王氏到現在還不明白，反正就是大官。

武安唸了兩年書，已經懂了。正因為懂，他才格外緊張忐忑。突然變成一國肱骨之臣家的二爺，他真的還沒準備好啊，嗚嗚……

武青意聞聲，神情一柔。這些日子接觸下來，他也發現幼弟的性子有些太過內向了，但也情有可原，是因為弟弟生下來就和母親、嫂嫂相依為命。

「別怕，娘和嫂嫂都在呢！」顧茵又小聲地勸慰了兩句。

武安這才深呼吸一口氣，並不用他大哥抱，自己踩著腳凳下了馬車。

武青意肅穆的臉上露出一點笑意，他伸手拍了拍武安的肩膀，接著朝著馬車方向伸出自己的手。

那隻撩車簾的手遞到了他的掌心裡，一白一黑、一大一小，兩隻差別格外大的手交握住，看得沈寒春面帶慍色。武重的髮妻不該出現在這裡，那個叫武安的孩子也不該出現，還有馬車裡的年輕女子，那又是誰?!在沈寒春不敢置信的眼神裡，女子由武青意扶下了馬車。

她身穿一條散花如意雲煙裙，外罩一件白玉蘭散花紗衣，在沈寒春看來有些寒酸的打扮，卻是把她襯托得娉娉婷婷，宛如江南濛濛煙雨中走出來的女子。沈寒春再看她的面容，只見她頭梳一個百合髻，髮上沒有任何裝飾，但也不需要裝飾，因為她的眼睛極為清亮水潤，讓人看清她面容的時候，只會陷進那樣一雙眼睛裡，根本不會注意到其他地方。

沈寒春打量顧茵的時候，顧茵也察覺到了有人在看她，轉頭見到是個年輕女子，她微微頷首算是打過招呼，然後走到王氏身邊詢問。「娘怎麼不進去？」

王氏有點委屈地說：「妳爹沒來呢……」分別八載，雖說她前頭覺得半個月的時間不長，晚點見到也沒什麼，但是越靠近京城，王氏才知道自己心底有多想念他。

也不知道出門來迎迎自己！王氏氣呼呼地捏了捏手裡的木盒子。那盒子恰巧也沒蓋好，她一捏之下，盒角直接被捏開，哐啷一聲，那把通體漆黑的菜刀就掉到了地上。這可是自家兒媳婦的寶貝啊！王氏一陣心虛，趕緊彎腰把菜刀撿到手裡。

武重顫巍巍地剛繞過影壁，入眼看到的就是黑著臉、拿著把菜刀的髮妻。完了！武重下意識地就掉轉枴杖的方向，想跑！他身邊有兩個小廝跟著的，見他這樣就驚訝地問了——

「國公爺，您這是怎麼了？」

「國公爺是不是身子不爽利？小的這就去請老神醫！」

小廝關心焦急的聲音落到王氏耳朵裡，她注意到了影壁旁邊的武重，立刻氣勢十足地喊了他的名字。「武重！」

「哎！」

兩個小廝不明所以，眼看著平日持重的國公爺明顯打了個顫，然後又淚水漣漣地應了一聲。

夫妻半輩子了，雖分別八載，但互相太了解對方，王氏還是洞悉了他剛才想往後縮的舉動，沒好氣地問他。「你跑啥？」

武重也不知道自己跑啥，反正看到老妻拿菜刀，他就想跑。

「娘，手裡。」顧茵出聲提醒她。

王氏這才發現自己手裡提著刀。顧茵站得近，但王氏怕傷到她，並不把菜刀往她懷裡塞，轉身把菜刀和破盒子塞給站在另一邊的沈寒春。

「我還能拿刀砍你嗎？」王氏說著話，大步上前，攙起武重。這一攙，王氏才發現武重這樣瘦，手臂上的骨頭都硌手！他從前不是這樣的，雖不如大兒子魁梧，卻也是十分壯實的。王氏不禁落下淚來，埋怨道：「你怎麼吃好、住好還瘦成這樣？讓人心裡怪不是滋味的。」在王氏的設想裡，武爹雖然身子差、中了風，但他可是當了大官的人，怎麼也該像戲文裡那樣，把自己吃成大腹便便，再左擁右抱兩個美人，過得十分風光愜意才是，怎麼就瘦成這樣了？

武重帶著淚地笑道：「我也不、不知道。」

王氏又哭了。「你說話也不索利了，好像從前村東頭那個二傻子。」

壩頭村從前是有那麼個二傻子，二十來歲了還連話都說不清。

卒中後的樣子本就是武重的心症，日常下人們看到他狼狽的模樣，他都要發一頓火的，因此下人們自發自覺地縮了脖子，準備迎接他的怒火。

「我好好、好好練練。」

沒想到，他們國公爺根本沒發火，反而有些心虛！

夫妻倆邊說話、邊相攙著往裡去。

都走出去好一段路，王氏才轉身招呼道：「大丫！大丫快來！」

顧茵應了一聲，拉上武安，另一隻手往後一伸——粗糙溫暖的大手就覆了上來，讓原本想牽顧野的顧茵一陣無奈。

「小野還沒回呢。」武青意解釋道。

顧野在寒山鎮的時候就是閒不住的，到了京城他哪能在馬車裡待得住？在周掌櫃說準備去打聽一下朝廷放售、放租店鋪的時候，他就跟著一道去了，眼下還沒回來。

「你多大了也要我牽？」顧茵放了他的手，又無奈地笑了笑。「小野這孩子也是皮過頭了，一刻都不得閒。記得叮囑門房，別回頭不放他進來。」

「已經都說過了。」

「石榴，別忙活了，快些過來。」

顧茵又招呼了一聲宋石榴，便和武青意肩並肩地往府裡走了去。

宋石榴應了一聲，腳下卻沒動，正死死盯著下人們搬送行李。她很有丫鬟自覺的，太太和老太太都把她帶到京城這樣的地方來了，她可得好好辦差，不讓自己第一丫鬟的地位受到威脅！看到下人們一件不落地取走了行李，宋石榴這才挎上自己的小包袱往大門裡走。

門口除了忙碌的下人，只剩下個沈寒春。

「這位姊姊也是府裡的丫鬟吧？」宋石榴很熱情地和她打招呼。「我是太太身邊的石榴，以後咱們一道盡心為太太辦差！」

「我不是丫鬟！」沈寒春尖叫出聲。

「不是就不是唄，妳叫個啥？」宋石榴被嚇得往旁邊站了站。「那妳是府裡的啥？」

之前一直把自己當成英國公府未來女主人的沈寒春撇了撇嘴唇，眼下卻說不出那樣的話，只能乾巴巴地道：「我是……照顧國公爺的。」

宋石榴沒好氣地說：「那妳不還是個丫鬟？跟我大呼小叫個啥啊？」啥人啊，她客客氣氣地攀談，結果一上來就大呼小叫的，還用陰森森的眼光瞧人！宋石榴哼了一聲，揹上小包袱就不理她，自個兒進府去了。

這麼多人……這麼多人，全是不該出現在這個世上的！為什麼會這樣？為什麼……心緒急遽起伏之下，沈寒春狠狠地把手裡的東西擲到了地上！菜刀哐啷一聲落地的同時，一道童聲在她背後響起——

「妳扔我娘的東西？」

「我手滑了。」沈寒春呼吸了幾下，強忍住怒氣轉身，等到看清背後站著的人時，她嚇得膝頭一軟，直接就跪了下去！

大熙朝的烈帝，這是每個宮人都敬畏如神明的存在。

他十二歲才被迎回宮裡，初時被封為烈王，在宮中活動了不過三年，闔宮上下就都對這位在外過了十來年的大皇子心悅誠服。

十五歲那年，他被正元帝封作太子，親自掛帥出征，將前朝廢帝斬於刀下、挫骨揚灰不算，更把前朝萬餘人舊部悉數處死。如此酷烈手段，曾招致滿朝文武的不滿，上書要求正元帝另立儲君，還有說話格外難聽的，說烈太子如此心性，怎麼可能是宅心仁厚的正元帝的子嗣？那真是誅心之言，直接懷疑起烈太子的出身了。

無奈正元帝並不聽那些，且他子嗣不豐，除烈太子之外，只另有二兒一女。二皇子體弱多病，三皇子不學無術，正元帝又獨喜烈太子，力排眾議，並不把其他人作為儲君備選。

好在此事過後，這位烈太子沒再展現過任何暴戾的一面，朝臣們又確實信服於他，便不再有人勸諫正元帝另立太子。

又過三年，正元帝征戰多年的傷痛發作出來，便傳位於他。十八歲的烈太子即位，成了烈帝。他用了兩年時間就坐穩了皇位，羽翼豐滿之後，便開始清算舊帳。天下人這才知道，這位烈帝昔日藹然可親的性格全然是偽裝，真實的他，就是斬殺廢帝和前朝餘孽時那般睚眥必報的酷烈性情！昔日勸諫過正元帝廢太子的臣子被他一一發落，輕則貶謫，重則罷官流放，而那個懷疑他出身的文官，後頭更是讓他拔了舌頭！

但是他也有手腕，與他不對盤的，他折磨人的手段雖層出不窮，卻也不會牽連對方的家眷；沒有違逆過他的，他賞罰分明，堪稱一位明君。

後頭他提拔了一批寒門學子，將剛建國沒多久、還百廢待興的新朝治理得不輸於前朝最鼎盛風光之時。

這樣一個睚眥必報卻又有雷霆手段的君主，上自宮廷、下至朝堂，就沒有不畏懼敬重的。

也有不少臣子在犯了他的忌諱後，以年紀老邁、心智昏聵向烈帝乞求原諒。他就畫出自己幼時的畫像，一幅幅展現在人前，又輕蔑地笑道「朕少時流落在外，與狗爭食，衣不蔽體、食不果腹，老大人與朕比慘，怕是比不過」。自那些畫像展出後，再沒人敢以博取同情的方式來向他求情了。

眼前的孩子看著約莫五、六歲，長得還不是很像正元帝，也比烈帝給自己畫的五歲時的畫像看著豐腴圓潤一些，但整體輪廓完全一致，眼下還有一點黑痣，沈寒春絕不會認錯！她在宮裡待過一輩子，對烈帝的敬畏已經刻到了骨子裡！跪下後她汗出如漿，抖如篩糠。

顧野歪了歪頭，嘟囔道：「妳也是奇怪，掉了東西撿起來不就好了，跪什麼呢？」

沈寒春一下子夢回上輩子，那時她因為心喜武青意，不想在宮中待一輩子，就上下疏通打點，想早日離開宮廷。沒承想她這樣在宮廷中如螻蟻一般的人物，卻讓烈帝發現了她的意圖，讓人把她傳到身前，一邊看奏摺、一邊隨口道：「妳也是奇怪，妳既不想在宮中任職，求到朕跟前來不就好了，上下賄賂做什麼呢？」

沈寒春這才知道，烈帝彼時正在徹查宮闈中行賄瀆職的事。當時她聽到這樣的話，還當烈帝會賞賜她一個恩典，放她出宮，沒想到他下一句就是「妳是追隨太上皇有功之人，既妳不想在宮中，便去別院服侍太上皇也是一樣」。從那之後，她從宮廷醫女，成了別院的醫女。雖同樣是醫女，但地位卻是一落千丈，畢竟太上皇得病那也是看御醫，並不用她這野路子出身的醫女。尤其她是被烈帝貶謫離宮的，別院的宮人看人下菜碟，越發苛待她，以至於她還沒有熬到四十歲，就得了不治之症。

「喂，我在和妳說話。」顧野有些煩躁地搔了搔頭。這人也太奇怪了，好像在看他，又好像在透過他看別人。他倒是不介意她跪著，反正跪壞了也和他沒關係，可是他娘心很軟的，要是讓他娘看見了，肯定會以為他在欺負人。

沈寒春兩眼一翻，直接嚇暈了過去。

顧野趕緊站起身，和身邊的下人道：「你們都看到了，和我無關喔！」有下人作證，旁人總不會向他娘告狀吧？

下人們只知道還有位小少爺沒回來，倒並不很清楚他真正的身分，但沈寒春確實是自己暈的，顧野除了和她搭了兩句話，什麼都沒做，因此立刻紛紛應和道：「和小少爺無關，是春姑娘自己暈過去的！」

顧野這才點了點頭，背著雙手，讓下人引路，去尋顧茵和王氏他們了。

宮牆之內，昔日的義王、如今的正元帝陸守義剛散了朝。

大熙朝遵循前朝舊例，還是五日一朝。

陸守義打仗前就是個只會寫自己名字的白丁，後頭隊伍成型了，才開始學文識字，給自己改了現在的名字，自封為義王。但他肚裡墨水實在有限，很不喜歡處理那些事，尤其是一些舊朝文臣，說起話來文謅謅的，他但凡分神一會兒，都聽不懂對方在說啥。

「青意還沒回來嗎？」陸守義一手拿著筆，一手把梳得一絲不亂的頭髮撓成了雞窩。

他近身的大太監並不是前朝的人，而是從前軍中的一個小將，名叫錢三思。

錢三思也是窮苦人家的孩子，十來歲就讓家裡人找了騸豬的匠人，像畜生那樣被閹了。隨後家人想把他送進宮廷換銀錢，卻沒想到這種事根本輪不到他們這樣的窮苦人家。錢三思沒進得去皇宮，又成了閹人，他爹娘乾脆就把他扔到了野外，讓他等死。

也恰好，錢三思遇到了陸守義，加入了義軍之中。

他的境遇其實和武青意很相似，都是在絕境中被義王撿到身邊的。也因為這樣，錢三思和武青意也說得上話，很有些交情。

「將軍前兒個才給陛下傳了信，左右就是這兩日了。」

樣，都是看到墨水字就發昏的。他是等著武青意把寒山鎮上那位三朝元老給請過來！

陸守義自然是記得這個的，他倒不是指望武青意來幫他處理公務——武青意和他一樣，都是看到墨水字就發昏的。他是等著武青意把寒山鎮上那位三朝元老給請過來！

那位老大人雖然是前朝舊臣，卻是一心為民的，不然也不會落到被貶官歸鄉的下場。而且前頭剿滅廢帝，那位老大人也是出了大力的，可見並不是愚忠的人。

又看了一刻鐘的奏摺，陸守義實在是看不進去了，便扔下奏摺，去了後宮。

大熙朝後宮如今一共只有三位女眷，一位自然是陸守義的老娘王氏，如今已經被封為太后；另一位則是陸守義的髮妻周氏，如今已經是周皇后了；還有一位，是昔日滁州守將、現在的魯國公之妹，馮貴妃。

現在是周皇后和馮貴妃去給太后請安的時辰，三人都聚在慈寧宮裡，陸守義也就奔著慈寧宮去了。

王太后正帶著兩個兒媳婦唸經。

其實從前的她並不是信奉神佛的人，但自從丟了大孫子後，老太太就信佛、茹素。一開始是期盼著大孫子能平安歸家，後頭知道大孫子多半是沒命了，就盼著他早登極樂，來日托生回自己家。茹素好幾年，即便是陸守義登基，老太太吃的宴都是全素的。

旁邊的周皇后和馮貴妃都有些漫不經心，王太后見了難免不高興，板下了臉來。

馮貴妃先請罪，道：「最近變天，兩個孩子都有些不好，妾身……」

大孫子不是馮貴妃肚子裡出來的，她自然沒那麼上心，何況她生下的那對雙生子也都是自家骨肉，又確實比一般的孩子體弱些，王太后就擺擺手，先讓她回宮去照料自己的孩子。只剩下周皇后，婆媳倆是相依為命過來的，從前感情很不錯。後頭大孫子丟了，周皇后就變了個人，整個人變得很陰鬱，後頭又生下個兒子，看得比眼珠子還重，日日恨不能拴在褲腰帶上，飲食起居都不讓旁人沾手，連王太后這親祖母想見一下孫子都得經過她批准。就這種把身邊人都當賊防的態度，別說王太后，連陸守義和她的感情都差了起來。

所以最後王太后什麼也沒說，嘆了口氣就放她離開。

等她走後，王太后再找宮人一問，周皇后生的小皇子是沒有不舒服的，只是今早吃飯的時候少吃了一口，所以周皇后這才心不在焉，一直記掛著。

雖說如今一家子都從地底躍到了雲頭，但王太后有時候也會懷念從前還在鄉下的日子。那時候她兒子還叫驢蛋，並不叫什麼守義，只和家裡人說自己有一番大事業要做，把他們安頓在偏僻之地，一年半載才回家一趟。但那時候陸老爹還在，她身子骨也硬朗，兒媳婦孝順，後頭還給家裡添了個大孫子，因此雖然掛心著兒子，但每天的生活都熱熱鬧鬧的。不像現在，突然好像除了混吃等死、虛耗光陰，就再沒別的奔頭了。

陸守義到的時候，就看到王太后一個人對著窗外發呆。

他揮手屏退了宮人，上前坐到王太后身邊，詢問道：「娘怎麼不高興了？」

王太后回過神來，見到是他，臉上露出一絲笑意，說：「我有啥不高興的？我們家驢蛋有本事，娘都當太后了。」說是這麼說，王太后的眼神中還是流露出無限蒼涼來。

陸守義心中不忍，突然想到了什麼，道：「青意回來了，來信說回鄉找到了他娘和髮妻，已經隨他一道上京。娘可要見見她們？」當年他派武青意去安置自己的家人，也是那次安置，他才知道鄉下多了個兒子，還已經弄丟了，這才沒有改派他人，還讓武青意去尋人。

「青意家的啊？那可以見見。」王太后慈愛地笑道：「他是個好孩子。」雖然他最終還是沒把大孫子尋回，但王太后是承了他費心費力地尋找幾個月的情的。

英國公府主院，眾人正坐在一處說話。親人再見，肯定得問起對方這些年過得怎麼樣？王氏先繪聲繪色地講了這些年她們婆媳從擺攤到開店，再到躲過廢帝風波……其中有多艱辛，三言兩語還真說不清。

王氏說了好大一通，把自己嘴巴都說乾了，也把顧茵說的不好意思了。在王氏的描述裡，自己簡直成了天下頂頂厲害、無所不能的人了。

「娘有些誇張，」顧茵臉色微紅。「其實我就是偶然在夢中學會了一些廚藝，然後做做飯、過過生活罷了，娘自己也很辛苦的。」

王氏的說話風格，武重和武青意再了解不過，雖然肯定有誇大的成分，但定是沒有胡編亂造的。

「大丫……辛苦，」武重艱難又激動地道。「好孩子！」

武青意看向顧茵的時候，目光也變得越發柔軟，然後他又看向她的手，這雙手這麼小、這麼軟，柔弱無骨，卻支撐起一家子的生計，做到了一般男子都做不到的事。

宋石榴和顧野先後進來了，王氏立刻把顧野拉到身邊。「小野快見你爺，你爺現在可是大官呢！」

武重被她這麼促狹一說，臉上一臊，道：「小野，阿爺給你和武安準……準備了見面禮。」隨後他摸出兩塊玉珮，正好武安也沒正式拜見他爹，兩個孩子就一起端端正正地朝武重下跪，又磕了個頭。

「阿爹！」

「阿爺！」

兩個小傢伙的嗓子一個賽一個的清亮，把武重喊得又紅了眼睛。

王氏和顧茵看著都笑起來，武青意也笑，只是邊笑邊看顧野。

這小崽子也不知道怎回事，自己和他相處了這麼久，還是一口一個「叔」的，眼下喊爺爺倒是喊得親熱。是自己做得還不夠好嗎？這麼想著，武青意的眉頭不禁微微蹙起。

其他人都沒注意到，但顧野被武青意多看了兩眼，卻是知道的。不是他要差別對待啊，是爺奶本來就在一起的，阿爺又身子不好，肯定得讓阿爺高興一些。但是爹嘛，是要和娘在一起的，這個他可得好好把關！顧野若無其事地回看過去，還對武青意笑了笑。

武青意見了也跟著勾了勾唇。還是個不怎麼懂事的孩子呢，不能和孩子較真。反正天長日久的相處下來，父子感情是能慢慢培養的。

正在這時候，下人進來稟報了一聲，說沈寒春暈過去了。

「請大夫瞧。」武重說完就擺擺手，讓人下去。因為他的身子，府裡不只有老醫仙和沈寒春兩個大夫，另還有兩個正元帝賞賜下來的前朝御醫。平白被擾了一家團圓的氣氛，武重還不怎麼高興地看了那下人一眼。

武重對府裡下人都不怎麼親近的，往日裡只對沈寒春稍假辭色，下人們見人下菜碟，便把沈寒春當成半個主子，可如今顧茵和王氏等人來了，有了對比，這才知道自己表錯了情。

下人離開後便去了沈寒春居住的小院子。

沈寒春其實已經醒了，但因為驚懼過度，還顯得有些病懨懨的。

看到去傳話的人過來，她強撐出一個笑臉。「國公爺怎麼說？可是一會兒要來瞧我？」

這下人之前還一口一個「春姑娘」喊著的，此時卻是皮笑肉不笑地道：「國公爺讓沈姑娘請府裡的大夫看呢！小的多嘴說一句，國公爺自個兒的身子也不好，又不是大夫，這樣的差事，沈姑娘往後還是別託到小的跟前了。」

沈寒春上輩子沒少見過這種兩面三刀、一時三變的人，但此時還是有些氣憤地道：「怎麼就是我託到你跟前的？」明明是對方主動要幫她跑腿的！

下人也不接話，籠著袖子就離開了，只留下沈寒春氣得捏緊了拳頭。

從前下人們喚她「春姑娘」，那就是認她做半個主子，如今卻喚她「沈姑娘」！都知道英國公府姓武，這就是突然把她架到客人的位置上了！

武重……好你個武重，真和武青意是一對親父子！一樣的冷心冷情、狼心狗肺！

沈寒春倏地站起身，但腦海內突然浮現起那雙無甚感情的狹長眼睛，她膝頭發軟，又撲通一聲坐了下來。

正院裡，孩子們喊完了人、王氏說完了自家婆媳的事，自然問起了武重父子這些年的境遇。這事武青意之前在路上已經交代過了，但他們父子日常不住一處，境遇自然也不同，而且王氏有心要讓武重多說說話。她家小野從前還不會說話呢，練到現在話也說得很流暢了。

如今也就王氏能逼著武重多開口了，在一家子期盼的眼神中，武重張嘴了。

「其實也沒啥，一開始做小旗，一年後又升、升任了總旗……三年前，升了千總。」提到未受傷前的那段過去，武重臉上展露出了另一種自信的風采，但說到此處他忍不住嘆息，眼神一黯。「可惜……可惜後來受了重傷。」一口氣說了這麼多話，他又咳嗽起來。

王氏給他捋著背順氣，武安跳下椅子給他端水，顧野則從自己的小荷包裡拿了個無核的梅子乾，餵到武重嘴邊。

武重順過氣，喝了小兒子端的水，吃了個大孫子餵的梅子乾後，臉上帶起了笑，又接著道：「受傷後，聽聞壩頭村洪水，急得卒中，就不中用了。現在的好日子，還是靠青意。」

武青意立刻道：「爹這話說的不對，您是為了救陛下才受的傷。」正元帝之前的意思就是把國公位給武青意，另外封個侯爵給武重。一門兩父子，一個國公、一個侯爵，實在是烈火烹油，武青意這才跪求著讓正元帝收回成命，只把國公封給武重。

「唉，大郎說的對！」王氏笑道。「戲文裡怎麼說的？這叫救駕之功！你這傷可不是白受的，咱家的功勞也有你掙的一半呢！」

察覺到孩子們敬愛的眼神，武重心中的鬱結一掃而空，還罕見地昂了昂下巴，自豪道：「那是，當年青意可不如我！」

一家子說笑了半天後，王氏突然把手往武重面前一伸。

當著幾個孩子的面，怪讓人不好意思的，武重老臉一紅，但還是把手覆了上去。

王氏疑惑地說你幹啥，又把他的手拍掉。「拿錢啊！」

得！合著是要那個。武重看她一眼，讓人送來了家裡的庫房鑰匙。

王氏揣著庫房鑰匙，拉起顧茵就走。

被下人引著去庫房的路上，王氏還同顧茵耳語道：「大丫，咱家真發達了！往後這鑰匙就妳收著，妳不是想開新店嗎？妳拿著銀錢自己買去，看中哪裡買哪裡！」在寒山鎮的時候，她就想著要給顧茵買個鋪子。雖然那會兒是為了給兒媳婦添產業，好再嫁，眼下自然不是為了再嫁，但王氏是個重諾的人，一直把這件事記掛在心裡呢！

英國公府開府沒多久，武重和武青意父子也不是講究的人，家裡的金銀珠寶就都堆在一個大庫房裡。

看到一個個到人小腿高的大箱子把開闊的庫房堆得滿滿當當的，王氏喜得眉開眼笑，忍到讓下人都下去了，她才笑出了聲，豪氣干雲道：「娘剛說的不對，有這麼些好東西呢，買一間哪夠？妳喜歡的都買，買它一條街！」

顧茵也跟著笑。哪有人不喜歡銀錢呢？自家再不用為生計發愁，那真是再好不過的事。

王氏說完就去開箱子了，第一箱是各色珠寶，她抓了個大金鐲子就往顧茵手上套；第二箱是大件古董，她不懂得分辨，就讓顧茵自己看，讓顧茵挑喜歡的放自己屋裡；第三個箱子是字畫卷軸，王氏沒動；第四箱是一些紙張發黃的書，她就說回頭都塞武安屋裡去；第五箱是布疋料子，她選了個顏色好看的，說回頭給顧茵裁新衣。

接著第六箱、第七箱……一口氣開了泰半，王氏汗都出來了，奇怪地嘟囔道：「金銀呢？難道家裡就沒有能直接花用的錢？」

自然是有的，最後一摞疊在一起的、個頭小一些的箱子，最上頭的一個裡頭裝著的就是一整箱子的銀元寶。王氏這才又笑起來，繼續再開下面的，然後，她臉上的笑就戛然而止了。第二箱裝的是金元寶，但是空了一大半，只剩不到兩層。其他幾個箱子更驚人，居然全是空的！

王氏一口氣把剩下的十來個小箱子全開了，然後臉黑得比鍋底還黑，立即拉著顧茵回了主院。

這邊廂，武重知道武安和顧野都學了本事，兩個孩子正一個表演舞拳、一個表演背書給他看。武重高興得嘴都合不攏了，一會兒看看小兒子，一會兒看看大孫子。

要不是他現在身子差了，真恨不得把兩個孩子都摟進懷裡掂掂。

他正享著天倫之樂呢，冷不防的，王氏一陣風似地颳進來了。

「這個年紀了，妳慢些。」武重笑著笑著，突然發現老妻面色不豫，立刻止住了笑，小心翼翼地問她。「怎麼了這是？誰、誰惹妳了？」

武安和顧野可比他有眼力見，兩人從王氏的腳步聲就察覺到她不高興了，早就停下來站到了一旁去。

王氏把鑰匙重重地往桌上一放。「你惹我了！」

吵架沒好話，他們夫妻久別多年，沒得剛見面就因為錢財傷了和氣。尤其武重說話不索利，怕是急起來解釋都解釋不清，因此顧茵先讓王氏坐下，又解釋道：「娘方才和我去了庫房，看到家裡金銀珠寶和古董字畫都沒動，只是金銀那些所剩不多。」又勸王氏說：「爹和青意是什麼樣的人，娘難道不知道嗎？咱們農家人最是儉省的。娘先不忙生氣，咱們先問個清楚。真要是他們亂花銷，我就和娘一起……一起生氣！」

王氏聽到這話，忍不住抿了抿唇。「怎的光我一個人生氣不夠，還得加個妳一起生氣唄？」

顧茵笑了笑。「那我能幹啥？我總不能和娘一道把爹揍一頓吧？武安快來，背背律法，這要是揍了當朝國公，我得關幾年？」

「別聽你嫂嫂胡說！」看到武安還真要張嘴背律書了，王氏總算是笑起來。「那就聽妳的，我先不氣了，咱們好好問問。」

武重方才是真的急了，從前家裡若鬧出這種陣仗，非吵上大半天不可。他方才張嘴想解釋，但焦急之下，喉嚨又如同往常那樣，像塞了團棉花，一個字都說不出來。

也得虧兒媳婦像老妻說的那樣，今非昔比了，三言兩語還真把老妻勸住了，不然怕是今日這團圓的好日子，就要因為一樁誤會而鬧得不可開交。

看到武重的臉都被憋紅了，顧茵端起他面前的茶盞，走到廊下讓人換了新的來，後頭也不讓下人進屋，她又親自端到武重面前。「爹先潤潤嗓子再說話。」

武重從家裡離開的時候，顧茵到武家不過三年，又是個只喜歡躲在人後的怯懦性子，武重對她的印象已經完全模糊了，如今雖才重見了小半日，但顧茵整個人都在武重的記憶裡鮮活了起來。「好孩子。」他拍了拍顧茵的手背，喝過了茶，心中焦急的情緒褪去，也能說出完整的話了。「我們行軍打仗並不洗劫。」

這是自然的，不然義軍也不會在十年裡盡收天下民心。

武重又接著道：「庫房中都是陛下賞賜的，金銀本就不多。」

王氏當然看得出來裝金銀的箱子比其他箱子少很多，畢竟新朝的國庫是接管舊朝的，而舊朝國庫早就空虛了，連軍餉都發不出。但皇帝肯定不可能賞賜些空箱子來吧？

「金銀那些，大多都是分給舊部了。」

正元帝登基，第一件事自然是封賞有從龍之功的人。但追隨他的人好幾萬，肯定不可能人人都記得住，又人人都給賞賜。

尤其是一些早年就如武重這樣，受了傷從戰場上退下來的殘兵傷患，根本不知凡幾。他們這些人大多都在皇帝面前沒有姓名，進不得皇宮，也不敢求到正元帝面前，便進了英國公府求見武重哭訴。加上前段時間武青意也不在京中，偌大的英國公府只剩武重一個主子，他對昔日部下的境遇感同身受，心也軟和，所以每次都給出去幾十兩銀子或者幾兩金子讓對方安家，不知不覺就給出了好些金銀。

他沒數，也不擅理財，身邊的兩個小廝雖然是從前就一直跟在他身邊服侍，忠心可表日月的，但也都是從前軍中的窮苦孩子出身，目不識丁，自然不通庶務。

要不是王氏今日提了，武重還不知道快把庫房裡現有的金銀都掏出去了！

「敗家玩意兒！」王氏雖然不像之前那麼生氣了，但還是忍不住嘟囔道：「他們在陛下面前沒體面，難道在你面前就有了？那麼些人，你全都記得？」

武重被說得沒吱聲。他自然是記不全的，只是對方能說出具體所屬哪個營帳、哪個隊伍，他聽著是自己知道的，或者是自己或兒子帶領過的，再看一看對方帶來的能表明身分的信物，也就把金銀掏了。

「算啦，確實都是可憐人。」王氏又嘆了口氣。她自己也是窮苦過來的，當初逃難到寒山鎮時也是山窮水盡。若不是顧茵幫著她拿回了娘家的屋子，一時之間怕是連個小攤子都支不起來。那些人都是被前朝逼得沒辦法才造反的，本來的境況肯定就艱難，在軍中又沒混出個名堂，身上帶著傷或殘，想來便是到了新朝，日子也不會好過多少。

「就當是給咱家積德了。」王氏忍著心痛，不敢去想實際到底給出去多少金銀。隨後她看到顧茵手上的那個金鐲子，又笑著安慰自己道：「幸好還有好些個珠寶和古董呢，也值好多銀錢，盡夠給咱家大丫置辦新店的！」

雖然有些殺風景，但顧茵還是提醒道：「娘，這些東西怕是不好變賣。」果然就看到王氏臉上的笑一下子垮了下來。她接著指著鐲子內圈解釋道：「娘看這裡，這裡有記號，我猜是宮廷特有的。一會兒去比對其他珠寶首飾，應該能印證我猜的對不對。有宮廷特有記號的東西，一般的鋪子不會收，而且也可能給咱家招災。」

御賜的東西，都是出宮前就在宮裡登記造冊的。尋常人家能被賞賜一、兩件，都得像供祖宗似的供在家裡，也就是英國公府從龍之功甚偉的，才能得到那樣一庫房的東西，但這並不代表英國公府可以隨意處置御賜的東西。

變賣御賜的東西，一來是如顧茵所說，等閒店鋪看到宮中的記號就不會收。二來嘛，就算收了，這事若讓有心人知道了，往小的鬧，那是說英國公府剛得了開國的賞賜就入不敷出，把他們一家子當成笑話；往大了鬧，那就可以說英國公府居功自傲、目中無人，連御賜的東西都敢往外賣，這不是不把正元帝放在眼裡是什麼？

往更深一層想，要是有心人先留著他們府裡流出去的東西，按下不表，等到以後再拿出來，作為英國公府的信物，構陷個別的罪名，那還真要掰扯不清了！

一通分析完後，顧茵抿了口熱茶。

王氏聽完都快哭出來了。「那麼那些東西能幹啥？就擺在家裡看？」

暫時還真只能供著，除非顧茵哪天生意做大了，自己建個金樓、銀樓的，親自監督，讓信得過的人把金銀首飾直接融了。但開金樓、銀樓需要的資金和人脈，根本不是眼下根基未穩、剛從泥腿子脫胎出來英國公府能想的。

「還是能用的。」顧茵安慰道：「那些個頭面、首飾，娘和我一道戴，或是見客、或是赴宴，都很體面。」

王氏根本沒被安慰到，她和兒媳婦都是一個頭、兩隻手，兩個人能戴多少？那一庫房，夠她們婆媳倆從年頭戴到年尾還不重複的。何況她們又都不是那種好面子的人，而是喜歡實惠的。王氏又問武重。「你送人錢財歸送人錢財，沒把那些御賜的東西給人吧？」

武重立刻搖頭說沒有，倒不是他想的和兒媳婦一樣深遠，只是想著那些珠寶給了人，對方肯定還要再去變賣。都是和他一樣窮苦出身的人，哪裡知道那些珠寶的實際價值？別回頭讓當鋪的人給糊弄了，所以乾脆就直接給現銀。

王氏呼出一口長氣，很快又想到了別的，眼睛一亮，道：「還有俸祿呢，國公俸祿肯定不低！」

「盤盤帳吧。」顧茵道。國公的俸祿肯定不低，但這偌大的國公府，養的人也不少。光上午出去迎人的，就有好幾十人。進項多，出項也多，還是得把整體的帳盤一遍才能做到心中有數。顧茵說完就去看武重，他到底是一家之主。「府中應該有帳房先生？」

武重搖頭說沒有，又緩慢地解釋道：「這府邸之前是王府，帳房先生逃了。」

一朝改朝換代，王府裡賣身的奴僕自然是不能逃、也不敢逃的，但帳房先生是從前主子的心腹，又是自由之身，自然就逃了。而英國公府開府時間短，也沒人料理庶務，還沒培養那樣的心腹。說完，武重便看向王氏，從前家裡的大事小情可都是王氏作主的。

王氏再看顧茵，這才是現在家裡真正的一家之主呢！

「唉，一起來吧。」顧茵苦著臉，心道幸好學會了看古代的單式記帳法，也和周掌櫃學會了打算盤，不然眼下還真要抓瞎。

武重又讓小廝去取公中的帳簿和算盤來。

一大摞帳簿先送來了，兩個小廝合力抬過來的。多一些的是從前王府裡那些下人月錢的記錄，少一些的是開府了半年多的英國公府的日常開銷。

後頭他們再去取算盤，結果府裡就一把原先那帳房先生留下的老算盤。

好在有個小廝記性很不錯，記得宮裡賞賜的那些東西裡頭有幾把金算盤。雖然那金算盤做得小巧精緻，只成人巴掌大小，是用來賞玩的，但好歹能用。

「來吧！」顧茵擼起袖子，先把一個小算盤放到武安面前。

顧野同情地看了武安一眼，然後腳下開溜，跟著他奶去庫房裡檢查哪些東西不帶宮廷記號。

武青意也會計數，但不擅長打算盤，就幫他們唸帳簿。

武重看大家都忙活去了，乾坐著怪不好意思的，就幫大家添茶、續水，又讓小廝去廚房傳話做點心、吃食。

一家子從午飯前開始忙活，一直忙到下午晌，周掌櫃帶著笑從外頭回來了。

他已經打聽清楚了，朝廷放租、放售的店鋪實在很優惠，他們來得晚，放租的基本是輪不上了，但是放售的店鋪卻還有不少。像望月樓那樣的大酒樓，一整間連土地，只賣六、七千兩銀子，地段市口好一些的，也就在一萬至二萬兩出頭。

寒山鎮的望月樓抵押的時候都能抵押出一千兩，都知道黑市抵押壓價壓得厲害，所以望月樓的市價其實是在二千兩左右。這也是當初王大富在那麼不富裕的情況下，散盡家財也得把望月樓贖回去的原因。如今可是在京城，天子腳下，寸土寸金，這樣的低價，也就是新朝開國才能趕上這種大好事了！

擱從前，周掌櫃當然是想辦法再打聽打聽那些放租的，看看剩下的那些裡頭還有沒有能用的，從矮子裡頭拔高個兒。但眼下他東家背靠英國公府，當然不用再那麼摳摳搜搜了，所以周掌櫃一整天盡打聽那幾間大酒樓去了。

有一間他覺得最好，就在離英國公府不遠的太白大街街口，搭乘馬車的話來回不超過半個時辰。附近既有達官貴人，也有富裕百姓，既方便顧茵照顧店鋪，也不用再做利頭微薄的平價生意。因此進了府，周掌櫃就迫不及待地想告訴顧茵這個好消息，然而剛進屋，周掌櫃就看到王氏正癱軟在太師椅上，捂著眼睛一副欲哭無淚的樣子。

「怎麼都有？啥都有！珍珠串串每顆都有，釵環首飾上的寶石也有，就連金算盤的算盤珠子上也有……」

有個啥？周掌櫃還沒搞明白，就看到自家素來鎮定自若的東家眼冒精光地看著他。

顧茵激動不已地喊道：「掌櫃的總算回來了！」

周掌櫃下意識地後退了半步。

顧野已經躥到他身後，「砰」地一聲關上了屋門！

武青意也在眨眼間出現在周掌櫃身側，鐵鉗子似的大手按到周掌櫃肩頭上。「來，您請坐！」

然後，屋裡響了一下午的算盤聲再次響起，而且還多加入一道，顯得越發熱鬧了。

英國公府的清幽別院內，老醫仙正在一邊碾藥草，一邊時不時地抬頭看向門邊。

小藥童見了，就嘟囔道：「師祖既然掛心，為什麼國公爺讓人來請您一道去正院熱鬧熱鬧時，您又不去呢？」

老醫仙沒好氣地道：「人家一家團圓，眼下正是享受天倫之樂的時候，我一個外人去幹啥？」

「師叔又沒把您當外人。」小藥童道。

老醫仙碾完藥草，又拿了個龜甲開始搖銅錢。

一般會卜卦的人都有講究，遇到大事才占卜，或者給自己定規矩，每天占卜次數不超過三次，以此來提高占卜的準確度，或者避開所謂的天罰。但老醫仙不講究那些，他閒來無事就占著玩，有時候連出門需不需要帶把傘都靠占卜來決定。

銅錢和龜甲撞得喀啦作響，就那麼響了一刻鐘。

正在看醫書的小藥童不堪其擾，捂著耳朵大聲道：「我覺得師祖該去呢！」

喀啦聲停下，老醫仙問他為啥這麼說。

小藥童道：「師叔不是要了師祖的天外隕鐵嗎？如今隔了幾個月，那神兵利器一定已經打造好了，您不去看看怎麼行呢？」

「對喔！」老醫仙立即整理了一下衣襟，站起身道：「我可不是去打擾人家的天倫之樂，只是去看看我那塊寶貝！」

送走了他後，小藥童呼出一口長氣，看到他隨手拋下的龜甲和銅錢，自發自覺地上前收拾。奇怪，這卦象怎麼是個凶？勸人不要去的意思？一定是因為師祖老是隨隨便便卜卦，不準啦！於是小藥童哼著歌，把龜甲和銅錢一收，又接著研讀起醫書。

一通帳盤到月至中天，總算盤出了個所以然。

英國公府闔府上下共有百餘個下人，月錢大部分都在半兩至二兩之間，一個月就要發出去一百多兩的月錢；另外還有管家和廚子那些月錢高的，加起來也有百兩；而要養活這麼些人，一個月則也要一百多兩花銷。就先籠統的加一加，算作每個月有四百兩支出。

這是從前王府的帳房先生記錄的，還算是比較清晰好查。

難查的是新帳，開府之後府裡沒有帳房，那都是府裡管家寫的，他雖然能識文斷字，但是記帳的本事還真是一言難盡。且也不好發落人家，因為每筆帳目下頭都有武重的簽字，表明他是允許對方這麼記帳的。好在新帳雖亂，但管家並沒有從中弄鬼，現在帳面上還剩下萬兩出頭的現銀，和庫房裡的金銀是對得上的。

而過去的半年裡，武重總共接濟了五百餘名傷兵殘將，一般是給五十兩銀子或五兩金子，但也有多的，有幾家半年裡上門了好幾回，就拿得格外多一些，平均一家子獲得了二、三百兩。總計，武重一共給出去了快三萬兩。

這數字一算出來，王氏的臉不能說和鍋灰比，是和啥比都黑得嚇人！

「你……」王氏的胸口劇烈起伏，顫著手指著武重，一時間竟說不出話來。

武重心虛得頭都不敢抬。三萬兩，這不只是對農家人，對富商來說也是一筆天文數字了！零零碎碎給出去的，他心裡根本一點數都沒有。而且當時不知道王氏他們還活著，他想著自己和兒子都不是講究吃穿的人，給出去的金銀就當是給地下的王氏他們積福了。

「娘莫急，」顧茵把熱茶遞送到王氏唇邊。「您看這帳，除了這個，爹和青意都是極儉省的，半年裡他們兩人合計的吃穿用度才花了不到百兩。」其中的大頭還是武重日常吃著的湯藥錢。

王氏就著顧茵的手喝了口熱茶，這才緩過了那口氣，問武重。「五百多個人，半年裡你怎麼見的？」五百多人平攤到半年內，一天要見兩、三人。

武重垂著頭，慢騰騰地解釋道：「就逢年過節，一下子會來好些。前陣子中秋節，當天就來了上百人。」

王氏被氣笑了。「中秋節一天來了上百人，你這是在府裡辦廟會嗎？」

武重沒吭聲，他也肉痛自責呢！

王氏說完又看向周掌櫃，問他今天在外頭打聽得怎麼樣了。

周掌櫃好不容易忙完，正喝著茶，猛地被問起，他故意放慢動作把茶蓋蓋回去，再去看顧茵。

顧茵微微頷首，讓他但說無妨，反正這也瞞不住，王氏稍微一打聽肯定能知道。

周掌櫃就直接說了。

聽說京城裡頂好的大酒樓也有一萬到二萬兩，王氏急得眼淚都出來了。自家這糟老頭子這是送出去了一、兩間大酒樓啊！

眼看著王氏實在憋不住要罵人了，顧茵就趕緊起身道：「今天大家都辛苦了，時辰不早，都歇著去吧！」

周掌櫃被下人引去前院，顧茵和武青意兩人則一道送老醫仙出院子。

老醫仙是興沖沖來的，來了都沒來得及表明來意，就和周掌櫃一道被抓了壯丁。

當時顧茵看到老醫仙頭髮和鬍鬚都發白了，心裡還怪不忍心的，算帳可太費心神和眼力了，別回頭把他老人家累出個好歹來。當時武青意就在她耳邊道「我師父是自小練武之人，身子骨硬朗著呢」，有了他這親徒弟的保證，顧茵這才放開了手腳。別說，這位老醫仙年紀雖大，腦子真的是靈活，要不是有他幫忙，那五百多條傷兵殘將的條目還真理不清。

「師父好好休息。」武青意心裡有些過意不去。

顧茵也慚愧道：「本該是我去拜見您老，給您老見禮問安才是，今日事急從權，實在是唐突了。」

老醫仙累得話都不想說，擺擺手讓他們別送了，自己回去了。這天倫之樂，還真不是好享受的啊！

送走了其他人，屋裡就只剩下自家人了。

屋門一關，王氏一躍而起，滿屋子找襯手的東西！

「娘，您悠著點，爹身子可不好呢！」

王氏氣道：「我知道啊，若不是他身子差，我就直接拿刀子了，至於滿屋子找傢伙什物嗎？」

「銀錢都花出去了，您現在置氣也是於事無補呀！」顧茵還在相勸。

但無奈王氏確實氣狠了，不把這口氣出了，她得憋死！「妳別管了。」最後王氏還是給武重留了一些面子，把他攙回屋裡發落去了。

武重臨走時還對顧茵道：「大丫要什麼，直接和下人說啊！」

顧茵應下一聲，又聽王氏小聲嗤笑道——

「死到臨頭了還有空關心別人哪？」

武重一噎。「……」

在一眾小輩的同情目光中，老夫妻倆走了，顧茵等人也準備歇下。

武青意日常住在前院的，就還回前院。看顧茵累得慌，他怕她一個人照顧不過來兩個孩子，就把已經睡著的武安給抱走了。

顧茵安置在主院旁邊的院子，顧野雖沒睡過去，也是睏得睜不開眼。

母子倆就沒分屋子，一道睡在這個院子的主屋。

後頭丫鬟送來熱水，顧野自己去了淨房沐浴，洗完澡爬上床榻就睡了過去。

第二十五章

一覺睡到第二天上午，武安過來了，顧茵才起身。

外頭時辰還早，顧茵問他。「怎麼沒多睡會兒？」武安往後還是要去文家上課的，也就這兩天可以休息一下。

武安就壓低聲音解釋道：「大哥起得早，在前頭打拳呢，我聽到動靜就醒了。」

這孩子向來覺淺，顧茵就點頭道：「那你日後還是住在後院吧？」

武安點頭說好，剛說到這裡，顧野一個鯉魚打挺起了身。

顧野揉著眼睛問：「打拳？什麼打拳？」

武安就把方才說的話又複述一遍，顧野立刻開始自己穿起衣裳。

他叔的武藝是毋庸置疑的，他早就想學了。穿好後，顧野跳下床，丫鬟聽到動靜送來了洗漱的東西，他也不用人服侍，自己就收拾好了，然後拉起武安又去了前頭。

顧茵收拾妥當後，就起身去了主院。

她還掛心著昨天的後續發展呢，就怕婆婆真把公爹打出個好歹來。

王氏和武重已經起了，顧茵進屋後先喊了人，然後就開始打量武重。

武重完完整整的，臉色倒是比前一日好，都紅潤了幾分，只是對著王氏的態度越發妥貼謹慎，陪著小心，正在給王氏布菜。

「大丫來得正好，我剛要的朝食，妳快來吃一點。」招呼著顧茵坐下，王氏發現她還在看武重，遂好笑道：「怎的？我還真能因為花出去的銀錢把妳爹打一頓？」

顧茵挨著王氏坐下，親熱地挽上她的胳膊，說：「哪有？我娘最是通情達理不過！」

王氏笑了笑，又很故意地咳嗽一聲。

武重立刻拿著公筷幫著挾了個點心，放到王氏面前的小碟子裡。

王氏得意地昂了昂下巴，又道：「這點心沒妳做的好吃，但我嚐著口味挺特別的，妳快嚐嚐。」

英國公府從前是王府，廚子也是原先的，手藝不輸御廚。

桌上擺著奶油燈香酥、牛乳菱粉香糕、雙色馬蹄糕，還有一道紅豆膳粥，道道都好吃。

顧茵嚐完一遍，難免想起昨天盤帳的時候，看過這廚子月錢一個月是三十兩，以他這手藝，倒不算多給，回頭還可以和他交流一番。

等她吃完，王氏才笑咪咪地道：「昨兒個我和妳爹都打聽清楚了，家裡現銀雖只剩萬餘兩，將夠給妳買個酒樓，但國公真的是好大的官，一年俸祿就有四千石，折算成銀錢就是四千餘兩！」說完她頓了頓，又笑道：「另外還有咱家青意，那也是一品的大官，一年俸祿也有千石。那些米銀可都沒發下來呢，所以等到年底，咱家還能有五千多兩的進項！」昨兒個知道武重半年就花出去近三萬兩，王氏真覺得天塌了，後頭知道進項也多，她心中總算好受一些。武重還和她說，俸祿只是一遭，他們父子在正元帝面前都是掛了號的人物，逢年過節還有賞賜呢！而且王氏作為國公夫人，那肯定是要請封誥命的，超品誥命夫人那又是一大筆的俸祿！「回頭給妳也整個啥一品誥命！」王氏已經盤算好了。到時候家裡人人都有俸祿，她和武重的俸祿自然放在公中，應付一家子的吃穿用度。兒子跟兒媳婦的就讓他們小夫妻兩個自己留著。「對了，還有府裡的下人，妳說咱們是不是要放出去一些？」

這是自然的，一朝天子一朝臣。王府改換門庭，成了國公府，下人肯定也得換一批自己人。另外，就算算上老醫仙，家裡的主子也不到十人，實在不需要上百個下人服侍。

不過暫時還不能動，起碼得觀察一陣子，留下一批得用的先用上。婆媳倆商量了一陣，就準備等年前再弄這個，到時候給一點遣散費，放人出去和家人團圓。

最後，王氏又提起一樁事。「昨兒個我們來的時候，門口迎咱們的那個年輕姑娘，我聽妳爹說了才知道，那是盡心照顧過他的醫女。如今年歲也不小了，妳爹正準備讓她從府裡發嫁出去，那嫁妝也得好大一筆呢！」要是從前在鄉下，嫁妝能給個十兩銀子，那都是很豐厚了，但現在肯定不能按那標準，尤其對方到底是救了武重一條命。

王氏早上找丫鬟打聽了一下，聽說從前王府郡主嫁妝都是上萬兩，而京中其他高門小姐，一般也有幾千兩銀子的壓箱底。王氏在大事上不是摳搜的人，要是武重沒有給出去那三萬兩，她願意給出一萬兩嫁妝，也不要人回報，就當只是還了對方的救命之恩，往後處得來就當親戚走動，處不來就銀貨兩訖，再無瓜葛。但眼下家裡只有現銀一萬兩，人心都是偏的，這銀錢絕對不能再動了，要留給兒媳婦買酒樓的。

「昨天倒不知道那位姑娘和咱家有這麼深的淵源。」顧茵想了想，道：「有些話爹不方便和姑娘家說，幸好現在有娘在，不若娘出面去打聽一下，若是這位沈姑娘已心有所屬，咱們便促成好事，酒樓的事暫且擱置。若沒有……」

「若沒有，當然是再等等。等咱家周轉過來了，便妳的酒樓有了，她的嫁妝也有了！」

婆媳倆說著話，就準備一道去看沈寒春，偏也不巧，門房來通傳，說有人求見武重。再仔細一問，又是穿著破舊，來要錢的。

「怎麼還有人來要?!」王氏急了，聲音都不自覺地拔高。「快把人攔著，就說今日不見客！」未來進項再多，也禁不住這流水似的人上門打秋風啊！

「娘先不急，」顧茵給她順氣。「躲得過初一，躲不過十五。今天這事先由我來應對，您只管去見沈姑娘。」

要問家裡王氏最相信誰，那自然是顧茵，看她自有辦法的模樣，王氏也就不再多問了。

顧茵先讓下人把對方帶到待客的廳堂，又讓人去喊了武青意過來，兩人頭碰頭商量了幾句。一刻多鐘後，顧茵換了件見客的衣裳就去了。

來的是兩個婦人，兩人都是荊釵布裙的窮苦打扮。一個約莫二十出頭，很是侷促不安；一個年過四旬，看著和王氏差不多年紀，卻十分鎮定。

顧茵過去的時候，正好丫鬟給上茶水，那年輕婦人立刻起身接過，又連忙道謝；那中年婦人則老神在在地坐著，任由丫鬟服侍。光是看到兩人這截然不同的作派，顧茵心裡已經有了幾分數。她笑著進屋，在主位上落坐，先自我介紹，接著又詢問道：「昨兒個才進了京，府上許多事情還未料理清楚，怠慢二位了。不知道兩位今日前來，所為何事？」

年輕婦人連忙起來福身行禮。「民婦見過將軍夫人。」

顧茵身上還沒品級，但普通百姓並不懂這個，只知道她是開國國公的兒媳婦，傳聞中那位惡鬼將軍的髮妻，自然對她存著敬畏之心。

顧茵讓她不要多禮，接著以眼神詢問她們的來意。

年輕婦人絞著衣襬，一副不知道從何開口的模樣。

中年婦人則直接道：「夫人初來京城不曉得，我們這些個家裡男人在戰場上受傷，又沒掙下什麼前程的，從前多是仰仗國公爺接濟。這再有一月就要入冬了，您看……」

「啊，原來是為了這個！」顧茵作恍然狀，又拿起茶盞，慢悠悠地喝上一口，道：「不過這事我雖初初上京，卻是知道的。」

既然知道，那就該直接給銀錢了啊！中年婦人略顯焦急地看著她。

顧茵正要張嘴，這當口，武青意沈著臉過來了。

他戴起了那泛著冷光的銀製面具，加上征戰多年，自有一股懾人的氣勢，尤其他沈著臉的時候，那氣勢更是驚人，就像是一頭隨時要掙脫桎梏的猛獸一般。

他的面具即是身分的象徵，傳聞那常年在面具之下的半邊面容覆滿了紅疤，面目全非，也正是因為那面容，配合他的武藝和手段，才有了惡鬼將軍的稱號。

兩個婦人連忙起身見禮，一下子連呼吸都放輕了，屋裡驀地安靜極了。

他悶不吭聲走到顧茵身邊，大馬金刀地坐下。

顧茵抱歉地朝著兩個婦人笑了笑，又轉頭小聲詢問。「是誰惹您不高興了？」

武青意微微瞇眼，並不言語。

然而他越是沈默，便越是讓人忍不住去猜想他發作出來會是何等的駭人。

有客人在場，顧茵也不再多問，讓丫鬟呈上來茶水和點心、零嘴，放到一邊。

「二位真是抱歉，怠慢了。將軍的脾氣……」

兩位婦人連道不敢。開玩笑，眼前坐著的可是開國第一猛將，傳聞能空手取敵將首級的！誰敢說他一句不好？

顧茵又問道：「方才話說到一半，兩位是需要我們府裡出錢接濟嗎？」

年輕婦人已經嚇得面無人色。

中年婦人也害怕得很，但想到前頭領回去的白花花銀子，她還是大著膽子道：「就是這個意思。夫人不知道，家裡的日子實在是過不下去了……」

「啪嚓」一聲，武青意拿起一個核桃，捏成了齏粉。

那聲音雖輕，但中年婦人還是嚇得打了個激靈，到嘴邊的話也不敢接著說下去了。

「不知妳家中的傷員是哪位？」顧茵狀若無事地接著詢問。

中年婦人哆嗦著嘴唇，報了自家兒子的身分。

昨兒個才盤的帳，顧茵記憶猶新，立刻就道：「春分、端午、中秋，妳家已經來過三次，半年領走了一百五十兩銀子。可是又遇到什麼困難了？」她的語氣還是溫溫柔柔的，半點兒都沒有輕視嘲笑的意思。

可那中年婦人面上卻是脹成了豬肝色。她家從前確實困難，但是自從一趟趟領回去銀錢後，日子就一天比一天好起來，先是在京郊置辦了田地，她那斷了一條腿的兒子還娶了個貌美嫻靜的媳婦。媳婦剛懷上了身子，想往京城裡頭搬，可京城寸土寸金，好一些的民居動輒上百兩，她這才又尋摸到英國公府來，想著前頭都來過三回了，那病歪歪的英國公都沒把她記住，這次肯定還能得手！沒想到平白冒出來個國公兒媳、將軍夫人，一開口就把她每次前來的時間都點出來了！

一百五十兩是什麼概念？即便是在京城，幾口之家省吃儉用些，也夠花一輩子的了！

又是「砰」一聲巨響，武青意把手拍在桌上，那一盤子核桃，連帶著裝核桃的盤子瞬間都成了粉碎狀！

中年婦人兩股戰戰，立刻起身道：「我想起家中還有事，叨擾了、叨擾了！」說完不等顧茵喊人送客，她軟著腿就往外跑。

顧茵喊一聲「石榴」，宋石榴立刻跟出去。

一路跟到大門外頭，然後宋石榴便扯著大嗓門喊道：「這位夫人您跑啥啊？不是上門來求救濟，說日子過不下去嗎？我們夫人又沒問罪您怎麼半年來求了一百五十兩銀子還不夠，只是問您家現下是不是又遇到什麼困難而已，您跑啥啊？」

中年婦人頭也不敢回，心道：還跑啥？不跑難道等著被惡鬼將軍拍碎腦袋嗎？

真真是豬油蒙了心，只想著英國公病歪歪的，心又軟，十分好欺負，竟忘了他們家是如何起家的！敢在地府爬出來的惡鬼面前弄鬼，她有錢也沒命花啊！

宋石榴那大嗓門一喊，立刻引起了附近百姓的注意。

有人笑道：「妳這小丫鬟忒不懂事，再困難的人家得一百五十兩都能順遂過一輩子了，人家肯定是自知理虧才跑了，怎還追著問呢？這不把人臊死了！」

英國公府日常就有平民百姓進出，附近的人稍微一打聽，早就知道英國公多番接濟傷兵，也早就有人在議論這件事。

中年婦人被看熱鬧的百姓一陣調笑，臊得把臉一捂，拔足狂奔。

府裡待客的花廳內，那年輕婦人嚇得嘴唇都發白了。她也想跑啊，但是一來嚇得腿不聽使喚了，二來是頭一回來這樣的高門大戶，進來的時候都看花了眼，這會兒就算想跑都不知道大門在哪邊！「民婦錯了，民婦再也不敢了！」年輕婦人顫巍巍的就要下跪。

顧茵看了武青意一眼，武青意立刻就出了去。

顧茵把人攙起來，溫聲道：「妳別害怕，我知道妳和方才那人不同。妳家是怎麼個境況，妳慢慢說來。」顧茵的長相是沒有攻擊性的美，笑起來的時候笑意溫暖，直達人心。

年輕婦人被她安撫住，又想到家中境況，這才深吸一口氣，大著膽子道：「民婦的夫君追隨過將軍，但運道不好，受了傷，家裡實在……實在是有些難。民婦的丈夫對此事並不知情，是民婦聽剛才那個孀子幾次說國公爺樂善好施，救濟了好多傷兵，這才自作主張，跟她一道過來的。」她說完，臉就脹得通紅。「民婦只想求五兩……不不，二兩銀子買藥。」

顧茵又問清了她丈夫的身分，出去和武青意問了一聲。

沒想到武青意對她丈夫還真有印象，嘆息道：「那是個好兵，上戰場那年才十四歲，我本有心提拔他，但一次行軍途中我們遭遇埋伏，他為了救人被砍去了雙腿。」

即便是在現代，沒有雙腿的人都很難生活，在古代，那人能活到現在儼然是個奇蹟了。

後頭武青意讓人收拾了一些藥材出來，請了府中一個御醫，帶了幾個僕婦，又讓人套了輛馬車，把那年輕婦人送回家中。

年輕婦人的家中真的是家徒四壁，唯一的男人躺在炕上，面無生氣。

猛地見到武青意，男人立刻爬起身，先是難以置信地對著妻子道：「妳果然去了？妳竟去了！」後頭又掙扎著要給武青意行禮。

武青意把他按住。「你妻子全是為了你，堂堂男子漢，這麼和妻子說話嗎？」

年輕婦人落下淚來，求情道：「我夫君平素從未這樣的，是我違逆了他的意思。」

男人也跟著紅了眼睛。

這樣的人家，武青意縱使是鐵石心腸也於心不忍，先讓御醫給他診脈，寫下方子，又留了藥材和湯藥費，這才在夫妻倆的千恩萬謝中離開他們家。

後頭這村子的人議論起這件事，那中年婦人本要乘機嚼兩句舌根子的，但村裡人早就看不慣她幾次三番去英國公府打秋風、沒骨頭的作派，這次又都親眼看到堂堂大將軍親自過來贈醫施藥的，因此根本沒人理她。

顧茵這邊，今天的事算是告一段落，她剛回了後院，就看到王氏已經在等著她了。

聽說事情處理好了，幫到了真正需要幫助的人，也趕走了渾水摸魚的人，王氏面上一鬆，稱讚道：「還是我兒有辦法！」

顧茵也跟著笑了笑，問起王氏那邊如何？

王氏拍了拍自己的胸脯，笑道：「不就是打聽一下人家對婚事的看法嗎？這有啥難的？三言兩句就問清楚了！那沈姑娘人很不錯，知道咱家眼下有些困難，置辦不起她的嫁妝，一點兒怨氣都沒有呢！」

顧茵點了點頭，沒再想這個，只還想著傷兵的事。一次兩次的來人還是好處理的，也不用次次都出動武青意嚇唬人，下回也能換其他法子打發，可如今天的年輕婦人家那樣，是真正需要幫助又為國獻力的，若是見死不救，怪讓人心裡難受的。在現代的時候，顧茵就看過一些老兵晚景淒涼的報導，心裡十分不是滋味。然而那時她也只是個小老百姓，能做的也就是捐款、捐物資。現下身分不同了，她是不是可以做得更多一些呢？

當然，光自家出手肯定是不成的，家底都掏空了也不夠。她想的是，怎麼樣讓別人一道出手幫忙，或者直接讓朝廷出面。她等著武青意回來再一起商量，沒承想，武青意還沒回來，下人突然來報，說沈寒春吐血暈死過去了！

吐血暈死，在這個時代真跟半隻腳踏進鬼門關沒差別了。

王氏大驚，說：「怎麼可能？她剛才還好好的呀！」

顧茵趕緊讓御醫去給沈寒春瞧病。

半個時辰前，王氏去了沈寒春住著的院子。

小院子清幽雅致，還有好幾棵桂花樹，芳香宜人。

王氏很喜歡——沒用一點貴重的東西呢，是個知道儉省的！

單獨一個王氏過來，沈寒春並不懼怕她，特地換上一件桃粉色的銀紋繡百蝶度花裙，簪一支珍珠碧玉步搖，盛裝打扮，把王氏晾在外頭半刻鐘。等打扮好了，沈寒春漾起一個自覺無懈可擊的笑容，準備迎接王氏的怒火。這山野村婦昨兒個才來的，今天一大早特地過來，顯然是來興師問罪，自己故意晾了她這麼久，想來已經耗盡了她的耐心，最好是能激得她發起火來，到時鬧到武重父子面前，她再柔弱地哭一哭……鬧得越難看越好，這個家越亂，越合她意！

不過讓沈寒春失望的是，王氏並不惱怒。半刻鐘而已，她已經在院子裡看過一圈，發現這裡的桂花極多，自己就踩著樹下的石桌上去採摘了許多，想著帶回去給兒媳婦做桂花糕，兒媳婦一定高興！

沈寒春是極愛桂花的，不然當初她也不會選這個離主院頗遠的小院子，就是因為看中了這個院子裡的桂花樹。這村婦是什麼意思？折走代表她的桂花，這是藉此折辱於她嗎？

王氏本來笑盈盈的，一看到沈寒春的打扮後，她就笑不出了。一般的姑娘家平時肯定不會這麼打扮，別是有意中人了吧？想到可能痛失的一大筆嫁妝，王氏焦急無比，但也知道家裡銀錢吃緊這事錯不在沈寒春，還得怪在武重頭上，因此她儘量扯出笑，道：「沈姑娘日常在家就這麼打扮嗎？真好看！」

沈寒春見她那皮笑肉不笑的模樣，再聽她似乎意有所指的話，立刻警醒了起來。她將王氏請進屋子，嬌笑道：「夫人謬讚了，我只是尋常打扮而已。因為國公爺說過我這樣打扮好看，所以……」

王氏心道：妳聽糟老頭子胡言亂語呢！他懂啥好看不好看？當初兩人還是小姐和貨郎的時候，她為了見心上人，穿紅戴綠、穿金戴銀，恨不能把所有首飾都插戴在頭上，就那樣，如今回想起來像唱大戲的一樣的，武重還誇好看呢，說看著特別富貴！分別八年，王氏可不相信自家老夫的審美能力在這八年裡能升上去！「他的話妳聽聽就好。」王氏真心實意地勸道。

這人還真不好相與！既不生氣，還話含機鋒，有來有回！沈寒春心中越發警醒，問道：「不知道夫人特地過來，是為了……」

王氏就道：「自然是為了妳的婚事。」

「我的婚事?!」沈寒春面上的笑頓住。

「是啊！」王氏嘆了口氣。「我不會兜圈子，就直說了。家裡現在銀子用度緊張，怕是無法給妳置辦出一份體面的嫁妝。」其實是置辦得出的，但是得先緊著自家兒媳婦用嘛！王氏邊說邊打量沈寒春的臉色。

沈寒春面色煞白。這村婦是什麼意思？要把她隨意發嫁出去嗎?!而且都知道英國公府簡在帝心，開府那日她就在場，看著宮中賞賜的金銀珠寶如流水似地抬進國公府裡，數不勝數，怎麼可能拿不出一份嫁妝？這村婦明顯是在睜眼說瞎話！嫁妝其實是託詞，這村婦的意思怕不是要把她隨便許個人，那樣自然就不用準備什麼豐厚嫁妝了吧？

沈寒春心裡掀起了驚濤巨浪，白著臉道：「我雖是平民，但是自由身，婚配之事自己作主，並不用夫人費心。」

王氏聽完大喜！這姑娘居然不要自家的嫁妝？但到底是救了武重一命的人，王氏還是和她道：「妳別客氣，該給妳的嫁妝肯定會給……」

沈寒春立刻道：「真不用！我現在還不想那些。」她怎麼可能讓王氏為她的婚事作主？想也知道落不到好處！而且她是要留在英國公府攪亂這個家的，怎麼能就這樣離開？

「好姑娘啊！」王氏激動地拉著她的手拍了拍。真是個好人，聽說自家出不起她的嫁妝，竟一點兒怨氣都沒有，還堅持不用她費心。

王氏這一拍之下，沈寒春只覺得手背像被鐵錘捶打過一般，痛得她淚花都出來了！

王氏看她眼睛一紅，不禁心想著，哪有這個年紀的姑娘不想婚配之事的？肯定是體諒自家不容易，所以才故意那麼說的啊！「等妳遇到了心儀之人，一定要和我說。」王氏真心誠意地道：「到時候我和國公爺一道給妳主持婚禮。」反正只要先度過這幾個月的難關，等到後頭的俸祿發下來，眼前拮据的困境也就過去了。

說到這裡，王氏又難免想起自己還沒看到影兒就讓武重送出去的那三萬兩銀子。唉，偏人前還得給他留面子，只能在屋裡罰他跪上半宿。還是得讓他多多鍛鍊，等鍛鍊好了，下回就不能這麼輕輕揭過了！王氏的眼睛微微瞇起，面色發沈，卻還要裝出和藹的笑容。

這個村婦一定是知道她的心思了！一定是這樣！沈寒春看著王氏扭曲的笑臉，嚇得指尖發抖。她活了兩輩子，自問有些心機手段，卻沒想到宮牆之外還有王氏這樣心機深沈之人！

「還沒入冬呢，妳的手就這樣涼，好好歇著，多多保重。」問完了話，王氏又記掛著顧茵那邊，就起身告辭了。

出到屋外，王氏發現這小院子附近的下人居然只有一個，頓時不大高興。「人呢？」府裡上百個下人呢，月月都從家裡支出工錢的，只有自家一家子加老醫仙和沈寒春兩個需要服侍的，居然都沒人在這裡伺候著，想也知道是偷懶去了！那不是等於白拿自家的工錢？

其實，從前沈寒春在英國公府也是前呼後擁的，但自從昨天顧茵和王氏來了之後，又出了沈寒春暈倒，武重毫不過問的事，下人們見風使舵，自然就不再捧著她這個外姓人，也就不往她這裡扎堆了。

沈寒春被王氏這響亮的一喊，在屋裡都不自覺地打了個激靈。

王氏這話一出，沒多會兒就迎進來幾個小丫頭，看著都嚇得不輕，王氏反而不好發落她們了，沒得和半大孩子一般見識，所以只說：「怎麼只有妳們？算了，我稍後換些人過來。」她們看起來和宋石榴差不多大，幾個半大孩子怎麼可能照顧好人呢？

沈寒春坐在屋裡，吹著外頭的暖風，卻是冷汗涔涔。這位國公夫人當真好手段，自己晾著她，她就折了院裡的桂花，以此還擊；後來說話也是虛虛實實、暗含機鋒，還故意打了自己；最後甚至還要換掉自己身邊僅剩下的、幾個忠心耿耿的小丫鬟！

她昨兒個才暈過去的，此時冷汗一發，叫風一吹，又覺得頭重腳輕、渾身無力了，於是強撐著躺回榻上。

後面外頭又喧鬧起來，沈寒春睡得迷迷糊糊的，喚來小丫鬟詢問，才知道是顧野來了。

沈寒春聽到他的名字就覺得身上越來越冷了，正好顧野走到了她屋外窗下，聽見他說——

「病懨懨的，本也活不長，死了就死了吧！」

那個孩子、未來的烈帝，他在說什麼？說誰活不長、該死？沈寒春耳畔嗡嗡作響，病得糊塗了，一下子竟分不清什麼上輩子、這輩子。她強撐著坐起身，卻覺得喉頭一熱，一口腥甜驀地噴湧而出！

顧茵喚來沈寒春院子裡的下人，詢問發生了什麼事？

下人說真沒發生任何事。「只有老太太和小少爺去過，後頭沈姑娘就把自己關在屋子裡了。」

於是顧茵先聽王氏說了她和沈寒春的談話，覺得確實沒有任何不對勁，後頭又找來顧野，詢問他怎麼過去了。

顧野解釋道：「下人們帶我去看鬥雞，鬥雞跑，我就追啦，後來那雞把自己給跑死了，那些人嚇壞了，我說沒事，反正本來就病懨懨的，死了就死了。」

武重當然不會養什麼鬥雞，那是原先王府的紈袴主子喜歡的玩意兒。那幾隻鬥雞養到現在，年紀都不小了，放出來跑沒幾圈就把自己跑死了。下人們本是想在顧野面前賣好，沒想到讓他見到了這麼晦氣的事，自然是嚇得不輕。不過顧野沒追究，那事也就過去了。

問完話，御醫也給沈寒春診治完了，來回報說她是憂思憂慮、驚懼過度，需要好好靜養，否則落下病根，會影響壽數。

死了隻雞而已，這要是高門大戶的小姐，被嚇到還在情理之中，但沈寒春是戰場上下來的醫女，說她被這事嚇到，還嚇得吐血，誰都不會相信的。

王氏聽了這話，就在顧茵耳邊神神道道地說：「妳說這大白天的，她在屋裡好好待著，能被什麼嚇到？人家都說這種深宅大院，裡頭死的人多，不乾淨，別是……別是那種東西吧？」說完王氏自己也害怕，拉上了顧茵的手。

身為一個現代人，顧茵當然是無神論者，可她本身作為穿越人士，這已經不是科學可以解釋的了。加上在這個時代也見過之前覺得不會存在的輕功武藝，所以顧茵沒有斬釘截鐵地說不可能、是怪力亂神的事，只溫聲道：「娘先別怕，咱們問問爹，問問這半年裡家裡有沒有出過什麼奇怪的事？」若真是有不乾淨的東西，怎麼也不會到現在才發生這種事。

王氏立刻拉著他們娘倆去找武重。

武重從前只在屋子裡待著的，現在正在院子裡拄著枴杖練習走路。

王氏攙起他的一條胳膊，把他半攙半提地拖進屋裡。

顧茵先說了沈寒春吐血的經過。

王氏接話問道：「你都在這裡住了半年，遇到過啥沒有？」

武重仔細回憶，說真沒有。不僅他沒有遇到過，也沒聽下人提起過。

一家子頓時面面相覷，誰都不知道該怎麼解釋這件離奇事。

正好武青意這會兒回來了，看到他們都面色凝重，問起發生了什麼。

聽說是這種事，武青意便道：「我師父擅長卜卦，這種事不若去問問他。」

老醫仙被武青意請了過來，由於正好是午飯的時辰，他還以為是徒弟一片孝心，請他過來一道用飯呢，沒想到這次依然不是什麼好事，他的臉一下子就垮了下來。但垮臉歸垮臉，老醫仙還是拿出了龜甲和銅錢占了一卦，占完後他自己也驚了，直說不對勁。

「真不對勁，這丫頭的命數亂得很啊，向死而生，真真奇詭。」說完他又捻著鬍鬚，仔細想了想。「而且她這命數被貴人命數壓制住了，此消彼長，反哺貴人。」

武重是國公，王氏是誥命夫人，武青意是一品大將軍，顧茵他們也是國公的家人，一家子都是貴不可言，老醫仙也沒深究到底是哪個貴人的命數壓制住了沈寒春。

王氏立刻對顧茵眨了眨眼，她覺得這貴人肯定是自家兒媳婦啊！不然從前武重和武青意都和沈寒春在一個府裡待了那麼久了，怎麼就沒事呢？是他們一行人昨兒個來了後，沈寒春才不對勁的。王氏不覺得自己命好，普通人罷了，兩個孩子更不值一提了。就自家兒媳婦，在夢中被仙人傳授了手藝後就脫胎換骨，不僅幫自家避開了災禍，還把日子過得那麼好！

對著顧茵眨完眼後，王氏又問道：「這個反哺是啥意思呢？」

老醫仙就用大白話解釋道：「人的氣運一般都是守恆的，她被壓制住了，那就是此消彼長，也就是說她越倒楣，貴人的運道就會越好，因為她自身的氣運都被吸走了。」

還有這種聞所未聞的好事？王氏的嘴角忍不住彎了彎。

老醫仙又接著道：「人的氣運一低，那不只是倒楣而已，身體壽數還會受到影響，輕則如今天這樣吐血暈死，重則殞命。」

王氏立刻笑不出來了，她還當今天已經是最差的結果了，沒想到這還是輕的！她再貪心，也不可能為了旺自家而害別人的性命啊！

「那把她送走，應該能解開這局面吧？」顧茵出聲詢問。

「送走自然是對她最好的。」老醫仙第一次卜出這種卦，若是換了別人家，他不會把這種卦象告訴對方，畢竟一般人都貪心，知道有人能用自身氣運反哺自家，肯定不會善罷甘休。但徒弟的人品他是信任的，所以直接相告。也沒讓他失望，他徒弟媳婦直接就說要把人送走，而武家的其他人也都沒有異議，果然是配得上貴不可言的一家子。老醫仙讚賞地看了顧茵一眼，轉頭對武青意卻沒好氣地道：「下次再沒好事請我，我可再不來了！」

武青意忙道不會。

顧茵也陪笑道：「晚些時候我親自做些糕點，讓人送過去，您嚐嚐合不合口味。」

老醫仙這才沒接著垮臉，邊笑邊捻著鬍子道：「還是徒弟媳婦知道孝敬人，不像有些人啊……哼！」

武青意被他訓完，恭恭敬敬地把他送回小院子。

送走老醫仙之後，顧茵和家人商量起來。眼下沈寒春吐血暈死，肯定是不能挪動的，先等她養好一些，再把她送出府去。至於去哪裡，老醫仙走之前也給了建議，說是送到道觀、廟裡、尼姑庵那些最好，有神佛鎮守著，能保她性命。

也正好，武重從前在京郊的尼姑庵裡給王氏他們立了長生牌位，日常都會添香油錢的，和那邊的主持師太算是有幾分交情。於是最後的細節也商量完畢，就等沈寒春養好一些，再把她送到那裡去養病。等她養好，自家銀錢也周轉過來了，到時再給一筆銀錢，怎麼也夠她嫁人，過自己的生活了。

當然，既知道對方吐血是被自家人影響的，光有下人照顧肯定不行，還得派個代表日常過去看看，也監督一下下人，讓他們盡心盡力地伺候，可不好像王氏今天過去那般，滿院子就兩、三個半大孩子。

代表的人選，也不用想，眾人都看向了顧野。

這孩子從前在外頭是自己流浪討生活的，若不是遇到了顧茵，還不知道現在如何呢。這樣的出身，在一家子國公、國公夫人、將軍和將軍夫人裡，總和貴字不搭邊了吧？且又是個六歲的孩子，總不會把沈寒春那樣的大人給影響咯。

顧野就領了這個差事，又問：「那我每日看望完她，能出府去玩不？」雖然昨日才到京城，但他出去逛了一遭，已經知道這是個頂頂好玩的地方！今天沒了出府的由頭，他人待在家裡，心已經飛到了外頭。

他是閒不住的雀仔，讓他不出門，等於折斷了他的翅膀，顧茵便看向武青意。

武青意心領神會道：「可以，但是得讓人跟著，不能把人甩開。」武青意已經挑選了兩個會武的小廝，準備分配給顧野和武安的。

顧野立刻點點頭說：「好。」

商量完這件事後，一家子吃過了午飯。

王氏陪著武重回屋午歇，顧茵也把武青意喚到屋子裡。

「上午咱們說好只嚇嚇人的，怎麼還把盤子拍碎了？讓我看看你的手。」說著話，顧茵拿出了讓人提前備好送進房裡的傷藥。

武青意黝黑寬大的手掌被她托在手裡，沒有顧茵想的那樣血淋淋的傷口，只破了幾個小口子，也已不再流血。但他的手還是帶著疤，是那次挾持廢帝的時候，為了救身後的顧茵，他徒手抓利箭留下的。如今一道長疤貫穿整個手掌，摸起來格外粗糙。

「當時分別，你回去後傷口有好好上藥嗎？」顧茵詢問。

她的手指又軟又白，撫過傷痕的時候像一片輕羽劃過，弄得他掌心發癢，一直癢到了別處。武青意垂下眼睛，輕聲道：「上過藥的，留疤應是體質問題。」

顧茵也確實知道有人是天生的疤痕體質，所以沒再接著問下去，只是嘆息了一聲。

後頭上過了藥，顧茵提起了傷兵的事。

武青意正色道：「這事我覺得應當由朝廷出面，他們為新朝賣命，不該落到這般境地。」

「這是自然。」顧茵說完又嘆了口氣。「但是你覺得朝廷，也就是陛下，能負擔得起不？」

英國公府作為開國第一將領之家，開府攏共也不過得了五萬兩銀子的金銀，而且賞賜裡沒有任何店鋪和莊子，那些應該都是放租、放售了，想來就是因為正元帝手裡也沒餘錢。

「明日我要進宮，到時候問過陛下再說。」看到顧茵秀氣的眉頭蹙起，武青意並不想看她煩心的模樣，便岔開話題道：「周掌櫃說的那間酒樓妳去看了沒？要是喜歡就買，我這裡還有一些體己錢。」帶兵打仗那麼些年，武青意雖不會縱容屬下劫掠百姓，但也收到過一些孝敬。都是在當時還是義王的正元帝面前過了明路的，所以他也有自己的私房銀子。當然，他不是貪婪之輩，所以並不算特別多，合計有五千兩現銀。「已經讓人都兌成銀票了，回頭叫人送過來。」

顧茵紅著臉笑起來。「又是公中的餘錢，又是你的私房錢，家底都要讓我掏空了，怪不好意思的。」

武青意挑眉道：「自家的銀錢有什麼不好意思？再說也不是妳掏空的，那不是……」他朝著主院的方向努努嘴。

兩人又齊齊笑起來。

第二日一大早，武青意進宮面聖，顧茵由周掌櫃帶路，去看了位於太白街的酒樓。

不得不說，周掌櫃的眼光確實好。

這酒樓位置已經極好，來往行人穿著打扮瞧著都很富貴，地方也寬敞，一層就有從前三、四間寒山鎮的食為天那麼大，後院就更是寬敞了，足足有十幾間廂房，不論是給員工居住還是招待貴客，都很方便。更難得的是，它一共有五層！

整間大酒樓是一年前推倒後重蓋的，第一、二層都修葺裝潢過，所有東西都是上好嶄新的，富麗堂皇。可惜的是，上面三層還未修葺過，完全是毛坯房的模樣。

下面兩層和上面三層完全是兩個世界，若買下這酒樓，上面三層自然要比照著那兩層往富貴大氣裝潢，光是裝修費也不是一筆小錢。

這間大酒樓連樓帶地要價一萬五千兩，價格很公道。對顧茵而言，一萬五千兩家裡倒是還出得起，王氏他們也都很願意出的。但就算是買來只開放一、二層，把上面三層先擱置著不裝修，她手裡也是一點流動資金都沒有了。

差點吃過一次開業沒有流動資金的虧，顧茵並不想重蹈覆轍，所以看完後，顧茵帶著周掌櫃又回來了，兩人商量著還是買一間萬兩左右的較妥，周掌櫃就說再去尋摸尋摸。

午飯前，武青意也回來了，他所行也不是很順利。

如顧茵所言，正元帝對傷兵舊部也是愛莫能助。

正元帝和武青意從前同吃同住，親兄弟似的，根本不瞞著他，直接就和他說國庫裡攏共就二、三十萬兩現銀了。一國之庫，那是要維繫整個朝廷運作的，二、三十萬兩於一般人，那是天文數字，放到國庫裡，那根本就不是個數！

至於為什麼會這麼窮，當然是前朝廢帝的「功勞」。廢帝不只自己耽於享樂，還讓群臣同樂，把銀錢借給一眾大臣。後頭戰事一起，他連軍餉都發不出，不然義軍那個草臺班子，還真不至於只用了十年的時間，就能做到改朝換代。

現在正元帝手裡有的是一大摞借條和帳簿。

正元帝自然是想把這一大筆爛帳給處理掉的，可惜幾次派人出去，他派去的人要麼無功而返，要麼就是收了對方的賄賂而故意拖延。以至於半年過去了，一筆錢都沒能要回來。

正元帝心裡也苦，正好武青意和他提起這件事，他還拉著武青意，想讓他去要帳。

武青意自問還真做不來這個，倒不是他捨不下臉面，而是借錢的人大多還在新朝任值，還都是文官。他總不好像鄉下的收帳人那樣，在人家門口破口大罵或潑狗血、雞血的吧？自古文官、武將就不是一路人，他嘴皮子沒文官索利，也怕自己沒個輕重，把人給嚇病了，到時不只辦壞了差事，更惹出無謂的是非來。他直來直去慣了，很怕這些彎彎繞繞的事。

他說著就搖頭無奈輕笑。「陛下也是被逼得沒辦法了，還說事成後要分銀錢給我。咱家雖缺銀錢，但我也知道那筆銀錢不好拿。」

正元帝的原話是——青意你儘管去要，等要回來了，朕給你一分利！

別看一分利聽著不多，正元帝手裡可是有幾百萬兩的爛帳，若是都要回來了，那就等於白拿了幾萬兩。要是上陣殺敵，能換幾萬兩給家裡，武青意沒有二話，但讓他去做這個，他自問沒有那個本事，所以只能推拒。

顧茵聽完後摸了摸下巴，沈吟道：「我倒是有個人選……」

顧野這天看望完沈寒春後，又照例出去玩。

英國公府附近的一片他都已經摸清了，想往其他地方再探探，但小廝卻是不肯。

「小少爺最遠已經去過離府裡兩刻鐘腳程的地方，再遠實在不好，小的沒法和將軍交代。」

顧野先前答應了條件的，也不能甩開他，就有些懨懨的。進京快半個月了，現在秋老虎還挺厲害的，白日的時候天氣還十分暖和，甚至有些炎熱。但馬上要入冬，天冷了，他娘估計就不會再讓他在外頭跑一整日了。他垂著頭，沒走兩步，就聽到有人喊他。

一幢民宅前面，文二老爺正坐在人家大門口吃冰碗。

兩家一直是有來往的，文二老爺和顧野自然認識，只是從前並不熱絡。

前不久，文二老爺領到了奉旨討債的差事，是武青意舉薦的。

當時文老太爺正為二兒子的著落發愁呢。他們一家子到了京城沒多久，就入了正元帝的眼，文老太爺再次成為一朝首輔，文大老爺也還回翰林院修書。就文二老爺，沒個著落。

文二老爺倒是也想在京城做點小生意，但一打聽，朝廷放租的店鋪已經沒了，放售的也都在萬兩之上，而其他鋪子自然都沒有朝廷放租、放售的划算，要價不菲。

其實這本錢，文老太爺是給得起的，但是文二老爺自己縮了，他說知道自己幾斤幾兩，就不是能做大生意的人。此行也算見識過京城的繁華了，還想回寒山鎮上去，不然在京城裡閒著也不是個事。

文老太爺既然把他帶出來了，肯定不會再放他回去當文鐵雞。

父子倆正掰扯著，差事自己就找上門了。

正元帝親自和文老太爺商量，說是英國公府舉薦的，問老太爺是怎麼個意思？這差事雖然還是和銀錢打交道，和高雅不搭邊，但真要成了，於國於民都是好事。況且文老太爺也清楚，太高雅的事，自家老二也做不來。加上正元帝許諾，若這件差事辦好了，以後可以在戶部給文二老爺謀個差事！戶部素來都是肥缺，多的是人打破頭想擠進去。文老太爺當即謝了恩，回家就把文二老爺招進書房說了。

文二老爺一開始嚇得不輕，哭喪著臉道：「我算什麼人物啊？怎麼就在陛下面前掛了號？爹可別給我瞎攬差事，這種得罪人又吃力不討好的事，傻子才做呢！」

文老太爺跟他說了一通大道理，分析了新朝的困難，見文二老爺還是裝死，就說起正元帝答應事成後給他在戶部安個小官當當。

說到這裡，文二老爺才算是有些心動了，但很快他又搖頭道：「家裡有爹和大哥當官就行了，我肚裡沒墨水，不是吃這碗飯的料！」

當官自然是威風的，哪個平頭百姓不想當官？但他爹風光了那麼些年，前頭遇到個昏君，還不是被貶謫成了白身？還差點牽扯進廢帝南逃的風波裡，自身不保呢！要不是趕上了新朝，遇到了開明的正元帝，他爹這一輩子不還是白忙活？

到最後，文老太爺又拋出了一個文二老爺無法拒絕的條件──正元帝也是會給他分錢的。當然不如武青意這種得臉的人物，這差事若武青意去辦，能得幾萬兩，換成名不見經傳的文二老爺，那就是幾千兩銀子了。

文二老爺聽到這兒，眼睛立刻亮了，跺腳道：「爹怎不早說呢？這差事兒子試試！不論成與不成，就當為國效力了！」辦成了，白得幾千兩銀子；辦不成，不過是丟了些臉面。臉面又不值錢，這是無本的買賣啊！

看他樂顛顛的樣子，文老太爺又好氣、又好笑。

就這樣，文二老爺顛顛兒地領了差事，開始了奉旨討債之路。

因為這份人情，文二老爺現在遇上英國公府的人都帶著幾分親熱。

文二老爺喊完顧野，顧野就跑過去喊了一聲「二叔公」，問他在這裡幹啥？

文二老爺笑咪咪地說自己在辦差呢，又讓出自己的小馬扎讓顧野坐下，還分了一個沒動的冰碗給他吃。一大一小，一蹲一坐，在人家大門口悠哉遊哉地吃著冰碗。

文二老爺砸吧著嘴感嘆道：「這冰碗沒你家食為天的刨冰好吃。」

顧野也點點頭。「確實。」

「你家怎說？準備在哪裡開店？」文二老爺從前也不是講究吃穿的人，但是自從自家廚子被廢帝趕走後，他們再回鎮上，都是吃食為天的飯菜，有了對比，現在吃別的就覺得不好吃了。

顧野想了想，說：「還沒定，我娘和周掌櫃商量著呢。」

正說著話，他們背後的大門吱呀一聲打開了，走出來一個文質彬彬的青年。

看到文二老爺，青年的臉色明顯不好了，偏還得佯裝笑著。「文二老爺怎麼還在此處？都說了，等我爹身子好一些，自然就會還上那部分欠銀的。」話說得客氣，但是對方看文二老爺的眼神卻和看蒼蠅、臭蟲沒區別，滿滿的都是嫌惡。

文二老爺並不惱怒，還是笑咪咪的，拱手笑道：「啥欠銀不欠銀的？我就是聽說李大人身體不舒服，心裡擔心，又怕貿然進去打擾了老大人養病，所以只等在門外，也算是盡了一份晚輩的心意了。」

小李大人被他這話一堵，臉越發黑了。

偏文二老爺狀若未覺似的，依舊笑咪咪地搭訕道：「小李大人這是要出去？」

小李大人深呼吸兩下，道：「有個同窗舊友的詩會。」

奉旨要帳的人前頭已經來過兩批了，但都是能聽得進人說話的，只要說幾句好話，讓對方通融一下，對方想著都是同朝為官的，自然也就賣這個面子了。偏這文家老二，好賴話都聽不進去，狗皮膏藥似地貼在自家，而且已經不是一天兩天了！

之前李大人上朝，文二老爺都跟到宮門口去了，一直等到李大人下朝，文二老爺又跟上了李大人。旁人看他身邊多了個人，總有問起的，文二老爺也不避諱，直接就說自己是要帳的，還說「李大人家一共欠朝廷五千六百七十五兩銀子呢」！至於為什麼這麼有零有整的，那是文二老爺按著欠條的日期，以這些年錢莊的利頭算出來的！

因為這個，李大人沒少被人嘲笑。倒不是笑他向朝廷借錢，是笑他對付不了文二老爺這麼個潑皮白丁。李大人也是沒辦法，文二老爺雖是個白身，可人家是奉旨而來，大小也是個欽差，他們李家是文人，難道還和他動手？更難辦的是，人家親爹現又是文官之首了，若鬧得太難看，對自家也不好。

文二老爺也不進人家大門，就在門口坐著，逢人問就說起銀子的事，沒人問他就能從早上坐到晚上。睡覺時他就讓人把日常堵住李家後門的馬車停到李家大門口去，他在馬車上睡，到了凌晨時分再讓車夫把自己送回家去更衣、沐浴、洗漱。第二天天剛亮，保准準時出現，再接著跟進跟出的。

秋末早晚溫差大，上了年紀的人本就容易生病，那李大人生了場悶氣後還真不舒坦上了，乾脆就稱病在家。這下子文二老爺就不跟著李大人了，改跟著眼前這位小李大人。

聽說他要去詩會，文二老爺立刻跟上。

顧野看時辰還早，也不急著回家，現在又沒啥可玩的，就也跟上了。

走了大概一刻鐘，小李大人進了一間茶樓。

這茶樓在京城也有些年頭了，文人雅客眾多。這裡的包間都要預訂，不是等閒人能隨意進出的，就是知道這個，小李大人才沒推掉這次聚會。

小李大人順利地往樓上雅間走，看到文二老爺被小二攔下，還輕蔑地撇了撇唇。後頭看到故人舊友，小李大人和他們寒暄過後落坐。

眾人談起最近新得的寶貝。文人的寶貝自然不是什麼俗物，都是些筆墨硯臺、字畫之類的東西。

小李大人看著同窗們一件件展現自己的東西，既眼熱也有些不自在。他也是自詡愛風雅之人，無奈最近文二老爺跟進跟出的，他但凡進個鋪子，文二老爺就跟冤魂不散似地在他耳邊唸叨著「五千六百七十五、五千六百七十五」……

「李兄今日怎麼來了只乾坐著，不開口？」一個從前和小李大人有些嫌隙的同窗笑道：「我記得李兄最喜歡硯臺的，最近至硯齋新來了一批上好的硯臺，怎麼不見李兄去買一個把玩？可是囊中羞澀？」李家被奉旨要帳的狗皮膏藥黏上的消息早就不脛而走，成了京中諸人茶餘飯後的一樁笑談。

小李大人臉脹得通紅，偏這時候他耳邊又響起那陰魂不散的聲音！

「五千六百七十五……」

小李大人背靠窗戶而坐，聽到聲音立刻嚇了一跳，詢問眾人。「你們聽到沒有？」

其他人問聽到什麼？

小李大人神色尷尬，也不好仔細問別人有沒有聽到自家欠銀的數量。

「李兄怎麼突然這般敏感？我們雖在雅間，但茶樓人多，雅間也是一間挨著一間的，自然可能會聽到隔壁的聲音。」一眾同窗安慰了他兩句，然後就接著說話。

小李大人也當自己是幻聽了，但沒多會兒，他又聽到那個數字了！

這次不止他，其他人也聽到了！那聲音不似從隔壁傳來，倒像是從李大人身後發出的。

眾人於是打開窗子一瞧，竟看到扒在外頭欄杆上、整個人吊在半空中的文二老爺！

文二老爺還是笑咪咪的。「小李大人可不好聽人說的，去至硯齋買什麼硯臺，您家還欠著陛下五千六百七十五兩銀子呢！」

一眾文人快被他嚇死了，七手八腳地把他拉上來。

小李大人被他弄得顏面盡失又心驚肉跳，再無顏參加什麼聚會，立刻回家去了。

一路回到李家，小李大人就直奔他爹的屋子。

李大人看他面色難看，問他是不是遇上了什麼事？

小李大人黑著臉，先把今日的事原原本本講了，最後道：「爹，不若咱們把銀子還了吧？兒子實在受不住了！且若是今天那文家老二在我旁邊有個好歹，兒子就是渾身長滿嘴都說不清啊！」這世道就是要臉的怕不要臉的，要命的怕不要命的，而那文二老爺既不要臉，也不要命，這誰能頂得住啊？

「那討債鬼當真煩人！」李大人也被他煩得不行，遂擺手道：「還吧、還吧，反正早晚是要還的。」

李家並不是什麼貪官權宦，相反地，從前也是朝廷的一股清流。只是後頭看到文老太爺都被小皇帝發落了，這才縮了，再不敢和小皇帝唱反調。

眼下正元帝上位，欠錢的人家多了去，難道都是想和新朝作對嗎？那自然不是，蓋因沒有人帶頭。他們畢竟是舊朝的臣子，把銀錢還給新朝，難免讓人說見風使舵、沒有文人傲骨、上趕著跟新主子賣好呢！

李家早就把那筆銀錢準備好了，就等著其他人當出頭鳥。

眼下文二老爺既然能追他家的債，自然也會如法炮製地去追別人家的債，到時候旁人定然知道他們李家也是沒辦法了，絕對不是膝蓋軟！

第二十六章

下午晌，文二老爺就追回了第一筆欠銀。

雖然不多，但也是個好兆頭，預示著他後面幾千兩早晚也會進帳呢！

「小野真是個福星！」文二老爺真心實意地誇讚道。不然怎麼他前頭天天來都沒要到，今天顧野一來，他就要到了？

顧野笑笑沒吱聲，也誇道：「二叔公爬牆真厲害，不比我差！」

文二老爺得意道：「那可不是？怎麼也是在鎮子上野大的，還能沒一手爬樹翻牆的本事？當然，主要還是有你在！」當時文二老爺是想爬牆，但也怕摔下來。雖只是三樓，但摔下來也是可大可小，萬一把自己摔死了，那真是有命賺錢沒命花錢。

顧野當時還說讓他來，這個他很在行的，文二老爺和他小廝同時說不行。後頭那小廝道「文二老爺儘管上，小的會武，即便是您摔下來了，小的也能接住您」。都知道武青意武藝了得，他手下自然沒有酒囊飯袋，文二老爺這才大著膽子上了。

清完了這筆帳，文二老爺歸還了李家的借條，又摸出隨身攜帶的幾張借條翻了翻，再次邀請顧野和他去下一家。

這家是前朝的勛貴，如今只頂著個虛銜，實差已經讓正元帝捋了。他家如今朝中沒人在做官，自然不用賣文老太爺的面子，又是開設賭坊的，養著不少打手，是塊很難啃的硬骨頭。但對方欠的銀子實在多，有五萬餘兩呢！

文二老爺之前已經去過他家，看到賭坊裡那些個身強力壯的打手，他直接嚇跑了。但今天文二老爺覺得運道好極了，加上顧野身邊有個會武的小廝，他便帶著他們去了。

那小廝本是有心要勸顧野離開的，但是顧野卻道：「二叔公這是給陛下辦差呢，差事還是咱家推薦的，我怎麼不能去呢？」

理是這麼個理，但是哪有這麼小的孩子進賭坊的？偏小廝也嘴笨，還沒想好怎麼勸諫呢，顧野已經像泥鰍似地鑽進賭坊了，他也只好快步跟上。

文二老爺先找到了那賭坊的少東家，說明了來意。

少東家抄著手冷笑道：「我們賭坊打開門做生意，文二老爺要是來照顧我們生意的，我們歡迎，若不是……」他轉頭使了個眼色，幾個身穿粗布背心、肌肉遒勁的打手就逼近了。

文二老爺連連退後，突然想到自己還有幫手，然而他轉頭一瞧，發現顧野居然擠在賭桌前，正看得津津有味呢！他退到門邊，一邊擦汗一邊道：「小野，你在這幹啥？咱們不是來辦正事的嗎？」

顧野好奇地問道：「二叔公，這是怎麼玩的？」

文二老爺不吭聲。開玩笑，帶這小傢伙進賭坊已經是擔了風險了，要是讓他爹知道他還教小傢伙賭錢，還不活扒了他的皮？

正在這時，人群中忽然爆出一陣歡呼。

「好！馮公子不愧是當朝第一猛將的弟弟，在賭桌上也不墮了魯國公府的名頭！」方才對著文二老爺還凶神惡煞的賭坊少東家，此時正滿臉堆笑，奉承著一個十五、六歲、穿著華貴的少年公子。

賭坊裡的其他人自然都圍過去，這才知道那馮公子玩賭大小，竟然直接押了一千兩銀子！頓時間，各種奉承聲此起彼伏。

顧野不解地道：「當朝第一猛將不是英國公嗎？」他的童聲清冽稚嫩，在一眾大人的聲音裡格外不同。

馮公子也是練武之人，耳力過人，捕捉到他的話，當即蹙眉道：「這賭坊裡哪來的孩子？」

眾人循著他的目光看去，這才看到了人堆裡的小蘿蔔頭。

賭坊的少東家立刻出來趕人。「誰家的孩子在這裡胡說？哪兒涼快哪兒待著去！」

顧野的小廝自然攔在顧野身前。

小廝穿著一身玄衣，袖口處繡著指甲蓋大小的火焰紋，旁人自然注意不到，但那馮公子見了卻變了神情，臉帶寒霜地道：「英國公府的人？難怪區區小兒，也敢如此張狂！」

聽到英國公府，那少東家立刻不敢吱聲了。自家眼下朝中無人，可不敢牽扯進兩家國公的爭端裡！

馮公子看賭坊的少東家也怕了英國公府的模樣，越發不耐煩地道：「還不把這孩子趕走？他這麼大的孩子，難道還能照顧你家生意不成？」

想到眼前這馮公子可是實打實要給自家送銀錢的，那少東家只能硬著頭皮，上前賠笑道：「小少爺，您看我這裡確實不是孩子玩樂的地方，不然您還是……」

顧野看著那馮公子，眼神一暗，又詢問道：「賭錢，怎麼賭的？」

少東家耐著性子跟他解釋了一遍玩法後又想送人，卻聽顧野問——

「那我可以和他賭嗎？」短短的小手指指著馮公子。

「這個、這個……」少東家的額頭上冷汗涔涔。

「你讓他過來，本公子陪他賭！」馮公子嗤笑道：「不過咱們先說好，賭輸了可不要哭鼻子！」

顧野翻了翻自己的荷包，裡頭有他之前攢下的幾兩工錢，還有到京城後，他爺奶偷偷塞給他的一些碎銀子，全部加起來也就十兩銀子不到。

「哎喲，英國公府出來的就帶這麼點本錢啊？」馮公子涼涼一笑。「可要本公子借你一點？」

本錢不夠，自然去不了馮公子所在的賭桌——那裡是百兩起步的貴賓桌。

顧野當然不要他的錢，他看向小廝，但小廝身上也只有一些碎銀子；然後他又看向文二老爺，文二老爺身上還揣著幾千兩剛討回來的、還熱呼著的銀票呢！

文二老爺立刻把錢袋子一捂，這可不是他的錢，是朝廷的！而且就算是他的錢，誰會借給這麼大點的孩子去賭錢啊？

「不用。」顧野轉過頭，隨意選了張賭桌，把銀子往上頭一放。「我從這裡開始。」

馮公子看清狀況後訕笑一聲，回自己那邊去了。

文二老爺擠進人堆裡一瞧，急得臉都紅了。「小野，你知道你押的是啥嗎？你押的是豹子！」

顧野左右環顧，然後壓低聲音道：「我知道啊，剛才那個人和我說，賭大小贏了能拿雙倍，要是賭中豹子就能拿三倍，我不就能快點和那個人對賭了嗎？」

「為啥賭這個贏了能拿三倍，你沒想過嗎？所謂的豹子就是三顆骰子扔出完全一樣的點數啊！」

原來是這樣，顧野若有所思地點點頭。「沒事，我覺得我這兩天運道好，剛你不也這麼說嗎？」

文二老爺心道：那是客氣話啊，傻孩子！再說，啥人的運道能好到押中豹子啊？

「孩子不懂事、不懂事哈！」文二老爺心疼顧野那十兩銀子，涎著笑臉伸手去賭桌上要幫他把銀錢拿回來。

「賭桌上無大小，即便你們是英國公府出身，也不好這樣的！」

「就是！都像你們這樣，咱們還賭不賭了？」

賭場的人還沒出聲呢，賭客們已經把文二老爺攔住了。

後頭骰子聲起，這下是再拿不回來了。文二老爺對著顧野痛心道：「那可是十兩啊，你知道能買多少東西嗎？你這孩子真是……」

「開了！」骰子聲停，搖骰盅的莊家高聲唱道：「三個六，豹子！」

英國公府裡，顧茵正和王氏試新衣。

武青意提前知會過，說太后娘娘要在宮裡辦宴，宴請一眾大臣家的女眷，估摸著傳口諭的宮人也就是這兩日會過來。

庫房裡的首飾、頭面都是現成的，但進宮的衣裳那得新做。好在府裡就有繡娘，她們進京後的隔天，繡娘就來給她們量過尺寸，到了這日，已經把新衣給縫製出來。

布疋也是宮中賞賜的，繡線則是原先王府剩下的。

王氏摸著那又軟、又輕薄，還帶著金線紋路的新衣裙，感嘆道：「從前妳花個半兩、一兩的給我買衣裙，我還捨不得穿，非要拿去換了，哪裡想到現在能穿這麼好的衣裳呢？可惜這些貢緞也不能賣錢，不然娘全都賣了，給妳湊湊錢。」王氏後頭也去看過太白街的那座大酒樓了，也是越看越喜歡，無奈家中銀錢確實吃緊。不過幸好那酒樓雖然實惠，但一萬五千兩，一般人家也拿不出，能拿得出那麼一大筆銀錢的人家，大多在前朝就是有名有姓的，現在改朝換代了，他們得到消息說朝廷用度吃緊，可不敢在這個時候充闊，所以那大酒樓到現在還沒賣出去。要是等到翻年還沒賣出去，英國公府領了俸祿，就能把它買下了。

顧茵心態比王氏好，能買到就買，買不了就換別處，總歸是能把生意做起來的。

她把王氏推到鏡子面前，感嘆道：「娘這樣穿既好看又精神，出去不說是青意的娘，人家還當您是他姊姊呢！」王氏本來就比同齡人看著年輕，後頭又一家團圓，人逢喜事精神爽，看著就越發不顯年紀了。

「那挺好啊！」王氏美滋滋地道：「以後我就說是妳爹的大女兒，再給自己說門好親事，招個年輕俊朗的夫婿入贅！」因為沒有外人在，婆媳倆什麼渾話都敢說。

正笑鬧著，一個小丫鬟急匆匆來報。「老夫人、夫人，沈姑娘不好了！」

這沈寒春自從半月前突然病倒後，日日都是御醫照看、顧野去監督著。

但說也奇怪，養了半個月還不見好轉，昏迷的時候多，醒來的時候少，一直下不得床。

「怎麼叫不好了？」顧茵止住了笑，忙詢問起來。

小丫鬟道：「沈姑娘方才醒了，能自己喝湯藥了，還說想下床走走。也不知道怎麼了，突然說胸口悶，又吐血了！」

「快讓兩個御醫都去瞧瞧，把老醫仙也請去！」王氏一邊吩咐，一邊拉住顧茵，對她使了個眼色。她們可不好去看沈寒春，倒不是怕晦氣，別去了直接因為命數把人給壓死咯！

老醫仙和御醫一起去了沈寒春所在的桂香院。

老醫仙拿出了藥王谷的至寶金針，先幫已經人事不知的沈寒春止住了內血，後頭三人先後給她把脈。

「奇哉怪哉！」御醫百思不得其解。「這沈姑娘身體上根本沒有病灶，照理說溫養這些天就該好轉的，怎麼看眼下這脈象，她反而更嚴重了？」

另一個御醫道：「是啊，還是只能把出她驚懼過度。但是自從上次她吐血暈厥後，國公夫人他們都不過來了，只讓咱們兩個過來看顧，這沈姑娘到底在驚懼什麼呢……」

老醫仙蹙眉沈吟。不至於啊，真不至於，這桂香院距離英國公府主院有一刻多鐘的腳程，也就是英國公府地方大，還算是住在一個府裡，若按照實際路程算，已經是隔開了。而王氏他們自從聽他說了命數之事後，就再沒過來了，怎麼也不至於把她影響到這個地步呀！

三人都一籌莫展之際，小丫鬟忽然在屋裡驚叫——

「沈姑娘……沈姑娘氣絕了！」

這下子三個醫者都變了臉色，先後衝進屋內。

賭坊之內，出身魯國公府的馮公子愕然道：「不可能……不可能！」

顧野在賭中過一次豹子後，賭本從十兩翻到了三十兩。後頭文二老爺勸他千萬別再賭大小了，怕他再腦子一熱，去賭什麼豹子，於是顧野就去猜單雙、賭牌九。

但不論上哪個賭桌、不論他押什麼，都是一個字——贏！

三十兩很快就變成六十兩、一百二十兩，甚至二百四十兩。

到了這個時候，顧野就去了那馮公子所在的貴賓桌，然後二百四十兩變成了四百八十兩，又變成了九百六十兩……最後變成了三千八百四十兩。

而馮公子一直和他買對家，就一直輸，眨眼功夫就輸了幾千兩。等到最後，馮公子手裡只剩下兩張千兩銀票，儼然輸急了眼。

其他賭客也不攙和了，紛紛抄著手在旁邊看熱鬧。

「這次我先押！」馮公子看著手裡兩張銀票，一張押大，一張押小！他之前次次都和眼前的小孩買對家，如今他先把大小全買了，眼前的小孩要是有骨氣，就不能和他買一樣的！

「你別理他，又沒說好不能買一樣的，他這樣做不道地！」文二老爺焦急地相勸。

馮公子又蔑笑道：「也是，英國公府出來的人，慣常是不講究什麼規矩路數的。小孩，本公子大你幾歲，可要本公子讓讓你？」

顧野面色不變地看了看馮公子手裡的兩張銀票，再看看自己面前的一大堆，也不說話，只挑挑眉，又歪歪頭，意思再明顯不過——你輸成這樣，我贏成這樣，到底是誰該讓誰啊？

馮公子被他看得面色通紅，咬牙切齒道：「你敢不敢？」

「我買豹子。」顧野根本不看他，踮著腳把自己面前的銀錢都推上了賭桌。

顧野是還鎮定自若，文二老爺卻是驚得跳了三尺高！這可是快四千兩銀子啊！

「買定離手！」馮公子笑起來，並不讓文二老爺阻攔，又催促著賭坊的人搖骰盅。

此時這搖骰子的活計已經是那少東家在做。他雖然年紀不大，但是自小在賭坊出入，就沒聽說過有人像眼前這小孩般，賭運這麼旺的！若非這是自家賭坊，他都要懷疑是有人和莊家合夥出老千了！他親自搖動骰子盅，足足搖了快半刻鐘，骰盅離手，扣在桌上。

喧鬧的賭坊內安靜無比，眾人都屏氣凝神地等著看結果。

「開了！」少東掀開骰盅，然後不敢置信地喊道：「六六六……又是三個六，豹子！」

「天爺啊！怎麼會短短這麼一會兒出了這麼多豹子？」

「就是！老子天天在賭坊玩，一天能出一次就了不得了！」

「太不正常了！一定有詐！」

在一眾賭客的起鬨聲中，馮公子眼睛猩紅，看向那少東家質問道：「你們出千?!」

少東家欲哭無淚地道：「沒有，真沒有！我們賭坊經營多年，口碑甚好的，要是出千，早就辦不下去了！馮公子若是不信，可讓人來檢查骰子、骰盅，甚至這桌子……」

馮公子對身邊的人一點頭，五、六個人立即一擁而上，把所有賭具都檢查了一遍。

結果，當然都是一無所獲。

自己身邊的人都是見多識廣、眼力及耳力過人之輩，他們都說沒問題，那就是說，眼前的小孩真的買啥贏啥？馮公子頹然跌坐回椅子上，訥訥地道：「不可能……不可能……」

顧野已經收到了自己贏的錢，足足有一萬餘兩，有銀票又有銀子，多到他一雙小手攬都攬不下。

「我來、我來！」文二老爺看到銀子就高興，此時笑得眼縫都沒了。

顧野卻說不用，轉頭對著少東家道：「我只要五千兩，多的就還給他吧！」

這自然是於規矩不合的，但那馮公子身分顯赫，真要讓他輸得氣急敗壞，日後自家賭坊肯定也沒有好果子吃，少東家遂豎起拇指道：「小少爺大氣！」

那少東家去兌銀票時，文二老爺便和顧野咬起耳朵。「都是你贏的錢，你幹啥不要？」

顧野憂心忡忡地看了一眼家的方向，伸手摸著自己的小屁股說：「太多了也不好，夠用就行。」

文二老爺也不禁讚嘆道：「虧我活到這把年紀，倒不如你通透。」

說著話，賭坊的少東家已幫顧野兌好五千兩銀票，並親自把他們送出賭坊。

文二老爺還在想著顧野方才的話，總覺得好像有所體會，但一時間卻說不上來體會了什麼。

少東家看到文二老爺沈著臉，閉眼道：「五萬兩不是筆小數目，我今晚讓人準備出來，你明天來取。」

文二老爺一驚。「?!」

少東家又壓低聲音道：「只是，這位小少爺，你別再帶他來了！」

他家賭坊真的是不出千，靠著誠信經營到現在的。這小孩運道好得邪門，要是再來，不只會影響自家招牌口碑，更壞的結果是，賭客們跟著他一起買，做莊的都要賠錢！囊家賠錢，簡直是千古奇聞！

「那是自然、那是自然！」文二老爺眉開眼笑。

後頭兩人走了一路，顧野突然出聲道：「二叔公，您能送我回家不？」

英國公府和文家的距離不遠也不近，並不算順路。

顧野有小廝相陪，若擱平時，文二老爺忙著討債，分身乏術，多半是送到路口就算了。但今天運道實在好，後面那筆五萬兩的大帳更是完全託了顧野的福，所以文二老爺想都沒想就答應了。「好，正好傍晚天也悶，去你家吃碗茶再走！」

之前領到這好差事，文老太爺就讓文二老爺帶著禮物上門道過謝，所以文二老爺說完就熟門熟路地領著顧野往英國公府去了。

傍晚時分，顧茵和王氏總算是等到了來報信的老醫仙。

老醫仙擦著額頭的細密汗珠，喝了一口顧茵遞上的熱茶，這才開口道：「這沈姑娘的情況實在凶險，方才都氣絕了，我們雖盡力施救，但當時都覺得她怕是要沒命了，誰知後頭她又奇蹟般地有了氣息！目前雖還是氣若游絲，但總算是撿回了性命。」

王氏呼出一口氣，詢問道：「老醫仙，您看這是怎麼個章程？我們可真沒再去過她那裡，絕對沒有因為什麼氣運而想害人啊！」

老醫仙點點頭，表示自己知道的。

前頭顧茵對這事還將信將疑的，現在卻也不得不相信了，正色道：「命數之說，真的能釀成這麼嚴重的後果嗎？」

老醫仙擺手道：「不是，一般人的命數和氣運雖然會互相影響，但不會如她這般。是她本身的命數奇詭，向死而生，有違天命，才會這般。」也就是說，沈寒春這樣的才是個例，其他人不會發生這種事。老醫仙說著又站起身道：「這次的事我也弄不準了，你們和她那裡離得這麼遠，照理說只要不碰頭也就不會有影響。而且此消必有彼長，也沒見你們家中發生什麼好事啊！」

王氏試探著問道：「家中確實沒有什麼和往常不同的，但是青意和孩子們都去外頭了，你看是不是他們……」

老醫仙又說不可能。「還是我方才那句，離得近才會互有影響。青意他們人在外頭，若還能影響到府裡的人，那得要多強、多貴重的命數？」老醫仙心道，倒也是有這種天命之人，就是現在的正元帝。那是能改朝換代的人物，若他和沈寒春產生了糾葛，才有這種發展的可能，但這樣的極貴之人是萬中無一的，又不是路邊買菜，隨便撿一顆就能遇上？「我再回去翻翻典籍吧。」

送走老醫仙後，顧茵對王氏道：「娘，我們提前把沈姑娘送去庵堂吧？」可不敢再讓她在府裡養病了，別真把人養死了。

王氏點了頭，道：「就這麼辦。我去知會妳爹一聲。」

武重也沒有異議，到底是救過自己性命的人，雖沒什麼感情，但總不至於眼睜睜地看著她丟了性命，就讓兩個御醫跟著一道護送。

王氏去叮囑丫鬟好好照顧。

顧茵則親自帶人去套馬車，看著下人把馬車裡墊上厚厚的褥子，確保即便馬車駛動，也不會把人顛出個好歹來。

說來也真的神奇，沈寒春被抬上馬車的時候還昏迷不醒，但出了英國公府沒多久就睜開了眼睛。

發現自己在馬車上，她虛弱地道：「這是做什麼？我是救過國公爺的人，這是要把我送到別處等死嗎？」

小丫鬟立刻解釋道：「沈姑娘別急，不是您想的那個意思。是老醫仙說府裡不適合姑娘養病，這才把姑娘送去庵堂，是為了姑娘的身體好的。您看，您這不是立刻比之前好了？」

沈寒春張了張嘴想說別的，又確實整個人病得昏昏沈沈的，最後在馬車的顛簸中，她又睡了過去。

前腳送走沈寒春沒多久，後腳顧野就回家來了。

「這孩子前兒個還求著我說想去更遠的地方看看，說咱家附近都轉悠完了，沒得玩了，結果今天不還是玩到這麼晚？」顧茵無奈地和王氏笑道。

後頭聽說是文二老爺送他回來的，顧茵就讓人把夕食擺到前院待客的正廳，準備留文二老爺一道用飯。

王氏攙起武重一道過去。

三人剛走到前院，就看見顧野小跑著過來了。

「爺、奶、娘，我錯了！」

沒頭沒腦的一句話，把他們都愣住了。

不等人問，顧野垂著頭，絞著手指，自顧自地道：「我不該跟文家二叔公去賭坊的！」

三人倏地齊刷刷地看向他身後的文二老爺。

「……」這猴崽子！合著在這兒等著他哪！但顧野也確實沒撒謊，是自己把顧野帶過去的，因此文二老爺認命地拱手致歉。「是我的不是。」

站著說話不是事，後頭武青意和武安也先後下值、下學回來了，一家子就請了文二老爺進了正廳，文二老爺就把今天的事一五一十全交代了。

顧茵聽到自家崽子進了賭坊不算，還真上賭桌賭錢，已經氣得在磨後槽牙，要不是有文二老爺這客人在，說不定又要立刻請顧野吃竹筍炒肉了。

「託小野的福，那戶人家已經說明天就會交付欠銀，有五萬餘兩。」文二老爺越說越赧然，之前明明只是帶著顧野和他的小廝去壯膽的，怎麼後頭就真讓他上賭桌了？

王氏倒不生氣，賭輸了那是壞事，賭贏了可不就是好事了？而且大孫子手裡也沒多少銀錢，就算全輸了，也只是小孩子玩鬧罷了。「小野和奶說說，贏了多少銀錢？」

顧野垂著頭，弱弱地伸出一隻小手掌比了個五。「五千兩……剛好夠買娘喜歡的那個酒樓。」說完他就鵪鶉似地扎進了他奶懷裡。

按著英國公府現在的財務狀況，正好夠顧茵買個萬兩左右的酒樓，剩下的銀錢要應付闔府上下的日常開支和作為備用的流動資金。如今多了五千兩，可不正好夠買那要價一萬五千兩的酒樓？

看到兒媳婦的面色沒有轉晴，王氏一邊用餘光偷看他，一邊故意揚高了聲音道：「哎喲，好孩子！和大家說，是不是因為想給娘買她喜歡的酒樓，所以才上賭桌的？」

顧野先是點點頭，接著又搖搖頭。「有一部分原因是這樣的，主要是遇到了一個姓馮的，說是魯國公府的人，據說他家是本朝第一猛將，我就問了一句那不是咱家嗎？他認出咱家的衣服……」說著話，他抬起頭指指小廝，又立刻把頭低下。「然後話裡話外的意思就是看不上咱家，我一個不服氣就……」

武青意看向那小廝。

小廝立刻道：「小少爺沒說錯，確實是那馮公子認出了小的衣服上的徽記，挑釁在先。」

顧茵和王氏初來乍到，並不知道魯國公府的底細，便都看向武青意。

武青意對著她們微微頷首，以眼神示意，表示這事不方便在客人面前說。

「這、這事鬧的！」文二老爺尷尬地道：「還是怪我，真怪我！我不帶小野過去，就啥事都不會有！」

他辦事沒個章程也不是一日兩日了，看在文老太爺的面子上，眾人也不好說他什麼。

後頭文二老爺沒好意思留下用飯，起身告辭，腳下生風地跑了。

他一走，武青意就開始解釋起了自家和魯國公府的關係。

魯國公馮源，昔日是滁州守將，和武家這樣的泥腿子不同，人家幾代人之前就是武將，世代握有兵權的。馮源這人不是愚忠之輩，早就看不上舊朝廢帝的作派。後頭義王舉事，他雖不是最早投靠，卻是最早帶著兵力投靠的。義王有了他的兵馬後如虎添翼，屢戰屢勝。

馮源確實是昔日義軍第一猛將，可惜沒兩年，武青意長成了。武青意本就天生神力，但一開始沒學過武，年紀又輕，與馮源這樣一來就當主帥的相比，他並不算特別得到重用。但是後頭他因緣際會保下了藥王谷，老醫仙出谷當了武青意的師父，先給武青意用藥水煎骨，又教他自創的心法，再配合上武青意對陣殺敵練出來的本事，很快就把馮源這樣自小學武的比了下去。等到惡鬼將軍的名聲一起，那百姓是只知道他，不曉得馮源是哪個了。

那馮源比武青意還大了十歲，如何能服氣他？後頭正元帝開創新朝，兩家同為國公，但英國公府食祿四千石，魯國公府食祿三千石，無形中又把馮源給比下去了。

魯國公府不服氣英國公府不是一日兩日了，在朝堂上馮源也沒少和武青意針鋒相對，不過兩人都是天子重臣，怕正元帝夾在中間難做人，武青意一般都懶得理會。

「那我們小野這次沒做錯！」王氏憤憤道：「咱們確實是莊戶人，可咱家的功勛都是你和你爹用命搏回來的，尤其你還擒住了那廢帝呢！他們憑啥看不上咱家？」

武青意輕咳一聲，一邊打量顧茵的神色，一邊接著道：「總之，魯國公府和咱們不睦已久，今日小野若是退縮，指不定他們就會編排出咱家的人怕了他們的說法。」

母子倆說完都看向顧茵，連武重都把顧野往身後拉了拉，齊齊用眼神幫顧野求情。

顧茵好笑道：「別扯那麼多大道理，他才幾歲大？不和人賭錢，人家就會藉著孩子編排咱家？這魯國公府能做出這種事？」

武青意點點頭道：「還真不好說。他家有個老夫人，口舌很厲害的。」

武青意不會騙人，顧茵遂摸著下巴想了想。「好，就當小野賭錢是事出有因，但小孩子賭錢總是不對，大家應該都不反對這個吧？」

顧野從武重身後站出來，自己承認了錯誤。「我知道錯了，娘，真沒有下次了。」他人雖小，卻素來重諾。從前跟著關捕頭去府城那次，顧茵教訓了他，他當時也是這樣說的。自那次以後，不論去幹啥他都會提前和家裡人知會。到了京城也沒亂跑，和他娘有商有量的。

「行。」顧茵點頭，想了想道：「念你雖然有錯，但事出有因，就不重罰你了。讓你在家反省半個月，半個月都不許出門。」

「是，我領罰。」顧野垂頭喪氣地應了一聲。

等到用過夕食，顧野還是興致不高。

顧茵還要和王氏準備進宮的衣服、首飾，就讓武青意帶著他。

一直到顧茵和王氏一起離開了，武青意才道：「還記得我答應給你們的小馬駒嗎？」

武安正在旁邊寫功課，聞言立刻抬起了頭，顧野也眼睛發亮，兩個小傢伙齊齊看著他。

「今天下午已經讓人送過來了，只是馬駒也怕人，先讓牠們熟悉一夜，明天一早你們就能去馬廄看牠們了。」

顧野再不垂頭喪氣了，立即拉著武安商量起要給小馬駒起什麼名字。

第二天一早，慈寧宮來了宮人傳太后的口諭——太后娘娘將在五日後宴請一眾外命婦。

當然了，雖是宴請女眷，其實也是可以帶自家孩子去的，到時候肯定會有不少人把自家的孩子帶過去，乘機在人前露露臉。

不過顧茵想了想，和王氏商量著還是先只她們兩個大人去。一來是顧野還在禁足中，只帶武安一人去，顯得厚此薄彼；二來是顧野剛開罪了魯國公府，那魯國公府的老夫人說是出了名的口舌厲害，就怕到時候她當著孩子的面會說出什麼不客氣的話。

當然最主要的，還是她們婆媳初來乍到，都沒進過宮，還不知道裡頭的情況。反正往後進宮的機會必不會少，沒必要在這個時候非把孩子帶進去。

王氏自然聽她的，她正摩拳擦掌地準備會會魯國公府的老夫人呢！

晚些時候，送沈寒春去京郊庵堂的兩個御醫也回來了。兩人都嘖嘖稱奇，說沈寒春一出英國公府，在馬車上就自己醒了，等到了京郊，那脈象更是完全平穩了下來。

總算是沒有害人性命，顧茵和王氏都鬆了口氣。

至於顧野賭錢和沈寒春病重這兩樁事，誰都沒有聯想到一處。人家老醫仙都說了，命數的壓制是按照距離算的，離得越近才影響越大。顧野都出府去了，那賭坊離英國公府也不近，顧野得是多貴重的命數，才會跑出去那麼遠了還能影響到沈寒春？明顯不現實嘛！

這天深夜，京郊庵堂內。

沈寒春幽幽醒轉，入眼便是極為陌生的地方……這是到了庵堂了？武家父子真把她送出了英國公府！她又急又氣，惱怒自己怎麼偏偏在這個當口生了這般嚴重的病！若不是病得這麼厲害，即便那村婦和她兒媳婦使手段，她也有招數應對。她已經看出武重和武青意不同，武重心腸軟，只要自己以救命之恩和無依無靠的身世為武器，他必然不會心狠至此。

跟著沈寒春安置到庵堂的還有兩個小丫鬟，她們初時看到沈寒春醒轉，也不再說難受，都真心實意地為她感到高興。後頭看到她若有所思、面色凝重，還眼神發黯，兩個小丫鬟又憂心起來。她們出來的時候，國公夫人可是親自和她們說的，要好好照顧沈姑娘，可不能因為換了地方就怠慢了她。而且那兩個御醫也是一路跟著護送，替沈寒春把了脈，守了一夜，確認她沒事了才回去覆命。她們自小長在王府，從沒見過這樣宅心仁厚的主人家。這要是換成她們從前的主人，知道對方在自家得了重病，早就把人趕出府了，哪還會這樣安置？

兩人剛想相勸，卻看見沈寒春自己爬了起來。

「湯藥端來，我自己喝。」

兩個小丫鬟喜出望外，之前還生怕她誤以為自己被放棄了而萌生死志呢！

苦澀的湯藥入口，沈寒春捏著鼻子嚥下。我一定會回去的！

進宮之前，武青意和顧茵、王氏說起了一樁事。

「皇后娘娘的性情有些奇怪，但人是好的，妳們若是遇到了她，多擔待一些。」沒能替皇后尋回丟失的孩子，武青意心中有愧。如今皇家丟過孩子的事作為皇家秘辛，已被正元帝明令禁止，不能再提，但武青意心中的那份愧疚，並沒有隨著時間而被沖淡。

王氏不以為意地擺擺手。「人家是皇后，天底下僅次於太后娘娘的尊貴女子，我們哪裡會同她置氣？她不為難咱們就好了。」

眨眼間，到了進宮這日。

一大早，王氏和顧茵就起身梳妝打扮。

王氏面覆脂粉，頭梳高髻，戴一套水頭極好的翡翠頭面，髻上簪著一支赤金松鶴長簪，那松鶴栩栩如生，眼睛是質地純淨的紅寶石。她身上沒有穿誥命的大禮服，而是一件刻絲泥金銀如意雲紋錦服。一來是這次的場合比較隨意，是太后娘娘一時興起辦的；二來則是王氏的誥命詔書還沒下，她還沒領到自己的衣冠。

顧茵則沒有上妝，只描了眉毛、點了絳唇，身上穿了件金線繡百子榴花對襟長裙，頭梳一個隨雲髻，髮髻上簪一支金海棠珠花步搖，再點綴幾個小的珍珠金釵，手上戴著一個赤金纏絲雙扣鐲，正是入府那日王氏隨手給她套上的。

那步搖隨著她走動而簌簌抖動，襯得她整個人都帶上了幾分俏皮。

王氏起初還想把家裡的好東西都往顧茵頭上、身上戴，後頭看她一走動，那珍珠就在她耳畔晃動，襯得她本就白淨瑩潤的臉更是說不出的好看，王氏就不說話了，怎麼看她都看不夠似的，真恨不得顧茵再小幾歲，好讓她摟在懷裡親香親香。

後頭她們打扮好了，武青意就送她們進宮。

隔著馬車，武青意又再次說道：「太后娘娘是頂和氣的人，娘不必緊張。」

王氏說她不緊張，是真不緊張。要讓她一個人去，她這只在家裡橫的性格，肯定要驚慌，但有顧茵陪著就不同了，兒媳婦無所不能的，王氏心裡有底氣。

英國公府距離皇宮並不遠，馬車行駛了兩刻鐘就已經停到了宮門口。

再往裡，那就要步行了。

不過這麼點路程，對做慣了活計的顧茵和王氏而言自然不算什麼。婆媳倆下了馬車，見到了引路的宮女，一邊說話就一邊往裡去了。

一路上紅牆黑瓦，宮牆巍峨，王氏初時看還有些興奮，等走了一刻多鐘，到了慈寧宮，也就看啥都不覺得新鮮了。

太后並不是重規矩的人家出身，也懶得在不年不節的時候讓人家去跪拜她，就讓一眾女眷來了後直接去偏殿赴宴。

被宮人引著去偏殿的時候，王氏還在和顧茵咬耳朵。「咱家大郎真沒說錯，太后娘娘是頂和氣的人。從前我看戲文裡，那些不好相與的惡太后若看不順眼誰，就讓誰在覲見的時候罰跪，一跪就是一天半天的，不僅讓人沒臉面，還讓人把膝蓋跪傷了呢！」

說著話，兩人進了偏殿。

不少女眷已經先她們到了，正圍著一個容色豔麗、頭戴珠冠的年輕婦人說話。

那婦人柳眉鳳目，面容豔麗之餘還帶著幾分英氣。

王氏倒沒仔細看她的面容，卻是不由得多看了幾眼她的珠冠。那顆顆珍珠都有人的拇指大小，飽滿圓潤，儘管冠體是純銀打造，並不算名貴，但白色的珠子配著銀白的冠體，就是好瞧。王氏說不上來的好看，已經想著回頭也給顧茵鑲一頂這樣的了。反正珠子和冠子家裡都有，又不能賣錢，那就得用起來啊！

她們婆媳進來的時候，那年輕婦人同時抬眼打量她們。只見王氏眼神並不躲閃，顧茵也是不卑不亢的。她笑起來，道：「這就是英國公夫人吧？」

這話一出，殿內倏地安靜下來，所有人都看向她們婆媳。婆媳倆也算是經過風浪的，自然不怕被人瞧。

宮人提醒她們，眼前的年輕婦人是馮貴妃。

馮貴妃就是出身魯國公府，在她們進宮之前，武青意已經都跟她們說過了。

這馮貴妃性子頗肖其母，並不是能吃虧的人。

所以王氏上前一步，把顧茵擋在身後，上前行了個半禮。

馮貴妃還是笑，說出來的話卻並不怎麼客氣。「英國公夫人初初入京，本宮怎麼記得夫人的誥命文書還沒發下去，現在身上還沒品級？」

國公夫人的品級和貴妃幾乎持平，只是因為一個是外命婦，一個是內命婦，也不好放在一起比較，一般來說行個半禮客氣客氣就行了。這馮貴妃揪著品級說話，那意思再明顯不過了——王氏現在身上沒有品級，見了她得行大禮！

果然是個不好相與的！王氏沈了臉。這要是從前，遇到貴妃這樣的貴人，跪也就跪了，但現在她是代表自家出來的，丈夫和兒子用身家性命換來的品級，她這膝蓋一彎，可就是把武家的臉面往地上扔了。

馮貴妃言笑晏晏，自說自話道：「唉，本宮這話說得莽撞，英國公夫人年紀不輕了，怎麼也是本宮的長輩，不好給本宮見禮。您身後的是您家的兒媳婦吧？瞧著比本宮年輕一些，本宮受她的禮就好。」王氏是國公夫人，武青意的親娘，馮貴妃本來也沒打算折辱她，不然兩家的梁子就是實打實地結上了。可若只是武青意的妻子，就算得了一品誥命，和她同輩的，給個下馬威，也不會把場面鬧得太過難看。

至於為什麼要對付她們？自然是因為前不久馮貴妃的幼弟輸了好些銀錢給顧野一事！輸了那麼一大筆銀錢，魯國公當天就把幼弟打了一頓，關在家裡，任魯國公府的老夫人秦氏說破了嘴皮子，都沒能幫幼子求到情。

賭坊裡魚龍混雜，那事不過幾日就已經傳得街知巷聞。

流言一起，都笑話他們家十五、六歲的少年輸給了六、七歲大的孩子，甚至還有刁鑽的，說這不是很正常嗎？魯國公馮源不也比武青意大了十歲，還不是照樣讓武青意比下去了？這叫家學淵源啊！

家學淵源的說法一出，可真是把魯國公氣壞了，又把幼弟抓出來好一頓打，這次不是輕飄飄地打兩下板子，而是請了家法，用棍子真打，直接把人打得下不來床了！

這下不只是秦氏這當娘的心疼了，馮貴妃也心疼這一母同胞的弟弟，要不然她也不會早早地等在慈寧宮裡，就為了給幼弟出氣。

王氏的臉色更難看了，她能眼睜睜地看著兒媳婦吃虧？當下她就把顧茵一拉，要笑不笑地道：「貴妃娘娘說的不錯，我們婆媳是初初入京，並不懂見貴妃是個什麼大禮，我們還沒學呢，只學了跪拜太后娘娘和皇后娘娘的禮，不然我們朝著您施那種跪拜大禮？」

馮貴妃臉上的笑頓時就垮了。宮中女眷少，太后和皇后之下就是她，但那也是階級分明的，並不代表她就能越級受那樣的大禮。這英國公夫人是什麼意思？提醒她品級不夠，不該這麼張狂嗎？

王氏根本沒那麼多意思，她沒說假話，幾天前武青意就跟正元帝求了個恩典，家裡來了個老嬤嬤指點了她們幾天規矩。那老嬤嬤就是這麼說的，她們只要給太后和皇后行大禮，其餘人行個半禮就是了。

那老嬤嬤沒想到馮貴妃會因為要給幼弟出頭而為難她們，所以真的沒教。

正在這時，外頭太監唱道——

「皇后娘娘到。」

眾人紛紛起身行禮，連馮貴妃都得站起身。

周皇后只穿著一身素色宮裝，髮髻上插著幾根珍珠簪子，不論是打扮和容貌都比不上馮貴妃。她抱著孩子進來，讓眾人平身後，發現殿內氣氛不對，便問道：「這是在做什麼？」

殿內其他人雖然奉承馮貴妃的多，但也有不少是皇后這一派的，當下就道：「沒什麼大事，就是貴妃娘娘說英國公夫人和她兒媳身上沒有品級，讓她們二位給貴妃娘娘行禮呢！」

周皇后扯了扯嘴角，說：「太后都不拘泥這些虛禮的。」

馮貴妃訕笑道：「姊姊誤會了，妹妹沒有強逼她們，只是說玩笑話罷了。」

周皇后也沒再糾結這件事，讓人傳宴，邀請眾人落坐。「英國公夫人挨著本宮坐吧。」

周皇后說完這句就沒再說話了，只目不轉睛照看著自家孩子。

因為太后沒過來，主桌上的主位空置著，周皇后和馮貴妃在主位旁邊一左一右而坐。

周皇后過去是王氏和顧茵；馮貴妃另一邊自然是她的母親，魯國公府的老夫人秦氏。

秦氏看著也沒比王氏大多少歲，五十歲左右的樣子，母女倆頗為相像，但秦氏眼神凶戾、不苟言笑，比從前的王氏還顯得凶惡。

主桌並不大，秦氏和王氏兩個正好是面對面而坐；大眼瞪小眼的，誰都不服氣誰。

顧茵沒去打量秦氏，只是不由自主地看向周皇后懷裡的孩子。這孩子大眼睛、白皮膚，十分漂亮機靈，還莫名的合眼緣，只是看著約莫有三歲了，卻還像襁褓裡的孩子似的，被包裹得嚴嚴實實，只露出小半張臉，任由周皇后抱著。

顧茵素來有孩子緣的，那孩子察覺到顧茵在看他，偏過臉朝她一笑，還把小胖手對著她伸出來。隔著個王氏，顧茵自然碰不到他，而且她也不會貿然去碰小皇子，所以並沒有伸手，只是朝他眨眨眼。

小皇子格格笑了起來。

周皇后正在和桌上的其他人寒暄，聽到兒子的笑聲，她立刻臉色一沈，伸手把小皇子抱緊，又順著小皇子的眼神看向顧茵。

那眼神防備、警戒的意味太過濃重，好像顧茵做了什麼十惡不赦的事。

顧茵剛要致歉，卻看周皇后倏地站起身，把孩子緊緊護在懷裡，以要照顧孩子為由，離開了慈寧宮。

馮貴妃因為為難顧茵她們不成，自覺失了臉面，也跟著起身離開了。

這兩位大人物一走，宴上才算熱鬧起來，越來越多的女眷開口聊天。

王氏看大家都在說話，也開了口對顧茵道：「這個菜，我怎覺得不太好吃？」

聽說要進宮赴宴，昨兒個晚飯時王氏就特地沒吃，留著肚子，只等著今天吃一頓山珍海味呢！今天宴上的菜色雖然豐富，很多食材都是王氏見所未見、聞所未聞的，但大多都是蒸碗，而且還口味清淡，吃到嘴裡實在沒啥滋味。再者，大家吃相都優雅得很，一口菜嚼上十來口，這樣的吃法看著就不香。還不如鄉下大席呢，冒著熱氣的大菜一上來，大家爭先恐後搶著挾菜，不是那麼好吃的菜餚都變得好吃了！

顧茵張口剛想說話，不知道這輕聲的一句話怎麼就讓坐對面的秦氏聽到了。

秦氏聽到了不算，還譏誚地出聲道：「英國公夫人好大的口氣，這宮中菜餚都不合妳的口味，難不成妳想吃龍肝鳳膽？」

王氏還氣著之前馮貴妃找茬的事呢，聽到這話，氣性便上來了。

自家婆婆不會吵架，前頭對上馮貴妃能爭辯兩句已是不容易了，所以顧茵拉住王氏的手拍了拍，讓她別動怒，又不卑不亢地幫著開口道：「不是我娘口氣大，是我們初初進京，口味還是在家鄉時的那種。宮中的菜餚自然好，只是與我們過去常吃的口味不同罷了。」

秦氏接著譏笑道：「喔，妳這麼一說我就明白了。宮中菜餚金貴，妳們鄉下人出身，自然是吃不慣的！」

顧茵依舊不徐不疾的，笑道：「是啊，我們出身不如您家顯赫。不過夫君在家時說過，陛下很喜歡一句話，叫『王侯將相寧有種乎』，多虧了陛下不以出身來分貴賤，如今我們這樣的鄉下人家才能和您這樣出身尊貴的人坐一桌呢！」來嘛，陰陽怪氣誰不會呢？顧茵說完又是一笑，還對著殿內其他人舉了舉杯。

偏殿之中大多都是跟隨義王起義有功勞的人家中之女眷，像魯國公府這樣本身日子就過得不錯還幫著起義的人家，畢竟還算少數。大多都是從前不顯赫，日子過不下去了，才敢擔著風險造反的。

她們這邊的說話聲讓不少人聽到了，她們雖然不敢和魯國公府正面交鋒，卻也在旁邊小聲嘟囔上了——

「鄉下人怎麼了？咱們多少人從前不是鄉下人？」

「就是！我家從前還是村裡殺豬的呢，這有啥丟人的？」

「魯國公府的老夫人還論出身呢，旁人不知道，我是知道的，她家兒媳婦也不是什麼顯赫人家的小姐，從前就是軍營裡一個無親無故的廚娘而已，給將士們做大鍋飯的……」

聽到這議論聲，秦氏面色鐵青，恨恨地瞪過去，直到把那些人都瞪得不敢再吱聲。

秦氏不再論出身了，把顧茵上下一打量，又輕哼道：「都是剛開府的國公之家，妳這打扮……嘖嘖，未免太過窮酸了！是家裡入不敷出，還是英國公夫人苛待兒媳呢？」

顧茵的打扮跟窮酸絕對搭不上邊，若是能賣錢的話，她手上一個金鐲子都能賣上千兩。當然，和秦氏這樣恨不得把十根手指都戴滿金戒指的打扮相比，她的打扮確實是素淨。

「您這說的是哪裡話？我娘待我和親生的沒兩樣呢！」和這樣胡攪蠻纏的人論審美沒必要，顧茵還是不惱，接著笑道：「您別是代入了什麼看不上兒媳婦的惡婆婆吧？」

有人噗哧一聲笑了出來，又趕緊忍住。

這殿內最看不上兒媳婦，甚至入宮赴宴都不把兒媳婦帶來的，可不就是秦氏？

秦氏臉色鐵青，對嗤笑聲置若罔聞，接著諷道：「那就是妳們府中入不敷出了？也是，窮人乍富，總容易得意忘形的，別是這麼快就把家底掏空了吧？」

「我讀書少，倒是不懂什麼叫『得意忘形』，不過府中確實不到您說的入不敷出。說到這個，還得謝謝您呢，若不是前兒個您家小公子仗義疏財，我家的日子肯定沒有現在好。」

賭坊的事早就該知道的都知道了，所以顧茵並不介意提起。

「區區幾千兩，我家就當打發叫花子了！」秦氏咬牙恨聲道。

王氏也咬了牙，轉頭看向顧茵。

婆媳倆相依為命過來的，說是心有靈犀也不為過。這眼神一出，顧茵就知道王氏是真的生氣了，正在問她能不能當場打人？顧茵把王氏手裡捏得死緊的小杯子拿出來，勸慰道：「娘臉色不大好呢，是不是吃多了果釀頭暈？出去吹吹風可好？」隨後她又安撫地拍了拍王氏的手背。

王氏瞪了秦氏一眼，還是聽話地出去了。

等王氏走了，顧茵才作驚訝狀地道：「那可是幾千兩銀子啊！」

說到銀錢，秦氏就有了底氣，昂著下巴蔑笑道：「我們家裡底蘊深，自然不會缺銀錢！」也是因為這份底蘊，他們馮家教養出了不輸於任何豪門貴女的馮貴妃，成了後宮中周皇后下頭的第一人。至於其他功臣家的女孩兒，則根本入不了正元帝的眼，連入宮的資格都沒有。

「是如何的底蘊深呢？」顧茵的眼睛驀地發亮，好奇地道：「夫人可能仔細說說？」

果然是鄉下人，聽到自家富有，就立刻變了態度，攀附上了！秦氏心中冷笑，繼續昂著下巴道：「我家雖然俸祿不多，但另外還有自家的莊子、店鋪，不只是滁州的，京城中也有不少……」

顧茵聽著，唇邊的笑意又深了幾分。

第二十七章

王氏出了偏殿後，和宮人說自己想吹吹風，宮人就把她引到了御花園的涼亭。後頭宮人站得遠遠的，王氏左右一打量，確定沒人在附近，就用極小的聲音，換上寒山鎮的方言，碎碎地罵起來。罵完秦氏後，王氏總算是舒坦了不少。等到回過頭去，王氏才發現亭子裡不知道什麼時候多了個人！一個和秦氏差不多大，看著比自己大十歲左右、穿著富貴的老婦人，不知道什麼時候站到了自己身後！

老婦人看到對方猛地轉頭後被嚇得後退了兩步，不禁歉然道：「嚇到妳了？對不起。」

這老婦人帶著口音的官話和王氏的口音有些相似，一下子就讓人覺得親切起來。

王氏擺擺手笑道：「沒事，我沒這麼不禁嚇！倒是我突然回頭，嚇到妳了吧？」

老婦人也笑道：「沒事，我也禁得起嚇。」

王氏又道：「就是，咱們鄉下人沒那麼多講究。」又問道：「妳怎也出來了？」雖然王氏並不認得她，但是宮中能亂走的女眷，又是上了年紀的，還不能把下人帶進來的，也就慈寧宮今日宴請的那一群了。不過方才人多，王氏也沒亂瞧，並不記得她是哪個。

老婦人沒回答，反而問她。「那妳怎出來了？」

「被挖苦的唄！我脾氣不好，我兒媳婦怕我氣上了，就讓我出來吹吹風。」

兩人在亭子裡的石桌前坐下。

老婦人搖頭無奈道：「魯國公府老夫人那張嘴啊……不饒人。」

王氏哼笑一聲。「也就是在宮裡了，要是在宮外遇到她，我可得給她點顏色看看！」乾說話也不得勁兒，王氏就拿出荷包裡的點心分給她。「剛沒吃飽吧？這是我兒媳婦做的桂花糕，妳也吃點。」一塊糕點就拇指大小，和顧野日常吃的差不多大。不過顧茵給顧野做小點心是怕他吃噎著了，給王氏準備這麼小的，是吃這個不容易把口脂弄花。

這桂花糕雖然不像宮裡的點心那樣有著繁複的花紋，卻是白白淨淨，點綴著一些桂花碎，吃入口中芳香撲鼻、甜而不膩，又鬆鬆軟軟的，不似時下的點心那麼噎人。「好吃！」老婦人由衷地誇讚道。

「是吧？」王氏自豪地笑了笑，又豎起了大拇指。「我兒媳婦的手藝是這個！」王氏方才還氣著，一說到自家兒媳婦，眼睛都笑成了月牙兒。

老婦人看她這麼高興，就好笑地問：「剛不是還氣呼呼的嗎？怎麼這會兒又高興了？」

「當然高興了！上京來一家子團圓了還不高興？而且這家裡當官以後……」王氏說著話，壓低了聲音。

老婦人不由得被她的話吸引，附耳過去聽。

「當官以後就更高興了！從前哪敢想這樣的好日子啊？從前就覺得家裡頓頓有肉，能吃上白麵就是好日子了，現在才知道還能啥事都不幹，翹著腳等人服侍，真是太舒坦了！」從前的王家只是在小鎮上算富貴，自然不會有國公府裡這樣多前呼後擁的下人，大多事情還得自己做。而英國公府現在的下人都是經過王府調教的，那叫一個貼心懂事，很多時候王氏都不用張嘴，下人就知道該做什麼了。

注意到老婦人好像興致不高的模樣，王氏又問：「怎樣，妳家過得不高興？」

老婦人點點頭，又嘆了口氣。

王氏再問：「是妳家裡人對妳不好？」

老婦人想了想，說不是。「都挺好的，就是他們都忙，忙自己的事，我身邊雖然服侍的人多，但自己覺得沒勁，好像除了混吃等死，就沒啥事了。」

王氏正了色，說：「妳這就不對了，什麼叫沒啥事了？孩子們有孩子們的事，咱們自己可以找樂子啊！妳喜歡聽戲不？我以前就很喜歡聽戲的，但是鎮子上難得有戲班子來，到了京城才知道這裡有戲園子，每天都有戲聽呢！只是我現在還沒去過，妳要是喜歡，我們下次約著一道去！」

「聽戲？那不能讓人在宮……在家裡唱嗎？」

請戲班子到家裡來，一唱就是幾十、上百兩的，王氏當然不能說捨不得這個銀錢，於是拍著大腿道：「在家唱，就自己聽，多沒勁啊？就要去戲園子，人一多，大家一起叫好、拍手，那才帶勁呢！」

老婦人想了想，說：「妳這麼一說我好像有點明白了，怪不得我從前在鄉下也挺喜歡聽戲的，後頭喊了人來唱，反而覺得沒勁兒。」

「是吧？」王氏笑咪咪的。「就像宮裡吃飯，飯菜再好，大家都斯文得不行，一筷子挾兩根菜絲兒，放到嘴裡嚼幾十下，妳說這能吃得香嗎？是一個道理。」

老婦人又連連點頭。「對！我就不願意和她們一道吃飯！」

後頭兩人嘮起家常，這才知道兩人娘家都姓王，脾氣相仿，年齡相近，從前還都是鄉下農婦，那共同話題真的是太多太多了，光是撿牛糞都能聊上一刻鐘。

不知不覺就嘮了半個多時辰，一直到宮人過來尋了，說是宴席已經散了。

王氏這才依依不捨地和她分別，又道：「老姊姊，我可是交上妳這個朋友了！咱們約好了聽戲，妳可別忘了！」

老婦人也挺捨不得她的，拉著她的手點頭道：「好，我過兩天就去找妳，咱們一道聽戲！」

王氏剛離開涼亭沒多會兒，顧茵就尋過來了。

「娘怎麼去了這樣久？可是真的氣上了？」

王氏笑著說不是。「誰跟那種人置氣？是我認識了個老姊姊，覺得格外投緣。」說著她轉身要指給顧茵看，卻發現涼亭裡已經沒人了。

顧茵挽上王氏的一條胳膊。「是哪家的老夫人？」

問到這個，王氏也愣了，拍了下手道：「唉，聊得興起，忘記問了！不過我倆約好了一道看戲，她說過兩天就來尋我！」王氏是喜歡熱鬧的人，從前在寒山鎮的時候，她和許氏雖然時常拌嘴，但焦不離孟的，幹啥都喜歡招呼對方一起。到了京城，雖然一家子團聚，卻少了同輩的朋友，有時候也會有些孤單，所以她今天遇到投緣的朋友，覺得格外高興，已然把那魯國公府的秦氏拋到了腦後。

時值正午，宮宴散了後，一眾外命婦各自出宮。

走出宮門的時候，王氏低聲道：「怪沒意思的，起了個大早梳妝打扮，又是坐車、又是走路，到了宮裡沒說兩句話就吃宴，吃完就走了，一上午的工夫就這樣沒了。」

顧茵笑道：「反正在家也沒什麼事，就當進宮長長見識了。」

「理是這麼個理。」王氏想了想又問：「我離開後，那魯國公府的老貨為難妳沒有？」

提到這個，顧茵忍不住彎了彎唇。「沒有，只是普通的閒話家常而已。」若讓王氏知道秦氏一直在她面前炫富，借機踩英國公府，王氏肯定要生氣，所以顧茵先不提這個。

婆媳倆說著話，出了宮門，卻看武青意已經等候在宮門外頭了。

他負手而立，穿一身靛青色的官服，不同於文官的寬鬆官袍，是收腰肩袖的勁裝，越發顯得他肩寬腿長，身形魁梧，再配合那泛著銀光的面具，渾身都帶著股不容褻瀆的氣勢。

看到王氏和顧茵面上都帶著笑，武青意肅穆的臉色也和緩了一些，整個人的氣質都在一瞬間變得柔和起來。

「今日不上值嗎？」顧茵腳步輕快地上前，詢問他道。

「今日在宮中，聽說後宮宴席散了，索性告了半日假，送妳們回府。」他身兼二職，有時候在外頭練兵，有時候就在宮裡操練禁衛軍。這日自家親娘和媳婦初次進宮赴宴，他就也進宮，方便照應。

「其實不用，反正有馬車，咱家離得也不遠，又是白天，我和娘自己回去也行的，省得你兩頭跑。」

武青意說不礙事，又問今天她們吃宴席吃得怎麼樣？

雖說上京也有半月了，可不論是在寒山鎮，還是上京途中，英國公府一家子都熱熱鬧鬧的，他們倆幾乎沒有單獨相處的機會，因此王氏見狀立刻踩著腳蹬往車上爬。「哎喲，累死我了！我在裡頭睡會兒，你倆慢慢說話。」

馬車雖然寬敞，但若是王氏要躺下的話，就不夠再坐另一個人了。

顧茵並不覺得累，看武青意也沒上馬，只是牽著馬走在馬車旁，乾脆就和他肩並肩走在馬車旁，邊走邊說話。「都還成，慈寧宮的宮人都很友善，皇后娘娘雖看著有幾分陰鬱，卻幫我們解了圍，還讓我們坐到一處用席。娘娘懷裡的小皇子那真叫一個玉雪可愛……」她剛開始並不準備說這許多，但也不知道怎麼的，遇上他問，不知不覺間就打開了話匣子。

武青意今日就在宮裡，雖然進不去後宮，但他掌管禁衛軍，消息靈通，非常人可比。今日後宮之中的事，他早就知曉。他耐心地聽顧茵說完，卻聽她只說好的，沒提一句讓人難受的事，不由得嘆了口氣道：「今天……讓妳受委屈了。」

顧茵抿唇笑了笑。「剛要和你說這個呢，有件事得託你去辦。」左右環顧確定無人後，顧茵對著他招了招手。

武青意彎腰附耳去聽，她的唇就湊在他耳邊，呼出的熱氣氤氳到他耳廓上，讓他整個耳朵都酥酥癢癢的。他面上不顯，其實耳根處已經燙了起來。一直到聽她說出後頭的計劃，武青意才收起了旁的心思，忍不住笑道：「偏妳促狹。」

顧茵眨眨眼，攤手笑道：「怎麼能賴我呢？都是那位老夫人自己說的，又不是我瞎編亂造。」笑得太厲害了，她眼睛彎彎，耳邊的步搖珍珠墜兒晃動起來，眼看著就要打在臉上。

武青意下意識地伸手去捉。他的指尖擦過她的臉頰，大掌精準無誤地扣住步搖，整隻手停留在她眼前，只隔著一指的距離。

大庭廣眾之下，兩人本就挨在一處說話，他這一伸手，在外人看來就好像他伸手摸她的臉一般，這樣的舉動太過親密。

顧茵的雙頰染上一層緋色，垂下眼睛道：「這是做什麼？」

武青意鬆開抓住珍珠墜兒的手，往旁邊退開一些，眼神不自覺地亂飄。「沒事，就是怕它打到妳。」

「打到也沒事，」顧茵輕聲道。「不疼的，我沒那麼嬌。」

是挺嬌的。武青意捏了捏手指，半晌前指尖那細膩的觸感，讓他的心也像步搖下的珍珠墜兒似的，沒來由地顫了顫。

王氏雖然上了馬車，其實並沒有躺下，而是把車簾撩開一條縫兒，偷偷看著他們呢！看到他們倆頭碰頭說話，自家那木訥的兒子還伸了手，王氏笑得嘴都快合不攏了。

等看到兩人分開，也不一起說話了，王氏才止住笑，探頭出去道：「哎喲，躺過一會兒舒坦多了，大丫快上來坐著！」

顧茵上馬車，武青意翻身上馬，兩人坐穩前眼神一碰，又飛速挪開。

「駕！」武青意抖動韁繩，走到馬車前頭。

顧茵則立刻放下車簾，在王氏身邊坐定。

王氏又想笑，佯裝正色道：「剛妳和青意說啥？是關於魯國公府的事嗎？」

這個沒必要瞞著王氏，又已經出了宮來，不用避人耳目，顧茵便立刻說了。

王氏聽完哈哈大笑起來，點著她的鼻子道：「還是我們大丫能耐！得虧我聽妳的話出去吹風了，沒和她鬧起來，不然可要壞了妳的事！」

後頭回到英國公府，武青意先後扶王氏和顧茵下馬車。

王氏這才一拍腦袋說：「不對啊，你不是說今日太后會召見我們嗎？今日太后都沒露面呢！」

武青意的人當然不可能把整個後宮的底細都收在眼裡，只是因為今日顧茵和王氏進宮，才幫著盯一下慈寧宮。今日慈寧宮內，王太后確實一直沒露面。他想了想，道：「那只是我的猜測，太后娘娘本就是潛心禮佛、不問世事的人。」

王氏點了點頭，也沒把這件事放心上。

剛下馬車，顧茵和王氏正準備進府，餘光就看到遠遠地來了兩個衣著破舊的婦人，奔著英國公府的銅釘朱漆大門而來。

這情形顧茵已經見怪不怪了。接濟傷兵的事，朝廷雖然已經攬下了，但得先把欠銀要回去，正元帝才有那個錢。文二老爺這方面辦事還算挺牢靠的，自從要回了李家和賭坊家的欠銀，後頭奉旨討債的差事就一天比一天順遂。但再順遂，那也得一家一家要過去，頗費時間，能在年前全要完就很不容易了。

眼看著馬上要入冬，這種時代的冬天若是沒銀錢購買柴炭、做棉衣跟棉被，那是真的會凍死人的。就最近幾天，已經有幾戶人家未雨綢繆，又求到英國公府來，想求一些銀錢過冬。長貧難顧，自家的家底應付不來，但不幫這些人，又可能會真的弄出人命。幸好，今日赴一場宴，讓顧茵想到了對策。

顧茵捏了捏王氏的手，蹙眉憂心道：「娘可別生氣了，魯國公府財大勢大，咱家根基淺，如何能比得上他們家富貴呢？」

王氏立刻意會。「唉，妳莫勸我啦，我也是今天才知道，這天下還有魯國公府那樣的富貴人家！同樣是開國的功臣，一朝國公，區別怎就這般大呢？」

「咱家到底是窮苦人家出身，不好同人比的呢！那魯國公府可不是只吃俸祿的，人家還有莊子、田產、鋪子……遍布滁州和京城。」顧茵豔羨道：「這樣的人家，怕是幾十、上百兩都不會看在眼裡。」

婆媳倆一副受了氣又無可奈何的模樣。

那兩個婦人難得能聽到高門大戶的秘辛，不由得就放慢了腳步。這一放慢，兩人就目送著顧茵和王氏邊說話邊進了府。

「嫂子，咱們還進去不？」看著英國公府巍峨的大門合上，年輕一些的婦人猶豫著問。

年長一些的婦人蹙眉想了想。「不然先不進去了。咱們也是頭回進京，只聽說過英國公府財大氣粗、接濟傷兵，難不成是我記錯了？財大氣粗的不是這家？」

年輕的婦人以她嫂子馬首是瞻，聽到這話也不敢動了。

「不行，反正都過來了也不急著走，咱們且先仔細打聽打聽。」嫂子如是說道。

下午時分，正元帝處理完了政務，聽人說後頭宴席散了，就去了慈寧宮。

這個時辰，王太后一般都是在唸經的，今天卻是稀奇，她沒有跪在佛前，正讓宮人把她的箱籠搬來，將衣裳都拿出來了。

她這個年紀了，日常也不見人，本是不愛打扮的，平常穿著都十分簡樸，也就今日這樣待客的時候，才讓宮人幫著打扮得隆重了些。但即便這樣，和魯國公府的秦氏相比，王太后今日的打扮還是簡約的。

「娘怎麼讓人把衣服都撿出來了？」

王太后笑咪咪地讓宮人都下去了，留下他們母子說體己話。「我過兩天要出宮去聽戲，你給我準備的這些好多都不適合日常穿著，兒再給娘做兩身新衣裳可行？」

新朝用度緊張，但給親娘做衣裳肯定不是問題。尤其王太后自從入宮到現在一直崇尚儉省，從沒在吃穿用度上提過要求。正元帝從前總擔心親娘抑鬱成疾，如今聽到她提要求，他比誰都高興！「這有啥不成？」正元帝笑起來。「兒子用命拚回來的皇位，不就是為了讓咱家人都吃好穿好？娘儘管吩咐，看喜歡啥樣的，讓下頭的人給您做！」

「哎！就是不要太好的。」王太后仔細說了自己想要啥樣的衣裳、首飾。

正元帝都耐心地聽完後，又吩咐了人去照辦，這才問起王太后怎麼就要出去聽戲了？還想起了什麼，又問：「今日辦宴，不是為了娘去見見青意的家人嗎？怎麼聽宮人說您全程都沒露面？」

提到這個，王太后就嘆氣。「快別說了，我聽人說她們過來了，就讓人把她們帶到偏殿去，本是後腳就準備過去的，沒承想她們前腳剛進偏殿，馮貴妃就和人對上了，要讓青意媳婦給她行大禮呢！」

自古婆媳不對盤的多，惡婆婆欺壓媳婦的事上到宮廷、下到鄉野，那是屢見不鮮。

但王太后不是，她性子綿軟，做不來惡聲惡氣的事。看到馮貴妃和王氏她們對上，王氏婆媳沒怕，王太后卻手足無措，讓人快把周皇后請了過來。周皇后從前性子也是軟和的，這兩年冷硬了不少，由她出面，算是把那場矛盾壓下去了。

後頭開席，王太后再準備過去，魯國公府的老夫人又開始陰陽怪氣了。比起看起來還算恭順的馮貴妃，王太后更怕她。當然，秦氏肯定不會冒犯王太后，但她性子倨傲，又愛逞口舌之利，還素來看不上出身不好的。

王太后曾經調解過秦氏和另外一個外命婦的矛盾，秦氏那一通歪理邪說、詭辯之詞，把王太后聽得一個頭兩個大，最後反而自己成了不占理的那方，從此再不敢和她沾邊。

後頭聽人說王氏被氣得出去吹風了，王太后覺得自己作為主人家，再縮著不像話，這才跟了過去。她本是想勸慰王氏兩句的，但王氏自己就調解過來了。再後來，就是兩人聊得相見恨晚，什麼秦氏、馮貴妃的，王太后自己都不記得了，只記得兩人約好之後一起看戲。

說到這兒，王太后忍不住笑道：「英國公夫人真沒說錯，她兒媳婦是這個！」她也學著王氏的樣子豎起大拇指。「聰明伶俐、臨危不亂，三言兩語真把那魯國公府的給哄住了，做的東西也好吃。」昔日的周皇后也是這般妥貼，婆媳倆雖不至於像王氏和顧茵那樣處得像親母女，但也是和和睦睦的。想到這裡，王太后的眼神黯了黯。

正元帝很擅揣度人心，見王太后這般，便猜到了她心中所想。他摟了摟王太后的肩膀，輕聲道：「娘不想傷心事，只想高興的。想去看戲就去看，我讓侍衛隱在暗處保護您出宮，您要是玩得開心，想天天出宮都行。」

王太后跟著笑起來，輕拍他道：「驢蛋別哄你娘，我雖肚裡沒墨水，也知道當太后的不能鎮日裡往外跑。」

正元帝說這有啥不行。「只要娘高興，怎麼都成！」正元帝是真心實意這麼想的，親娘年逾五十，在鄉下地方，能活到這個年紀的都是少數。即便是現在，誰也不敢說過上顯貴的日子了，王太后就能活得比別人長久。說句難聽的，到了這個年紀，那就是活一日少一日。

從慈寧宮出來後，正元帝就去給王太后挑選侍衛。武藝好是一樁，另一樁得會隱匿身形。老太太難得有興致出宮，可不好拖著一個大尾巴，沒得攪了自家老娘的興致。

至於武青意那邊，正元帝惡趣味地故意不去知會，就讓兩個老太太匿名相交，也鬆快些。

王太后後頭閒了，又把今日的事仔細想了一遍。她那老妹妹身上沒品級可不是個事，沒得再讓人瞧不起。

於是翌日一早，王氏獲封超品誥命、顧茵獲封一品誥命的文書就一起頒出了宮外。

秦氏回到魯國公府後，先去看望一眼躺在床上下不來的小兒子，再回屋歇著。

等到傍晚，魯國公馮源下值回家，秦氏才從屋裡出來。

「娘今日入宮狀況如何？」馮源帶著國公夫人陳氏一道去給她請安。

秦氏頭戴抹額，手捏絹帕，看到馮源，面上一鬆。「我兒回來了？上值辛苦，快喝盞熱茶再說話。」等看到馮源身後的陳氏，秦氏立刻沒個好臉，語氣涼涼地道：「平素在府裡倒不見妳人影，偏得我兒回來妳才肯從那小院子出來，怎麼，我這當婆婆的就這般不招妳待見？」

這話純屬無的放矢。闔府上下都知道，不是國公夫人陳氏故意拿喬，躲著婆婆秦氏，而是秦氏不待見這兒媳婦，明令禁止讓她不許在府裡亂跑！且不只是在府裡，秦氏在外頭也不給陳氏臉面。新朝開國至今半年有餘，滿京城的豪門貴眷都只知道魯國公府的老夫人，而沒見過國公夫人陳氏。

平心而論，陳氏樣貌並不差，水汪汪的眼睛，白淨的面皮，笑起來的時候唇邊有兩個淺淺梨渦，整個人看著溫溫柔柔的，若不說年紀，根本讓人看不出已經是個十歲孩子的母親。她性子也是隨了樣貌，說話輕聲細氣，不論對誰都極為和氣。且她生下的孩子，也就是魯國公府的嫡長子，極為聰慧，四歲開蒙就顯出了天分，六歲上頭開始習武，也是頭角崢嶸，到眼下十歲了，能文能武，雖比不上大人，但在一眾京中豪門子弟裡也是箇中翹楚，眼看著再等幾年，她的兒子就能立起來，成就絕對不會在其父之下的。但差就差在，陳氏是個孤女，打小被拐子拐了，賣到雜耍班子裡當學徒，出身並不好。

十五歲那年，滁州附近開始打仗了，雜耍班子自然要逃難。她是個有主意的，沒隨著他們一起逃，而是留下參軍。她一介弱女子，自然上不得戰場，便去了後廚當廚娘。因還存著一些微末的童年記憶，從前她家裡就是賣吃食的，所以做出來的飯菜比一般人好些。

馮源是武將世家出身，吃上面比一般將士講究些，就只吃她做的飯菜。一來二去的，馮源就喜歡上了她。初時並未給她名分，只讓她隨侍左右，後頭她懷了身孕，兩人的感情蜜裡調油，馮源這才寫信告知了秦氏，同時在軍中大辦了一場婚禮。

秦氏怎麼可能讓兒子娶這樣的女子？別說門戶了，陳氏就是個來路不明的，連自己本來的姓氏都不記得，都是隨了原先的雜耍班主！但將在外，軍令都有所不受，更別說在外行軍打仗的兒子了。秦氏鞭長莫及，等她和馮源再聚首時，軍中都已經知道馮源有了陳氏這位夫人，且陳氏的兒子都已經能走路說話了！好歹看著孫子的面，秦氏沒讓馮源休妻再娶，但終歸還是看不上這兒媳婦。

進宮赴宴這樣能讓人臉上增光的場合，秦氏並不帶陳氏去，還一見面就刺人，但陳氏也不惱，只輕聲道：「是兒媳的不是，只想著婆母入宮一趟，回來肯定累了乏了，需要休息，所以才晚了請安的時辰。」

她恭敬的態度挑不出一點錯處，秦氏這才沒再說她，轉而對馮源笑道：「兒啊，今天為娘可給你、給咱家好好出了一口氣呢！」

馮源問她這話怎麼說？

秦氏得意道：「那英國公夫人和她兒媳根本不值一提，兩個村婦罷了！」接著就把她如何踩英國公府、抬高自家的光榮事跡說給馮源聽了。

馮源和武青意不睦已久，聽說他家人那般上不得檯面，他也覺得算是出了口惡氣，笑道：「他家出身低微，家裡自然沒有如娘這樣賢慧聰明又有本事的女眷。」

母子倆越說越高興，還盤算著該怎麼借今天的事添油加醋地弄出一些流言蜚語，好讓整個英國公府沒臉。

陳氏在旁邊靜靜聽著，幾次想張口說些什麼，又幾次都把嘴給閉上了。

後頭秦氏和馮源根本沒有出手，因為滿京城都在說魯國公府如何的富貴、如何的底蘊深厚，後頭那傳言越傳越離譜，說魯國公府的下人都是穿金戴銀，主子的生活就更別說了，炊金饌玉、鐘鳴鼎食，一頓吃食就要花費成百上千兩，是京城皇家之下的第一勛貴之家！

這種傳聞真正的高門大戶並不會相信，魯國公府看不上英國公府這樣的泥腿子，但在真正有底蘊的人家眼裡，昔日的馮家不過是一方守將，又算得了什麼？

但京中百姓和一些新貴不明就裡，只知道馮家昔日就是一方重臣，兼又是開國國公，還出了個貴妃，已經都對這傳聞深信不疑了。

秦氏並不覺得有什麼不好，反而還搧風點火，四處去踩英國公府，說他家窮酸，和自家根本不能同日而語。

一直到入了十月，天氣猛然冷了起來。

這日秦氏剛起身，下人就來說外頭來了好些人，都是要求見她的。

秦氏看著下人慌張的神色，責罵道：「這幾天不是日日都有人來？驚慌什麼？把人都請進來，在花廳設宴！」自從宮宴之後，不少官宦女眷對著秦氏越發巴結，日常就上門來走動，秦氏早就見怪不怪。見下人還要再說，秦氏已經不耐煩地擺手讓人下去了。

她可沒這麼多工夫和下人說話，打扮也得花費好一會兒時間呢！她特地換上富貴的衣裳，頭戴一整套綠得深沈的老翡翠頭面不算，髮上的空檔還插滿了金簪、金釵，身上暗紅縷金提花緞面對襟襖的花紋繁複，全是實打實的金線繡的。至於手上和手腕上，金鐲子、金戒指、寶石、手釧，那更是戴得滿滿當當，一絲縫隙也無。一身打扮光是金飾都有十來斤重，讓兩個丫鬟一左一右扶著才出了屋子。

一路慢行到花廳，聽到裡頭熱鬧的說話聲，秦氏一面費力地抬腿進屋，一面笑道：「今兒個是哪陣風把妳們吹來——」說到此處，秦氏愣住了。花廳裡烏泱泱的，人頭攢動，卻不是什麼官家女眷，全都是些陌生人，而且個個都是荊釵布裙，甚至衣衫襤褸之輩！

見到秦氏，她們的眼神一下子熱烈起來，活似看到了獵物的狼！

秦氏被眾人的眼神嚇得連連後退，無奈身上穿戴太過繁重，還沒挪開兩步，花廳內的眾人已經把她團團圍住！「妳們這是要幹什麼?!」秦氏大驚失色。不過她預想中可怕的情形並沒有發生，一眾婦人把她圍住之後，也不知道是誰帶的頭，全給她跪下了。

「老夫人可憐可憐我們吧！」

「魯國公府富甲天下，還請老夫人救救我們！」

從前為何窮苦的傷兵都只找英國公府求接濟？是她們的家人全部都在武青意或者武重手下效命嗎？那自然不是，只是因為從前武青意惡鬼將軍的名頭更響罷了。名頭響亮是把雙刃劍，百姓更畏懼敬重他，但若是出了什麼事，第一個想到的也是他。

可現在不同了，魯國公府在京中炙手可熱，再加上馮源成名比武青意早，退下來的傷兵自然也是知道他的，如此一來倒是更好了！這些人本就畏懼武青意這惡鬼將軍，如今有一家比他家還財大氣粗、也是在軍中的頭馬人物，而且還沒那麼嚇人的，不是更便宜行事？

來的這些婦人自然就是傷兵的家人，至於為什麼她們會一起來？說來也是「巧合」。她們大多不是京城人士，是從外頭趕過來的，到了京城後找了間最便宜的客棧投宿，那小二給她們出的主意，說高門大戶難得見一次百姓，人多一些，也好有個依仗。她們本有些畏懼的，有人幫著出了主意，人多勢眾壯了膽，自然也就有了底氣。

秦氏被七嘴八舌的哭訴聲吵得一個頭兩個大，擺手道：「都起來、起來！好端端的跪我做什麼？」

婦人們自然不動，只是各自哭訴著自己家中的艱辛。

秦氏也不是傻子，聽到這裡還有什麼不明白的？說難聽點就是來打秋風的！秦氏喝斥道：「妳們尋到我們府上做甚？不該去尋英國公府嗎？」英國公府救濟傷兵的事不是秘密，京城不少人家都知道。私下裡秦氏沒少笑話他家傻，卻沒想到這些人竟求到自家來了！

「老夫人這話說的，現在誰不知道您家才是京城第一勛貴人家？」
「是啊，聽說老夫人連幾千兩銀子都看作不值一提的小錢呢！」
「民婦從前對外頭的傳聞是不怎麼相信的，可今日一見，才知道您家是這般富貴！」
眾人越說越激動，眼珠子都跟黏在秦氏……身上的金銀珠寶一般。
「我們家……我們家……」秦氏嘴唇翕動，想說自家沒錢，可這話說出去不只旁人不信，連秦氏自己都不相信！而且這話一說，不是等於自己打自己的臉了？秦氏閉了閉眼，索性準備來個裝暈。
正在這個時候，一道輕柔的女聲在廳內響起——
「諸位夫人，聽我一言，大家各自寬坐，有話慢慢說可好？」
她說話的聲音並不大，但自帶一股安定人心的氣勢，眾人安靜下來。
秦氏循聲望去，看到了站在花廳門口的陳氏。「妳來做什麼？」自覺失了顏面的秦氏越發沒好氣。
陳氏不以為意地柔柔一笑，上前攙住秦氏的一條胳膊，解釋道：「聽聞來了好些客人，兒媳怕婆母招待不過來，所以特地來幫忙。」
秦氏哂笑，正要罵「我都處理不來的事情，妳還能做好」，顧忌到有外人在，她總算把話嚥回了肚子裡，給陳氏留了些臉面。
後頭陳氏扶著秦氏在主位上坐下，然後讓一眾婦人依次上前來說話。

有了人組織後，花廳內總算是恢復了一些秩序，沒有再出現之前幾十人一起開口的嘈雜情況。

這些婦人能從外地特地趕來，自然是真的境況困難，她們說起家中的艱難，說到動情處，連陳氏都跟著紅了眼睛。她們所要並不多，也就是一些過冬的銀錢。

秦氏還沒吭聲，陳氏這國公夫人先開口允了，秦氏雖不情願，也不能為了這麼點小錢落了國公夫人的臉面。

當然，這麼些個人裡，也有膽子大的，一開口就要五十兩，又道：「民婦也不是空口胡謅，只是聽說從前英國公府救濟咱們這樣的人家，就是五十兩一戶！您家比英國公府富貴那麼多，民婦只要一樣的銀錢，應該……應該不算貪心吧？」

這擱從前，要是能把英國公府比下去，別說五十兩，就是五百兩，秦氏都二話不說地掏了。可現在廳內眾人看她的眼神跟餓狼撲食似的，秦氏可不敢應這個聲。

「您也別這麼說，」陳氏安撫地笑了笑。「五十兩銀錢雖然不多，但您看，今日來了這麼些人，眼前又快臘月，年關前需要幫助的人會越來越多，若是前頭就把銀錢散盡了，後來的人又該怎麼辦呢？」

其他人立刻七嘴八舌地道：「是啊，我還沒輪到呢，妳家怎麼不想想後來的人？」

「就是！要我說，英國公府的銀錢，就是讓妳這樣的人家給耗光的！」

那婦人被大家說得臊紅了臉，也不敢再提什麼五十兩了，就也只要了過冬的嚼用。

陳氏讓下人在旁邊造冊，每家每戶給了十兩銀錢，若是境況特別困難，基本生活都難以為繼的，則多給十兩。領完銀錢，還需要這些人簽字畫押。

一通登記分發銀錢，中午之前，這些婦人才散去。

而魯國公府這一上午，就合計支出了近千兩銀子。

沒了外人在，秦氏自然不再給陳氏留臉面，摔了手邊的茶盞，指著她就罵道：「好妳個敗家精，一上午就送出去這麼些銀錢！妳也知道今日之後還有後來的人，咱家就是坐擁金山銀山，也擋不住那麼些人啊！」

茶盞在陳氏腳邊裂開，茶水污了她的裙襬，陳氏恭順地道：「您說的不錯。可若是不這麼做，躲得過一次，還能次次都躲著嗎？咱家的名聲該如何呢？即便婆母不念著咱們府裡，也該想想永和宮的貴妃娘娘，想想貴妃娘娘所出的皇子、公主。」

提到這個，秦氏的面色總算和緩了一些。是啊，魯國公府的前程可不只是在眼前，而是在後頭呢！若是這次的事能給永和宮經營出一個好名聲，那銀錢也算是物盡其用了。沒想到陳氏這孤女出身的，倒還有這份眼力。雖然心中頗為驚訝，但秦氏也沒誇獎她，擺手就讓她下去了。

陳氏回自己的小院子更衣，沒多會兒她生養的馮鈺過來了。

馮鈺剛過十歲生辰，雖是個半大孩子，卻因為自小長在軍中，比一般孩子還早慧不少。看到丫鬟拿出去的衣裙，馮鈺嗅到了一絲茶水的味道，臉上的笑滯了滯。

等到陳氏更衣出了內室，馮鈺快步迎了上去，關切道：「祖母為難母親了？」

陳氏搖搖頭，道：「一點小事罷了。」

府裡的事情馮鈺都很清楚，他不忿道：「這事本就是祖母和爹惹出來的，母親幫著周全，祖母怎麼也不該怪您……」說著他深吸了一口氣。「母親且再忍忍，等兒子大了，必不叫母親再受苦。」

陳氏慈愛地看著他。這傻孩子，又說傻話。

當然馮鈺長大後，多半能得到世子之位，但歷朝歷代素來以孝治國，就算他日他真的成了國公，也不可能違逆秦氏這祖母。更別說馮貴妃是秦氏的親女，有她為秦氏撐腰一日，秦氏就能在府裡掌權一日。在馮家十年，陳氏已經看清楚了，她的好日子不是在兒子長成後，而是要等秦氏百年以後，這日子……且有得熬呢。

自從這天過後，如陳氏所言，越來越多的傷兵家眷上門求助，銀錢流水似地花出去。最後魯國公馮源都坐不住了，親自進宮求見正元帝，要向他稟明這件事。然而還不等他開口，正元帝見了他就笑。

「阿源來得正好，朕正要賞你呢！」

馮源一愣，就看正元帝一揮手，宮人展開卷軸，一幅龍飛鳳舞的墨寶展現在馮源眼前，上頭寫著四個字——「積善之家」。

「阿源看著如何？」正元帝笑著問他。「這可是朕讓文老太爺親自為你所寫！」

文老太爺是文官之首，這就是代表文人也承認他的功勞了？「這……」馮源情緒激動。「臣受之有愧！」

正元帝不以為意地擺擺手。「阿源太過謙虛了！你本就是開國重臣，這次又仗義疏財、接濟傷兵，這是你受之無愧的！」

這話一出，馮源反而不好意思訴苦，向正元帝開口求助了。

正元帝又道：「不過接濟傷兵這事，說到底還是朝廷的責任。等到年後，朕就會讓人去撫恤他們，可不好真的讓阿源散盡家財。」

馮源呼出一口長氣，感恩道：「謝陛下體恤！」

君臣兩個親兄弟似地說了一陣話，後頭正元帝說有別的政務要處理，馮源自然告退了。

雖然眼下距離過年還有近兩個月，但馮源內心火熱啊！他娘說的不錯，這是花銀錢為宮裡的貴妃和皇子造勢呢，陛下都看在眼裡的。這些銀錢，花得太值了！且英國公府前頭也做了這樣的事，卻未曾聽過正元帝對他家有什麼褒獎賞賜，可見正元帝還是更青睞自家！

等到馮源走了，裝模作樣要處理政務的正元帝把奏摺一放，臉上的笑也淡了下來。

他當開國皇帝的手裡都沒錢，親娘老太后想做兩身新衣裳還得擔心家裡沒銀錢，結果下頭的功臣卻到處吹噓自家多麼富有，這擱誰誰能忍得了？不過馮家人本來也不聰明就是了，他早就心裡有數的，不然他也不會選馮家的女兒進宮。但是好歹有人把燙手山芋接走了，正元帝身上的擔子還是輕了不少。他伸了個懶腰，又轉頭對錢三思道：「等到欠銀全部收回後，記得提醒朕把英國公府的窟窿堵上，沒得讓他們家為這事掏空家底。」

錢三思忍著笑，一邊應「是」，一邊心道，到底哪家是真正的簡在帝心，可不是看什麼明面上的褒獎，還得看落到實處的東西呢！

十月中旬，京城都知道正元帝賞了個「積善之家」的題字給魯國公府，等於指定他家為救濟傷兵的人家了。絡繹不絕的人家上門，聽說魯國公府的門檻都讓人踩矮了幾分。

確定再無人上門來求接濟後，顧茵總算是能去買自己心儀的酒樓了。

說來也有些好笑，一萬五千兩裡頭，大頭是府裡公中的銀錢，小頭是顧野從賭坊裡贏回來的，都是過了明路，可以自由支配的。但因為前頭傷兵的事沒解決，這筆銀錢得藏著掖著，放到現在才敢動，不然之前若是就買下酒樓，讓有心人打聽到了，搞出個「都有錢買那樣的大酒樓，可見英國公府家底厚實著呢」的傳言，到時候魯國公府現在的境況就得換成自家了。那會兒英國公府自然拿不出接濟傷兵的銀錢，就怕最後這事鬧成了升米恩、斗米仇的典型。現在再不用擔心那些，這天一大早顧茵就和周掌櫃去付錢、過契了。

地契和樓契有兩份，顧茵本來是想一份寫自己的名字，一份寫王氏的名字，但是她還沒提，自家婆婆現在就跟她肚裡的蛔蟲似的，直接就道「寫妳自己的名字，可別寫我的！萬兩雖是家裡出的，卻是妳應得的，五千兩是小野贏回來的，要寫也別寫我的名，寫小野的」，顧野當然也不要，立即道「奶說啥呢？這叫兒子對娘的孝敬，也是娘應得的」。家裡人都統一口徑，連和顧茵感情最淺的武重都沒有二話，認為是顧茵應得的。顧茵便也不和他們彆扭，橫豎都是一家子，不論書契寫誰的名字，酒樓都是一家子共有的。

因為是朝廷直售，手續比平常的時候還簡單，上午交付的銀錢，中午顧茵就成了酒樓的所有人。

雖然是換了個地界，但已經是二店了，所以這次的開店事宜，顧茵準備得熟門熟路。

首先是店鋪的招牌，這次還是拜託了文老太爺來寫。

文老太爺這天正好休沐，而且太白街離他家也不遠，當天就親自來了一趟，將酒樓裡外看了一遍。「這次地方確實不錯，比寒山鎮的那個強不少。比照著這個規模，我得給妳寫個更大氣的才是。至於料子，還是不用妳操心，我給妳尋摸。」

進京之後，文老太爺恢復了從前的榮光，也恢復了從前的忙碌。兩人好久沒碰頭了，談完了這事，還得聊聊家常。主要都是文老太爺問顧茵，他老人家還是不放心她。

雖說英國公府裡都是顧茵本來的家人，但人心善變，大戶人家骯髒事格外多，誰能確保飛黃騰達後，對待家人還是從前那個態度？

顧茵笑道：「都好，真的好。誰敢對我不好，我娘第一個不放過他。」

雖和自己猜的差不離，文老太爺還是老懷欣慰，捋著鬍鬚道：「不錯、不錯！」

接下來就是店內裝修和招人了。

這次酒樓下頭兩層都是嶄新的，只要雇人打掃一番，再添置一些基礎的東西就行。

招人倒是比較麻煩，不像從前店小，隨便招幾個熟人，再由熟人介紹熟人就夠了。

不過幸好京城是周掌櫃的家鄉，抵達京城一個月了，他也聯繫了一些故人舊友，早就預定好了一對紅白案大廚，加上顧茵，這就有四個廚子了，應對暫時開放兩層樓的大酒樓綽綽有餘。這樣偶爾顧茵家中有事，不方便過來的時候，也不會影響整個酒樓的經營。本地廚子在本地自然有人脈，二廚、小工等一系列的人手也不用再費心聯絡，一下子就齊備了。

至於堂倌的招攬，就由顧茵這東家來負責。

招工告示貼出去的當天下午，就有人來見工了。顧茵穿著自己家常的衣裳給人面試，尷尬的事情再次發生，如同寒山鎮招工那次一樣，來見工的人不明就裡，一來就找周掌櫃寒暄，等聽周掌櫃解釋顧茵才是東家，那人面上雖沒顯出什麼鄙薄之色，也拱手給顧茵見了禮，卻還是小聲地向周掌櫃打聽。

「這酒樓的日常運作應當還是掌櫃的說了算？」顯然還是看不上女東家。

周掌櫃道：「我們東家若是不得空，便由我代理庶務。若是東家得空，那自然還是東家作主。」

對方面上就流露出思考掙扎的神色。

這樣看不上女子、認為女子成不了事的人，顧茵自然不會聘用，就把人給請了出去。

然後顧茵乾脆重新在告示上添了一句：不論男女。也就是說，想進她家打工，那肯定是避免不了和女子做同事、打交道的，看不上的趁早別來！

趕巧，她剛把新告示貼上去，就有個頭包布巾、挎著一個菜籃子的年輕婦人經過。

「招工……月錢二兩……不論男女。」年輕婦人費力地唸完一遍，又和店家打聽道：「請問您家招工真的不論男女嗎？」

顧茵轉頭，還沒答話，卻看見對方一臉驚喜。

「是您?!」說著話，年輕婦人就要蹲身行禮。

顧茵立刻把人扶起，仔細一辨認，才認出眼前的年輕婦人便是九月裡上門求助、家裡男人雙腿齊齊斷了的那個。

「是妳呀！在外頭不要這麼客氣。」顧茵把人請進酒樓裡說話，又問她。「家裡現在可都還好？」

年輕婦人點頭道：「都好！將軍給我家贈醫、施藥，又給了銀錢，我男人從前躺在炕上……唉，對著您我也不瞞著，從前他就不想活，不願拖累我，但自從見過將軍一次後，他完全不同了！像我現在出來賣雞蛋、賣菜，做些小買賣，他就在家料理家務……還是多虧了您家！」從前她是不敢離家太久的，就怕她一走，她存了死志的男人就尋了短見。她說著就紅了眼眶，若不是顧茵不想受她的禮，她是要結結實實給顧茵磕個頭的。

顧茵也很是欣慰，再問她。「妳現在在哪處賣這些？」

酒樓自然是要採買食材的，婦人籃子裡的雞蛋和蔬菜到這個時辰了看著還很不錯，顯然都是極為新鮮的。

年輕婦人赧然道：「雞蛋就是家裡母雞下的，菜是地裡現拔的，每日的數量都不多，只夠自家吃和賣一點，全然不夠賣到您家這樣的地方來，而且城裡的攤位費我也給不起，就沒有固定攤位，只是走街串巷兜售罷了。」說到這兒，她的目光又變得堅定。「您放心，只要我活一日，就做一日工，我一定會把您家那筆銀錢還上的。」

英國公府接濟的人不少，倒是沒聽說哪家把那銀錢當作借款，還打算歸還的。

顧茵不由得高看了她一眼，笑道：「我看妳人說話、做事都十分伶俐，而且還識字，可有興趣在我們店裡謀一份差事？」

年輕婦人面色通紅，語速飛快地道：「我沒做過跑堂的活計，但若是您肯給我這個機會，我一定好好看、好好學！」

跑堂本就不是什麼技術含量高的活計，只要不是特別膽小、說話不索利的，多半都能做得不差。顧茵就定下她來，讓周掌櫃遞上早就準備好的書契，結果對方沒看就直接按了手印，說相信顧茵的為人。顧茵也知道了她的相關情況——她娘家姓衛，沒有大名，家裡人都喚她衛三娘。家裡人都在戰亂中沒了，只剩她和她家男人，現在住在郊外的水雲村裡。

衛三娘的到來，給顧茵也提了個醒——她可以給傷兵的家眷提供工作！授人以魚，不如授人以漁。光是一筆安家費，可保不住一家子後半輩子的生活。

至於為什麼不是直接給傷兵提供工作？戰場上下來的人一般都是斷手斷腳，倒不是她不想聘用，而是以時下這個風氣，很多人都頗為忌諱。尤其客人來下館子吃飯，多半還是會攜帶家眷，若嚇到膽小的孩子也很不好。要是擱現代，倒是不用操心這些了。

當然了，若是之前，顧茵就算想到也不會真正去做，畢竟需要接濟的人太多了，絕對是照顧不過來的，若聘請了這個，沒請那個，容易落人話柄，甚至結下仇怨。

現在倒是可以著手去做了，因為都知道去魯國公府哭一哭、求一求，就能領到現銀過冬，朝廷年後也會下發撫恤的銀錢，越困難的，得到的銀錢自然越多。這個當口還願意出來討生活的，就是如同衛三娘這樣，不願受嗟來之食，有骨氣的。

無形中就等於幫顧茵篩走了一批心思過於活絡、為人不安分的。

衛三娘聽她說有這個想法，又激動得不能自已，顫聲道：「我們同村就還有兩戶這樣的人家，她們家裡男人也受了傷，不如我家那個那麼嚴重，但日常下地很有困難。只是那兩位大哥和我男人一樣，都不許妻子進城來求接濟……」說完她自己猛地想到什麼，聲音低下去了，有些赧然地解釋道：「不是那次……那次和我一起去的那個嬸子，我從前不知道同村的嬸子是那樣的人，如今已經不和她家來往了！剛說的那兩家人真的都挺好的。」

「沒事，我懂妳的意思。」顧茵拍了拍她的手背。「那就拜託妳回去傳個信，看她們願不願意。當然也不是一定要傷兵的家眷，其他想進城做活的人，只要為人老實本分，我們這裡都是歡迎的。」

衛三娘立刻站起身，先道謝，後頭馬不停蹄地回去通知同村之人。

下午晌，周掌櫃負責採買的東西送到，兩人剛在後廚試做了兩個菜，衛三娘就把人領過來了。

兩個婦人容貌周正，是一對姊妹，都姓孫，也是二十五、六的年紀，嫁給了一對兄弟。那對兄弟一個斷了條胳膊，一個少了半個腳掌，但因為踏實肯幹，普通男人一個時辰能幹完的活，他們就花一個半時辰、甚至兩個時辰，還是把日子過起來了，可終歸比一般人還是差些。大孫氏和小孫氏也都是爽快人，尤其大孫氏，口齒比衛三娘還索利些。

顧茵就把這兩人都定了下來。

酒樓還在籌備階段，書契是從十一月才開始生效的，所以簽完書契，顧茵就讓她們先離開去忙自己的事，但是這三人聽說周掌櫃準備去雇人來打掃，都不肯離開，搶著把活計攬下了，說這些都是她們在家裡日常做慣了的，而且家裡也沒什麼事。

三人確實手腳麻利，半下午的功夫就打掃完了一整層，雖然個個都忙得滿頭大汗，但是眼裡都帶笑，充滿了對新生活的希冀。

當然，事情也不是全然順利，就好像食為天剛開業的那陣，見工的人看到顧茵家的夥計都是女子，自己就縮了，這天下午也是相似的境況。但顧茵不以為意，道不同，不相為謀罷了。而且當初寒山鎮的食為天都籌備了半個月，眼下也是不急。

在自家酒樓待了一整天，顧茵要給衛三娘等人結算清掃的辛苦費，她們卻說什麼都不肯收。顧茵也不勉強，傍晚時分在附近買了一些食材，和周掌櫃一起做了一頓豐盛的夕食——濃油赤醬的紅燒獅子頭，香氣撲鼻，咬一口肉汁四溢，齒頰留香。另外還有一碟子清炒油菜和顧茵熬的蔬菜粥。她熬粥的時候衛三娘等人還要幫忙，說不敢勞她給她們做飯。

周掌櫃幫著顧茵說：「這是我們東家的愛好，幾位娘子要是不讓，我們東家才不高興呢！」

顧茵也笑道：「掌櫃說的不錯，下個月就要開業，再不多下廚幾次，我都要手生了。」

衛三娘幾人這才沒攔著，但還是忙前忙後地幫著打下手，燒灶膛、添柴火。

這輩子能吃到將軍夫人做的飯菜，真的讓人感覺像作夢一樣！

後頭菜和粥都上了桌，衛三娘她們幾個捧著粥碗，喝得停不下來，說裡頭就只是放了野菜和豆子，怎麼就這樣好喝？

這自然是火候。火候到了，食材本身的美味融合在一處，即便是最普通的食材，也能做出最好的味道。顧茵看她們只喝粥不吃菜，更不吃肉，就讓周掌櫃拿了幾個扣碗，把剩下沒動的獅子頭裝了，讓她們帶回去。

用完夕食，外頭天色也暗了，周掌櫃便找了牛車送她們回村。

顧茵這才提著裝了粥的食盒，腳步輕快地鎖上前後門離開。

英國公府的馬車就停在街口。車轅上並不見車夫，只有一個身形魁梧的青年坐在那處。

他一條腿屈著，另一條長腿懸在半空。一隻手提著燈籠，另一隻手則撐在腿上，抵著下顎。柔柔的燭光下，他閉著眼，沒戴面具的半邊臉蒙上一層溫暖光暈，靜謐得彷彿畫中人。

顧茵不由得放慢了腳步，待走到跟前，她鬼使神差地伸手要去碰他那半邊銀製面具。還未碰到面具，他抵著下顎的手便把她的手捉住。

「大晚上的怎麼還戴面具呢？」顧茵輕聲問他。

他睜眼，聲音帶著一絲疲憊的沙啞。「戴習慣了，下值也沒回家換衣裳。」說著話，他的手掌摩挲了一下她的手背。「怎麼手這樣涼？」

顧茵垂下眼睛，輕聲道：「你的手也不熱啊，這是等多久了？怎麼不進去呢？」武青意一般是傍晚下值，眼下天已經全黑了，他起碼等了有半個時辰。

他放開她的手，活動了一下脖子，不以為意地道：「無妨，也沒等多久。我若進去了，妳店裡的人怕是要害怕。」說完他又朝她伸手。「忙完了，回家了？」

顧茵抿唇輕笑，將手遞給他，任由他把自己拉到車轅上。「嗯，回家了。」

顧茵和武青意肩並肩坐在車轅處，馬車駛離繁華的太白街。喧鬧和燈火都在身後遠去，夜風徐徐，萬籟俱寂。

「坐裡頭去吧，外頭風大。」

顧茵正享受著這靜謐的氛圍，搖頭道：「也不冷。」確實不冷，武青意身上的熱度很高，隔著外衫傳到她的肩頭，還坐得比她靠前，為她擋風。

這樣熱的人，為什麼總喜歡戴著冷光的面具呢？她的眼神不由得又落在那面具上。平心而論，這銀製面具雕刻著古獸圖騰，並不難看，只是給他增添了一股難以接近的冷峻氣質。

「今天都還順利嗎？」武青意一邊目不斜視地駕車，一邊詢問道。

顧茵收回眼神。「挺順利的。光是今天，就已經招了三個堂倌，說來還得謝謝你呢！」

武青意問她怎麼說？

顧茵就把遇到衛三娘的事和他說了，又笑道：「我前頭想的是『授人以魚，不如授人以漁』，所以才想試著聘請她。因你前頭幫了她，她才那麼信任我，和我簽書契時都沒仔細看就按了手印呢，也不怕我把她給賣了，後頭她帶來的兩個同村人也都極麻利。若都跟她們相似的，我尋思著兩層樓招個十來人跑堂也就夠了。倒是我之前想淺了，不是我幫她們，也是她們幫我，互惠互利嘛！」

武青意勒著韁繩的手一頓，若有所思地沈吟半晌，而後突然笑道：「也是幫了我！」

隨後武青意加快了駕車的速度，將顧茵送到了英國公府門口，並不停留，讓下人牽馬出來，他立刻又翻身上馬，策馬而去。

顧茵不明所以，目送他離開後才想起來自己特地帶了粥回來呢，好歹喝一口再去忙吧？

王氏在後院裡等著顧茵的，見她回來先問她吃了沒有？又問她冷不冷？聽她說吃過了，不冷，王氏的眼神才往她身後看去，笑咪咪地問她。「青意呢？不是下值後就說去接妳嗎？」武青意下值後照常回家，在門口時聽說顧茵還在外頭忙，他說去接她，直接就過去了，讓車夫把他的馬送進家。王氏是樂見其成的，她還一直嫌兒子木訥呢！

上京都一個月了，雖然一家子天天都在一處，大兒子下了值就回家，但其實他連兒媳婦的身都近不了，也不知道哪年才能看到他們小倆口真的蜜裡調油，再給家裡添個孩子。

家裡小子實在多，最好是要個丫頭，若孫子跟孫女都有了，她作夢都能笑醒！

今天大兒子的表現倒是出乎意料的好。想到這裡，王氏又笑道：「讓我猜猜，這傻子是不是把妳送到後院，自己又在前頭歇著了？也真真是個傻的，你們是正經夫妻，就是把妳送進屋又如何呢？又不是要守男女大防的未婚男女。」

顧茵說不是啊。「他沒進府，把我放在門口就走了，好像是突然想到有什麼事要辦。」

王氏笑不出來了。這要不是親兒子，她都恨不能破口大罵了！

「沒事啊娘，或許他真有事要忙。」顧茵拉著王氏的手勸了勸，又把自己晚上現熬的粥遞給她，讓她和武重分著當宵夜。

想到她忙了一整日，王氏也沒在她跟前多待，喊來丫鬟服侍她沐浴，自己提著食盒回屋了。

武重已經洗漱過，臨睡前在屋裡鍛鍊。

他們屋裡現在加裝了很多扶手，是顧茵給的建議。別看這東西不起眼，但對腿腳不靈便的病人卻很有幫助。起碼現在在屋裡的時候，武重已經不需要枴杖，自己拉著扶手就能行動自如。當然，肯定是比常人慢上不少。

「大丫回來了？」武重笑呵呵地靠近，接過王氏手裡的食盒。「這孩子孝順，出去忙一整日還不忘帶吃食給家裡。別說，吃慣了大丫的手藝，如今吃原王府大廚做的菜都不香！」王氏很喜歡聽別人誇自家兒媳婦的，武重也是看她臉色不大好，所以特地撿她喜歡的說給她聽。

偏他不說還好，一說王氏更鬱悶了。她看著武重，憋了半天才憋出一句話。「我怎就插你這坨牛糞上了呢?!」王氏喜歡顧茵喜歡得不行，要是顧茵再小一些，都恨不能日日把她拴在身邊的，怎麼自家大兒子就那般不開竅？想也知道不是隨了她這當娘的，是隨了他爹！

「哼！」王氏氣鼓鼓地哼完就出去洗漱，上床躺下了，留下不知自己又做錯啥的武重。

第二十八章

隔沒兩日，文老太爺讓文二老爺送來了匾額做賀禮。

同樣是方方正正的「食為天」三個楷體大字，配著油光水滑的上好木料，只是尺寸比寒山鎮上那塊更大一些，而且最後的印章也不再是兩個了，換成了一個新印。

這次文老太爺沒瞞著顧茵，寫了書信給她交底，說從前那兩方印，是前朝皇帝賞的、刻的，現在不好再用了，這次的印章才是他真正的私章。至於寒山鎮的牌匾，他也趁著這次機會重寫了一塊，讓人送回去換上了。

沒想到從前在寒山鎮的時候，自家招牌就用上了皇帝刻的章，也難怪當時文老太爺十分自信地和顧茵說儘管用「食為天」的名字，不用擔心犯了忌諱。

後頭顧茵也在酒樓裡和周掌櫃請來的兩位大廚碰了面。

這兩位大廚，負責紅案的姓孔，負責白案的姓曹，年紀和周掌櫃差不多，正是年富力強的時候。他們從前就是在同一家京城大酒樓做工的，只是運道不好，酒樓的幕後東家和前朝權宦有勾連，整家酒樓讓朝廷收回，如今新東家有自己的班底，兩位大廚就齊齊失了業。

周掌櫃少年時就同他們認識了，雖然多年沒怎麼來往，但交情卻是實打實的。

兩位大廚的手藝並不輸周掌櫃和顧茵，工錢還和他們從前一樣，一人一個月五十兩。那五十兩還不都是他們自己拿的，是他們各帶幾個徒弟、幫廚，一隊人共拿五十兩，由大廚分配。這等於每個月一百兩的工錢，就把酒樓的後廚給支稜起來了。

顧茵其實喜歡的是下廚、是研究新東西，對經營管理的繁雜事務並不很擅長。從前是本錢少、人手不夠，所以硬著頭皮，啥事都要自己插上一手。如今真的是再好不過了，後廚有這兩位坐陣，總體由周掌櫃統籌，她身上的擔子一下子就輕了。

後頭在衛三娘和大小孫氏的宣傳下，越來越多的傷兵家眷上門應徵，不過十天，十五位女堂倌也已經就位。顧茵暫且點了最伶俐的大孫氏做領班，每個月多給她半兩銀子工錢。

堂倌的訓練也不用顧茵自己來，王氏閒來無事就來指點她們。

接著，酒樓內的軟體裝潢也提上了日程。這次不是顧茵沒錢裝潢，而是這酒樓本就是新建而成，裝潢都是嶄新的，連桌椅都是上好、齊全的。

兩層酒樓，下面的一層是大堂，招待散客的，並不須添置什麼；上頭的桌子更大，每張桌子的間隔也更開闊，中間放上屏風做間隔，則更添雅致，也不會顯得嘈雜。

至於那些屏風，則是王氏從庫房裡給顧茵掏出來的。

王氏也是後頭才知道，原來之前她和顧茵去的那個庫房，只是存金銀細軟的庫房，隔壁還有一間存古董大件的，光是屏風、假山石、大型落地花瓶，每樣就有好幾十個。當然了，這些東西也是帶著宮廷徽記的，想變現那是不可能的。與其放在家裡吃灰，還不如乾脆擺出來物盡其用，省得自家還得再花銀錢去置辦。別說，好東西就是好東西，顧茵不懂賞玩的，看著那些屏風、花瓶往酒樓第二層一放，都覺得質感立刻上升了不少。

第二層另外還有幾間廂房，就也有樣學樣地佈置起來。

反正只要踏上第二層，不消費個十兩銀子，都會覺得對不起這些擺設！

最後也最重要的，就是整個店的經營方向了。這次肯定不是做平價的中式快餐了，而是要做真正的中高端客戶的生意。

這時代的菜一般是寫成小籤籌，掛在牆上，這酒樓裡也留出了這樣一塊地方。這步驟很簡單，顧茵讓人按著周掌櫃他們每個人的拿手菜做了一批，還讓人做了一些菜單，不過和後世不同的是，這次的菜單不是紙質的。好紙不便宜，便宜的紙又沒有格調，紙張在日常使用中肯定損耗很大，雖說不差錢，但是能省還是省一些——而是做成卷軸式樣的布製菜單，一打開就能看到配著圖的各色菜餚。

這次當然還得寫傳單宣傳，依然交由武安負責。

聽說還要這樣的菜單，武安也把這活計攬下了，他現在已經在學畫了。文大老爺回了翰林院供職，並不能像從前那樣日日陪他唸書，就讓武安和文家的文琅一起，由另外的先生教。那先生是文老太爺親自挑選的，自然不用操心。而且等到文大老爺下值，還會再對他們的功課進行最後的點評和批校。

武安根基淺，但聰明又認真，換了個先生也是一樣的用功。他年紀還小，家裡境況也非常人能比，並不是一定要走科舉的路子才能出頭。所以在他通讀完啟蒙的讀物後，文大老爺不想讓他這個年紀就接觸四書五經和八股文，便讓先生教他琴棋書畫和君子六藝。

兩百張連圖帶畫的傳單加上幾十個菜單卷軸，小傢伙半個月就畫完了。還別說，聰明人學什麼都比常人快，他畫活物還缺神韻，畫一些簡單的吃食卻是栩栩如生。

開業之前，顧茵最後做了一次市場調查，這不調查不知道，一調查嚇一跳。

在現代時，不少美食博主稱呼北京是「美食荒漠」，但眼下這個架空時代的京城，則全然不是那麼回事，那是賣什麼吃食、做什麼菜系的都有，隨便一家市口好的小店，人家都有自己的拿手菜！像周掌櫃那些拿手菜，只要是規模大一些的酒樓，人家的廚子也都會做！

而且雖然是新朝，但絕大多數京城百姓的生活並沒有受到影響，絕大多數的老牌酒樓也都是屹立不倒許多年。老牌酒樓的東家大多非富即貴，資本雄厚，想從他們手裡搶食客，不另闢蹊徑那幾乎是不可能做到的。

時下天冷了，顧茵和周掌櫃商量了一番，就準備在開店之初推出火鍋和烤肉兩樣作為本店特色。她就不信了，啥事是一頓火鍋和烤肉不能解決的？

火鍋分四種口味，骨湯的、菌湯的、酸湯和牛油麻辣的。

前三種便宜一些，牛油麻辣的則貴上一倍，尤其牛油很不好買。說來也有些好笑，這事還是武青意幫顧茵辦的。當時顧茵思索了好久，才決定找他幫忙。

她難得開口，武青意自然沒有不應，見她神色糾結，還寬慰她——

「我雖不懂經營和廚藝，但既是妳想做的，要人還是要東西，我自然無有不應。」

他的語氣和神態太過認真了，好像下一秒就要為她上刀山、下油鍋似的。

顧茵被逗笑了，忙道：「沒有那麼嚴重，就是我想買牛。」殺牛犯法，但凡誰家的牛意外暴斃了，那肯定不愁賣，根本輪不上顧茵，附近的鄉紳富戶就會把牛買回家了。

雖然武青意現在的身分殺幾頭牛根本不會有人敢置喙，但讓堂堂將軍為了自家的生意去殺牛，還是太跌身分了。顧茵其實就是想讓他幫著打聽一下有無管道買那樣自然死亡的牛，又覺得這樣的小事還要麻煩他，實在是有些大材小用，也怕他嫌事情太雞毛蒜皮。

「原來是這個。」他笑起來。「我從前倒未留意過，不過只是打聽一下，想來並不麻煩。」

後頭這事便由武青意負責，他負責朝廷禁衛的同時，還負責京城守備，耳目遍及京城周圍，探聽消息實在方便。到了十一月，開業前，他就為顧茵搜羅來了七、八頭因意外而暴斃或者自然老死的耕牛。全京城附近的村落都找遍了，也就這麼多，再想要多的也沒有了。不過牛體積巨大，七、八頭也很夠顧茵用了。

天氣已然冷了，這些牛經過庖解，用冰凍上，能存放許多天。

牛就位之後，顧茵訂做的銅鍋和網格烤盤也送來了。這些銅鍋有些中間多了一道隔斷，做成兩格的，還有另外做成四格的，讓客人可以根據口味選擇是要一種鍋底、鴛鴦或者四宮格；烤盤則是鐵線做成的網格狀方形盤子，可以讓客人選擇是自己在炭火上慢慢烤，還是由後廚代勞，直接送上烤好的成品。

後續其他工作逐一完成，十一月初五這日，食為天大酒樓正式開業！

兩大串掛鞭放響之後，兩隊舞獅隊從街口隨著鑼鼓聲跳躍著過來。那獅頭眨著眼睛，威武非凡，踩著鑼鼓點或撲或跳，討喜非常。

後頭兩隻獅子遇上，熱熱鬧鬧地爭鬥了一番，最後一起從口中吐出東西——不是後世常用的對聯，而是許多個紅色信封。

圍觀的百姓們以為是發喜錢，爭先恐後地去搶。

搶到後一打開，裡頭是一張圖文並茂的傳單，還附上一張代金券，滿五兩減半兩的。這東西實在新鮮，還有字有畫的，大家雖然失望，卻也沒有隨手丟了。

等到舞獅結束，就是最後的剪綵儀式了。

顧茵作為東家，站在最中間，由她來主持這個儀式。她握剪刀的手微微發顫，眼睛都紅了。

周掌櫃見了便輕聲勸道：「東家莫激動，這次的開業也會很成功的。」

顧茵點點頭，她倒不是擔心那些。兩個舞獅隊就花出去了二十兩銀子，還有其他林林總總的前期投入，她都不敢仔細去算了。也得虧現在家裡富了，想要啥都能立刻行動，擱以前還在寒山鎮上，哪裡敢想這些呢？

簡單卻隆重的剪綵儀式結束後，酒樓大門敞開。

瞧過熱鬧的百姓有拿到代金券、又正好準備在附近吃飯的，就會進店看看。

太白街的市口極好，不到半個時辰，店裡就進來了好幾十個客人，不過大多都是平頭百姓，所以他們並不會去二層雅間或者包廂，而是直接在一樓大堂。

都是老本地人，進來肯定要問有什麼特色。

以大孫氏為首的女堂倌，個個身穿淡黃色的工作服，都會對客人報以微笑，送上菜單。

菜單上頭同樣有畫，即便是不識字的客人，也可以選出自己想吃的。

菜色都明碼標價，素菜和點心在半兩銀子左右，葷菜則看情況而定，一般並不特別複雜、用料不珍貴的葷菜，多在一至二兩之間。總價超過五兩銀子，則會贈送一份主食。

一般來說，一個三口之家，花上個五兩已能吃得很不錯。

這定價自然是從前的顧茵不敢想的——在鎮子上，這都夠普通人家半年嚼用了！

但京城這樣的地界，看著不顯山、不露水但其實身價頗豐的人太多了。

能來太白街附近湊酒樓開業熱鬧的，就沒有兜裡沒閒錢的。尤其眼下的食為天大酒樓不論是裝潢還是位置，都很對得起這個定價，倒也沒人因為定價而直接走人的。

不過顧茵預想的情況還是發生了——

有客人看完菜單後，不怎麼滿意地道：「你們家這些菜外頭大酒樓都有，價格也差不多。唉，我還是回之前的地方吃去吧！」

貪新鮮的食客多，念舊的食客也不在少數，和他有同樣想法的人便跟著站起身，準備離開。

而這會兒功夫，周掌櫃已經讓人把店外的東西準備妥當，開始現場炭火烤肉。

那炭火在半人高的銅架子裡燒得旺旺的，刷了油的網格烤盤往上一放，立刻滋滋作響。

等到烤盤燒熱，放上早就準備好的牛肉、羊肉、五花肉、臘腸、韭菜、玉米等各色食材，半晌後奇妙的香味就撲鼻而來，等最後周掌櫃再撒一把孜然粉或者辣椒粉，就沒人聞到不流口水的！

「妳家的炙肉好特別！」第一個想走的食客走到門邊就停下了腳步。炙肉這種吃法並不新鮮，但不知道為什麼，從未有酒樓把普通的炙肉烹調得如此香氣逼人！

這是自然，因為加了孜然粉、辣椒粉和白芝麻！這哪裡撒的是調料？是真金白銀啊！顧茵笑著不解釋。

因為肉切得薄，蔬菜也都不大，所以沒多會兒功夫便烤好了。

周掌櫃再把肉切成小塊，蔬菜分成小份，放到盤子上請已經進店的人試吃。

等到一波試吃結束，這些個走到門口的人又再折返回來。

後頭周掌櫃就不再撒那些了，畢竟試吃又不賺錢，調料比食材本身還貴！

這次他在食物上刷醬，是顧茵自己做的甜麵醬和鹹麵醬。烤出來的香味並沒有那麼濃郁，但那醬刷得足，烤過的食材看著水亮油潤，格外讓人有胃口。

光這烤肉一樣，就再沒有客人能從食為天「逃」出去，還順帶把不少只在外頭看熱鬧、沒準備進店的客人都吸引進來了。等到後頭有人當了領頭羊，點了個麻辣牛油火鍋，食客們進門和點單的速度就立刻又上了一層樓。誰能在這寒風瑟瑟的冬天，抵擋得住火鍋呢？熱騰騰的火鍋湯底，配上切好的各色肉卷和蔬菜，筷子一夾一燙，眨眼的工夫就能把吸飽了湯汁的菜吃到嘴裡。

骨湯醇香，菌湯鮮香，酸湯酸爽。當然最讓人著迷的，還是讓人吃著感覺嘴裡像火燒似的，卻又停不下來的麻辣湯。更神奇的是，還能在一個鍋裡同時吃到四種口味！

尤其和點菜相比，火鍋的每樣食材和鍋底也不會很貴，若不是只食肉的肉食愛好者，一桌子五兩也能吃得很不錯。不提口味，光是新鮮這項，就足夠吸引這群不差錢的食客了。

到了飯點前，酒樓裡的大堂基本上就坐滿了，食客多達上百人。

擱以前，顧茵對這樣的狀況該很滿意了，但現在還有二樓的座位空置著，她自然還有些別的想頭。她正想著怎麼宣傳，就看到顧野在門口探頭探腦的，她對顧野招了招手。

小崽子小跑著上前，笑著問她。「娘，生意怎樣？」

顧茵說還成，又笑著戳了戳他的小腦門，問道：「怎麼這些天都不見你人影？你這少東家還當不當了？」顧野對自家生意是很上心的，從前還是負責一個部門的主管呢，這次倒是轉了心性，開業前他什麼活計都沒攬，鎮日就往外跑，也不知在忙什麼，十分反常。

「那自然是當的。」顧野有些心虛地道：「就是……就是沒辦好。」

顧茵詢問他這些天辦什麼差事去了？

顧野便一手插腰，一手摸著自己的腦門，老氣橫秋地嘆了口氣。「京城的孩子，不好騙啊！」

他這小蘿蔔頭的模樣，還喊別人「孩子」，把顧茵逗得笑起來。她輕輕推他一下，笑道：「沒得裝什麼怪樣子！給我說說，你到底幹啥去了？」

話說到這裡，顧野也不瞞著他娘了。在寒山鎮的時候，他是一呼百應的孩子王，到了京城，形單影隻的自然不習慣。尤其是知道自家要開酒樓了，正是需要人手的時候，顧野就還想像從前似的，結交一群朋友幫著他娘宣傳。難就難在，太白街附近住著的人家，大多非富即貴，這樣的人家，也不會放孩子滿大街跑，就算讓孩子出門，都會配備著丫鬟和奶娘，顧野連近身都很困難。而且即便是附近的平頭百姓家，因知道此處達官顯貴多，生怕自家孩子惹到了啥了不起的人物，就也不會放孩子自己出門。

「仔細讓人把你當成居心叵測的小壞蛋！」顧茵見他興致不高，又勸慰道：「沒事，生意上的事娘自己想辦法，你若只是結交朋友的話，也不必如此著急。」

顧野有些赧然地摸了摸鼻子，因是對著自己娘說的，他才直白道：「唉，這權力的滋味真是上頭。」

顧茵快被他逗得笑死了。「當個孩子王就知道權力的滋味了？」

顧野也跟著笑，後頭又道：「其實也不是一無所獲。」

太白街附近有個戲園子，說書、唱戲日日都有。顧野本來就愛聽書，知道有這麼個離家近的消遣地方，就時不時過去，一來二去，就和戲園裡一個戲班的少班主認識了。這少班主也不大，剛九歲的年紀，但據說是戲曲神童，這個年紀就能在自家班子裡獨當一面了，很了不得。兩人雖差著兩、三歲的年紀，但顧野的交際手腕毋庸置疑，到眼下已是稱兄道弟了。

「可惜他是個戲癡，日常只在戲園裡待著的，也沒有其他朋友。總之，這次我是沒幫上娘的忙。」

顧茵聽了他這話卻突然想到了什麼，眼睛一亮。「不不，你還真幫到我了！」

王氏這天用完午飯，在家裡閒著無事，正準備去看看自家酒樓。剛換好衣服，門房就來通傳，說外頭來了個婦人尋她，說娘家也姓王，還說是早就和王氏約好一起聽戲的。

門房這一說，王氏就想起來了。她在京城也沒有朋友，約著聽戲的可不就是上次去宮中赴宴時認識的那個老姊姊？王氏立刻親自迎出去，果然見到了她。

王太后是坐馬車過來的，看著只帶了個車夫，其實暗處裡藏著一隊侍衛。

「老姊姊可叫我好等！」王氏親熱地上前挽上她一條胳膊。「總算是把妳盼來了！」

宮中赴宴過去了好幾天，雖說一般人常說的「過兩天」是個大概的時間，但王氏是真覺得同她投緣，迫不及待地想和她再次約著一道玩，因此從宮宴回來後就叮囑過門房，不能漏掉旁人尋她的消息。一等這些天，對方遲遲沒尋過來，王氏又不知道去哪裡尋她，都不禁開始懷疑，難道只是自己剃頭擔子一頭熱？對方那會兒只是虛應罷了？

說到這個，王太后立刻歉然地拍著她的手背，解釋道：「真對不住，家裡出了一些事情，耽擱了。」王太后也想要出來，當天回去都開箱籠、選衣裳了。只是後頭下了一場雨，天突然就冷了，她雖年紀不小，卻是窮苦人家出身，身子骨還很硬朗，倒是沒什麼事，但是周皇后生的小皇子卻大病了一場。

這孩子是早產子，老話說「七活八不活」，他就是八個月的時候生下來的，身子骨打小就比一般的孩子差一些。不過因為他出生時，義軍已經是勝券在握，王太后和周皇后那會兒也早就被接到陸守義身邊，老醫仙都給孩子看過，說他雖然體弱一些，但情況並不嚴重，養到兩、三歲就和常人一樣了，至多就是換季的時候要稍微注意一些。

後頭陸守義順利登基，入住皇宮，御醫輪流守護，也是和老醫仙一樣的說法。前些時候天氣猛地冷下來，周皇后就在他屋裡架了好幾個炭盆，日常也不許人開窗、開門的，結果孩子沒受涼，倒是捂出了熱傷風，身上還起了痱子。

王太后是真有些看不過去了，勸周皇后調整心態，不好把孩子養得這樣嬌。三歲的孩子了，到現在下地走路都不穩當，說話也不怎麼索利，日常就像個襁褓中的嬰兒似的，由周皇后親自抱著。周皇后並沒有頂撞她，只是陰沈沈地看著她，把王太后看得再說不出一句話。到底是親孫子，王太后掛心著孫子，自然沒了出宮玩樂的心思。

這些事也不好對外說，所以王太后只說是家裡孫子病了。

王氏聽說是這樣的事，再沒有一點抱怨了，忙關切地問道：「孩子病了可大可小，如今可是養好了？」

「已然是好了。就是他好了，所以我才來找妳的。」

王氏這才跟著放心一些，又感嘆道：「咱們這個年紀，啥也不想了，就盼著子孫們好。」

這話完全說到王太后的心坎上。

後頭兩人結伴去戲園子的路上，就都在交流養兒心得。

王氏雖然才來京城一個半月，但英國公府附近她都是熟門熟路的，王太后便聽了她的意思，去最近的吉祥戲園聽戲。

這日戲還沒開場，戲迷們早就在等著了，裡頭連站的空間都沒有，外頭站著的人都把門口給堵上了。

王氏只能感嘆道：「來得遲了，別說雅間，怕是連大堂的位置都沒了！」這要是只王氏自己，或者和許氏這樣的手帕交出來，兩人只要占到個能站腳的地方，就算是在門口站著也能聽完一場，但是她這老姊姊不年輕了，又是兩人第一次一道出來玩，自然不好那樣隨意。

「我讓人去問問。」王太后說著。

沒多久就過來一個換了便裝的侍衛，說是已經找好雅間了。

王氏還丈二金剛摸不著頭腦，一邊和她進戲園子，一邊納罕道：「今天真是奇了怪了，這個時辰了居然還有空的雅間？」

王太后笑而不答，只問她。「這戲園子裡怎這麼多人？」

王氏雖也是頭一回來，但早就讓人打聽清楚了，便解釋道：「這吉祥戲園是京裡的老園子了，唱戲、說書啥都有，他們自家有一個戲班，也會招攬其他的好戲班登臺演出，所以本來就生意極好。前幾個月這裡來了個新戲班，裡頭有個半大孩子，叫『小鳳哥』，聲音清亮得像雛鳳，另還有個叫『賽貂蟬』的花旦，那也是模樣、身段、唱腔都挑不出一點錯處，這一來聽戲的就更多了。」

兩人到了二樓雅間落坐，夥計送上茶水和瓜子、花生、點心，說話的工夫，戲臺上好戲就要開演了。

哄鬧的戲園裡安靜下來，帶孩子來的父母也都把孩子拉回到位子上。

王氏眼睛不離戲臺，餘光卻瞥見一個熟悉的身影。雅間門口就有夥計伺候，因此王氏出去讓夥計傳了個話，沒多會兒顧野便小跑著上了二樓。

「奶怎來聽戲了？」

王氏拉上他回雅間。「你這話說的，好像這戲園是你開的一樣。該我問你才是，你怎來了？」說完她又給老姊姊介紹。「這是我家大孫子，叫小野。」

顧野先給對方行了禮，客客氣氣地喊了一聲「阿奶好」，才轉頭答話道：「我來是有正事的。」

王氏笑說：「你娘又不在，出來玩就出來玩，怎還扯這些？奶又不把你揪回家。」

顧野笑道：「奶怎不相信人呢？」

戲臺上鑼鼓一響，王氏也顧不上他了，抓了把瓜子在手裡，準備看戲了。

顧野挨著王氏坐下，也跟著伸手去拿瓜子，然後他就發現另一邊的老奶奶正眼睛一眨也不眨地看著自己。「怎麼了阿奶？」顧野小聲詢問。

王太后目不轉睛地看著眼前的孩子，六、七歲大，穿著一件毛邊立領小袍子，頭上戴一頂毛茸茸的小皮帽，膚色是健康的小麥色，烏灼灼的大眼睛，眼睛下面還有一顆黑痣，怎麼瞧怎麼討喜，看得她根本挪不開眼。一直到戲臺上清亮的一聲唱，王太后的思緒才被打斷。

顧野也顧不上看她了，往戲臺上看去。

扮成小姑娘的小鳳哥登臺了，戲文裡的他是大戶人家的二小姐，從家裡偷跑出來上了街。外頭各式各樣的新奇玩意兒讓她看花了眼，不知道怎麼地竟被小毛賊盯上了，等到她察覺的時候，不只錢袋子讓人偷了，連回家的路都給忘了。屋漏偏逢連夜雨的，她還被拐子給盯上了！那是一對拐子夫妻，上來就說二小姐是家裡淘氣跑出來的女兒。二小姐自然不從，圍觀的路人卻聽信了那對夫妻的話，還勸著她莫要同父母鬧脾氣。

正當這個時候，一個書生出現了。

書生有條不紊地分析了二小姐和這對夫妻的穿著差異，還說聽口音二小姐是京城的小姐，夫妻卻是外地的；最後還擋在二小姐前頭，讓夫妻說出二小姐的特徵。

那對夫妻被他一陣質問，心虛起來，支支吾吾地說不上話，趕緊撥開人群跑了。

最後書生救下這二小姐，本是想先送她回家，卻聽到她肚子餓得叫起來。這時候書生就帶小姐去吃飯，無奈小姐富貴出身，對路邊攤檔的東西吃不下口。

然後戲臺上的布景一變，「食為天」的招牌出現在戲臺上，街邊低矮的小桌子也換成了四四方方的大桌子，這是書生帶著小姐去了街上的大酒樓。

小姑娘在酒樓裡吃得好不暢快，書生則一筷子都不敢動，偷偷摸著自己的荷包直嘆氣。

最後到了付帳環節，書生不夠銀錢覺得慚愧，本以為會鬧得很難看，沒想到那酒樓的夥計卻很客氣，說方才外頭的事情他們東家知道了，書生仗義救人，這頓飯算是東家請的。而且東家對二小姐還有些印象，已經讓夥計去通知她的家人了。

再後頭，就是二小姐的家人尋來了。

不只是其父母，還有其長姊，也就是這齣戲的女主角了。

那真真是個扮相極漂亮的花旦，和書生站在一起就讓人覺得賞心悅目。

後頭便是比較俗套但卻讓人百看不厭的戲碼了——書生和大小姐一見鍾情，二小姐充當小紅娘，給兩人牽線搭橋。

當然，後頭還是有狗血戲碼的，大小姐的父母雖然感激書生，卻看不上他當女婿。書生寒窗苦讀，最後終於高中狀元，還拒絕了皇帝的賜婚，執意回來娶大小姐。

彼時大小姐因為執意不肯另嫁他人，已經被家裡人趕了出來，她一個弱女子孤苦無依，差點淪為乞丐，還好食為天的東家遇上了，聘請她到酒樓後廚當小工。

兩人多年未見，抱頭痛哭，最後有情人終成眷屬。

一齣戲碼有始有終、有笑有淚，雖然劇情不算新穎，但戲文來來回回也就那些，戲迷們主要還是看扮相、聽唱腔，尤其是機靈可愛的小鳳哥，和那位宛如天女下凡的俏花旦，兩人的嗓子都清亮無比，讓人怎麼看、怎麼聽就怎麼喜歡。

看完這齣戲後，王氏也總算知道顧野所謂的「正事」是啥事了。「快去吧，」王氏好笑地點了一下他的腦門，促狹道：「可別誤了你的大事！」

顧野衝著王氏擠了下眉毛，又對老奶奶一拱手，這才笑著跑下了樓梯。

樓下的看客們還沈浸在戲文當中，突然有人恍然道——

「方才那屢次出現的食為天，我好像有些印象，太白街剛開的那酒樓就叫這個名字！」

與他同行的友人笑道：「趙兄別是看戲看癡了。都知道戲文是杜撰的，怎麼能將戲文裡看到的東西搬到現實中呢？」

這時候換了衣裳、拆了頭髮的小鳳哥從後臺出來了，正好聽到人說這個，就笑道：「您說的不錯，戲文確實是杜撰的，但這食為天酒樓卻是真實存在的，且裡頭的吃食美味非常。您若是信得過我，可去一試。」

小鳳哥到京城的日子雖短，又因為年紀小，不能演大花旦，但名聲卻已經很響亮了。

他這話一出，前頭提起食為天的看客就笑道：「賢弟還說我看癡了，如今小鳳哥都親口證實了，戲文裡的酒樓就是我說的那家呢！那家生意確實好，而且做的炙肉格外香，昨兒個我看人多，所以沒進去，賢弟今日可有空陪我一道用飯？」

看完一齣好戲，戲迷們正是心潮澎湃之際，一般都不會直接回家，而是會和好友再聚一聚，一起論論今天的戲，而聚會自然是要找個地方吃飯。太白街距離戲園不遠，他們二位也就結伴同行了。

後頭還有其他看客看到小鳳哥，來和他搭話，小鳳哥也是這般說辭。

很快地，大家都知道了，戲文裡的食為天是真有那麼個地方呢！

這酒樓在戲文裡雖然戲分不多，但卻是貫穿整齣戲，且那未曾露臉的東家，也是在裡頭起了重要作用的。反正離得近，暫且過去看看吧？這麼想著，於是又一批人被引了過去。

等到小鳳哥完全忙完，顧野才上前同他打招呼，又說：「辛苦你了。」

小鳳哥臉上沒了那種裝出來的、少年老成的笑，而是真的笑起來，捶了顧野的肩膀一下。「怎麼還客氣上了？我可是收了你家銀錢的！」說著他又有些猶豫地道：「不過這種做法實在新鮮，我從沒試過，所以效果如何，我不敢打包票。」

顧野笑道：「我娘說這叫『廣告』，本身就是起個『廣而告之』的作用。而且我家的東西你也嚐過，他們去了可就跑不了啦！」

前一日，顧野和顧茵說起了戲班，顧茵就想到了這個。當天她就拜託顧野去把戲班的班主請來，準備和小鳳哥的長輩商量這件事，結果小鳳哥自己就過去了。

小鳳哥和顧茵解釋道，他現在所在的戲班是他師父辦的，師父去年得病走了，他就成了少班主。如今整個戲班就不到十個人，他是可以自己拿主意的。

顧茵並沒有因為他年紀小就輕看他，仔細地和他商量了合作細節。她就是要在戲文裡做置入性行銷，也正好這一齣戲裡能加上，並不算麻煩。

小鳳哥正是缺銀錢的時候，從前他師父的戲班子是很風光的，如今雖只剩下這麼幾個人，要養活他們也不容易。尤其是那花旦，模樣、唱腔都十分出挑，眼看著就要被人挖走了。而且別看他現在也算小有名氣，但在吉祥戲園這樣的大園子裡唱，賺頭得讓戲園抽走一大筆，加上他年紀小，再過兩年就要倒倉（注），到時候是怎麼個情況還未可知。所以能掙這樣一筆不用和戲園子分帳的銀錢，小鳳哥是很樂意的，更別說對方還是顧野家的。

具體的廣告費，小鳳哥也沒多要，一個月他們能在戲園裡頭唱小幾十場，所以一個月就收十兩銀子。至於布景，這自然由顧茵負責。因為戲曲的布景都是簡潔為主的，所以也並沒花費什麼銀錢。後頭雙方簽好書契，顧茵還請他留下用了頓飯，就開始了愉快的合作。

因為小鳳哥還要唱下一場，顧野就沒再和他說話，又上樓去雅間找王氏。

王氏正笑著給老姊姊解釋呢！「我那兒媳婦的腦瓜子頂聰明的，不知道怎麼就想到這兒了。前頭布景一換，我差點笑出聲來……」

注：倒倉，指戲曲演員在青春期發育時嗓音變低或變啞，唱不出好聲音的變聲期，也稱為倒嗓。

王太后唇邊帶笑地聽她說話，眼神卻還落在下頭。等到顧野再過來，王太后的眼睛才又亮了起來。「好孩子，過來，我們說說話。」

上了年紀的人通常都喜歡孩子，王氏就讓顧野過去了。

王太后問他多大了？讀過書沒有？平時愛吃什麼、愛玩什麼？

顧野先回答了年紀，又道：「不敢欺騙阿奶，我沒怎麼唸過書，只會認幾個簡單的字和做百以內的計數。愛吃、愛玩的倒是很多，一下子怕是說不完。」

「哎！」王太后一眼都捨不得從他臉上挪開，拉著他的小手揉了又揉。

這過於親熱的態度其實是有些反常的，不過王氏沒多想，以為這老姊姊是愛屋及烏。

顧野也沒多想，反正他本來就是這麼討人喜歡的。

後頭又開下一場戲，樓下的看客們換了一批。他們的雅間包下了一整日，自然沒人來催他們走。王氏又美美地聽了一場，王太后則和顧野說了一整場的話。

又是一場結束，時辰也到了下午晌，王氏和王太后坐上了回程的馬車，顧野則還不回家。

「我還得去找娘呢！」顧野笑著同她們揮手道別。「娘說廣告這部分以後歸我管，今兒個這廣告也不知道算不算成功，我還得去店裡看看帳。」

「這小財迷！真跟你娘是親母子！」王氏笑罵，又叮囑他和顧茵都早些回家。

「妳家真好。」王太后定定地看著顧野遠去的小小身影，羨慕道。

王氏笑著擺擺手。「兒孫都是債，我們在一日，就要操心一日。」

馬車又回到英國公府門口，王氏同她道了別，下車走了兩步才又猛地想起來，都相處大半日了，自己還是沒問老姊姊是哪家的呢！王氏連忙站住腳回頭，卻看到那不怎麼顯眼的馬車已經駛離街口了。

王太后興沖沖的出宮，卻是心事重重的回來，侍衛自然把這事稟報給正元帝了。

當天晚些時候，正元帝處理完公務，就到了慈寧宮。

屏退了宮人後，正元帝直接問道：「娘怎麼出去一趟反而不高興了？可是在外頭玩得不好？」

王太后說不是。「我那老妹妹和我趣味相投，相處起來極為舒服。今天看的戲也不錯，就是……唉，就是遇到了英國公府的孩子。那孩子又漂亮、又機靈，不知道為什麼，特別合我的眼緣，我看不夠似的。你說咱們阿烈若還在，是不是也……我這當阿奶的不稱職啊，不過是四、五年而已，我都快記不清咱家阿烈長什麼樣了。」說到此處，王太后哽咽起來，憋了一天的眼淚終於落了下來。

長子也是正元帝的一個心結，聞言他也紅了眼眶，但很快地他背過身去揩了揩眼睛，調整好了情緒，沒再提長子，而是特地岔開話題道：「又是一年冬天，回想起來，正好是八年前的現在，我遇到了英國公父子，馬上就是青意為我效力的第九年了，我還沒見過他家孩子呢！娘要是喜歡那孩子，就讓他常進宮來。」

王太后的啜泣聲戛然而止，她顫著聲兒說不對，那孩子的年紀不對！

她猶記得，當初武青意奉命來安置自家，從一個地方搬到另一處，她和武青意相處過不短的時間，偶然閒談，得知他是從軍後就再未歸家過的。一個八年未歸家的人，怎麼可能有個六歲的孩子？

這點正元帝自然也知道，結果顯而易見——那孩子不是武青意親生的！

但到底是武青意的髮妻改嫁過，還是收養了那麼個孩子，還得再查證。

最快捷的辦法，自然是直接找武青意進宮來問，只是這到底是人家頗為隱私的家事，一來就說「朕知道你兒子不可能是你親生的，他是怎麼個情況呢？你給朕仔細說說」，這實在是很有些尷尬。若換個不受重視的，正元帝不用太在意對方的想法，問也就問了，偏偏是武青意這個簡在帝心的，正元帝不想讓他難堪，因此這便需要讓人從旁查證了。

好在只這一樁，也不用特地派人前往寒山鎮，因為顧茵他們是和文家人一道過來的。不用驚動英國公府，從文家的人那兒去問一問，就能知道。

正元帝讓人立刻出宮去文家打聽，他則留在慈寧宮和王太后一起等消息。

王太后開了妝奩，從裡頭拿出一幅珍藏多年、已經發黃的小像。那是當年陸烈走丟後，武青意找來畫師，按著她和周皇后的描述畫出來的，王太后已許久沒敢打開妝奩看這畫像。

畫像上的孩子兩歲多點，大眼睛、小鼻子、小嘴，看起來很是熟悉，但似乎又有些陌生。她摩挲著畫像上孩子的面容，最後手指停留在孩子的眼睛之下。「我已經不記得了，阿烈眼睛下有沒有痣……」

「娘莫要傷懷，且等消息來了再想。」

當天晚上，正元帝派出去的人就從文家下人的口中打聽出來了顧野的身世。

他的身世在寒山鎮碼頭附近人人都知道的，並不算什麼秘密。

聽說他是從船上逃出來，流落到了那裡，王太后的眼淚就像斷了線的珠子似的，滾落下來。「是咱家阿烈，一定是！」

當年陸烈丟了一段時間，正元帝派人回家去才得到了這消息。後頭讓武青意帶人去尋，他帶著小像多番打聽，才在不打草驚蛇的情況下，打聽到了這孩子落在遠洋船行手裡。

那遠洋船行雖然背靠權宦，但到底做的是拐賣人口、傷天害理的事情，並不敢光天化日下大膽行事，他們抓到孩子後並不會直接送走，而是會把孩子養大一些，把身體不好、得了病的半路扔了，再挑選合適的時候，把孩子當成貨物般，統一運到海外。

武青意帶著人一路尋過去，總算是把一船孩子給救了下來，然而其中並沒有陸烈。審問過船員才知道，不少得病的孩子已經被他們半路丟棄到荒山野外等死，還有就是途中還遺失過一個孩子。武青意並不敢去想陸烈是不是得病了，讓他們丟了，只想著那遺失的孩子是他，便又沿著那船隻之前的軌跡，一個鎮子一個鎮子、一個縣城一個縣城地去尋找。

這次依舊是一無所獲，到了正元帝給他們定下的歸期，武青意也只能空手回去覆命。

當時王太后還存著大孫子能活的想法，對事情的來龍去脈問得很清楚，所以她才會這般激動。

正元帝當然也很高興，他快步在殿內打了好幾個轉兒，但不多時，他便冷靜了下來，道：「娘，這件事先不能外傳。」

現在知道的，就是英國公府的那孩子是收養而來，多半就是當年被遠洋船行遺失的那個。至於遺失的那個是不是就是陸烈，這還得再讓人去細查。

前朝餘孽南逃了一部分，遠洋船行的人也在其中，不過那些人早就是甕中之鱉，等到年後就能收網，待把那些人抓起來審問清楚，也就能將那孩子的身世查清楚了。

尤其現在自家是皇室，認回一個走失數年的皇長子茲事體大，不拿出確鑿證據，血統的問題日後很有可能會成為有心人攻訐孩子的武器，影響孩子未來一生。

王太后聽了這話，連連點頭道：「好好，都聽你的！就等拿出確鑿證據，咱們再把阿烈接回來！」反正她已經認定那孩子是大孫子了！他長得和小時候雖有些不同，但小孩本就是一天一個模樣，大體輪廓還是一樣的，而且他讓王太后覺得莫名喜愛，境遇和自家大孫子相同，年紀更是對得上，若說都是巧合，誰能相信？現在大孫子就算不能回宮，她卻是可以經常出去看他的。她從前都不抱希望了，以為大孫子早就不在人世，現在的境況完全是意外之喜。只是晚上幾個月相認罷了，實在不算什麼大問題。「你快去皇后那裡，把這好消息告訴她！」王太后催著正元帝離開慈寧宮。

正元帝興沖沖地奔著坤寧宮而去，卻沒進到殿內，已經讓宮女攔著了。

宮女在門口跪成一溜兒，周皇后面帶寒霜地出了來。「照兒大病初癒，不方便見人，請陛下恕罪。」

回想過去，他們二人是青梅竹馬的夫妻，感情一直很好，即便正元帝在外行軍，留她在家奉養公婆，周皇后都沒有一句怨言。但是自從長子丟了以後，她就完全變了一個人。正元帝對她有愧，並不惱怒，只是解釋道：「朕不是來看照兒的，而是有事和皇后說。」

周皇后依舊不讓他進去，讓他有話直說就好。

正元帝便讓宮人先退下，而後才道：「是咱們的烈兒——」

「陛下還要提他?!」周皇后聲音尖銳地打斷他，又滿含敵視地看著他。

「妳聽我說，是有個孩子，很有可能就是咱家的烈兒，他沒死，還活得好好的！」

周皇后依舊沈著臉道：「這種話陛下不是第一次對我說了，一次、兩次、三次……陛下還要說幾次？」

丟孩子的事當初許多舊部都知道，後頭就也有人送孩子到他們面前來，說是找到了，想借此邀功。有一次對方尋來的人真的和畫像上很像，一家子都以為是真的找到了。周皇后滿心歡喜地帶著孩子同吃同住，結果兩個月後才知道這又是個冒認的。自那之後，正元帝就不許人再提這件事，周皇后的心也完全冷了下來，努力地懷上了第二個孩子，也就是現在的小皇子陸照，全身心地撲到後一個孩子身上。

「這次真的不一樣。」正元帝心中酸澀，艱難地道：「是娘發現的。」

周皇后冷笑道：「太后不是早就當阿烈死了，所以才日日為他誦經祈福，求他早登極樂嗎？」

正元帝輕嘆一聲。「罷了，確實還未證實。等證實了，朕再來同皇后說。」

其實之前他勸王太后先別對外公布消息，考量最多的除了群臣，就是周皇后。若是拿不出證據讓她這親娘相信，其他人又怎麼會相信呢？想來也是讓人唏噓。

顧野從吉祥戲園離開後就直奔自家酒樓。

一樓還是坐得滿滿當當，難得的是二樓雅間也坐了不少人。

顧茵也正等著他呢，見他過來，母子倆碰頭說話。

「剛小鳳哥還和我說這方法不一定管用，我心裡還沒底呢！」

顧茵也笑道：「效果挺好的。沒想到戲園子裡的富客真不少，二樓的人雖少，但點的東西都貴。」效果是真的比顧茵預想的好，在她的印象中，不少戲班和戲迷是不能接受改動戲本子的。好在小鳳哥年紀雖小，人卻很懂得變通，沒改傳統的戲碼，改的是新本子的內容。

那新本子正好剛排完，還沒對外正式演過，且本來就有一個酒樓的場景，食為天廣告的置入並不突兀。

顧野把小手往她面前一攤。

顧茵笑著把他的手拍掉。「急什麼？娘還會欠你的帳？月底盤好帳，自然少不了你的！」

顧野笑道：「不是現在就讓娘給我出月錢啦！是有必須花銷的地方，得先從娘這裡支出。」說完他又解釋道，這是要去找人寫戲本。

戲班子的新本子都是從外頭買的，好本子的價格不便宜，像小鳳哥他們戲班這樣不富裕的，就只能得到那種故事老套的本子。就那種俗套本子，也得花好幾兩銀子，而且因為故事不夠新穎，很快就會讓看客覺得乏味，需要更換，重排新戲。

顧野就覺得，那還不如自家出錢，找人寫個圍繞著食為天酒樓展開的故事啊，這樣宣傳的效果定然會更上一層樓。

「娘就把這事交給我辦吧，我愛聽說書，知道怎麼分辨好本子！」

看他信誓旦旦的，顧茵就從帳面上支了二十兩銀子給他。

當天晚上，顧茵下工回家。

府裡已經用過夕食，王氏正陪著武重說話。

顧茵陪著坐了一會兒，然後去看兩個孩子。

武安下學功課寫得快，一般這個時辰已經要準備休息了，但這日他卻還沒睡下，正坐在書桌前奮筆疾書，而顧野也搬了個椅子，坐在他旁邊看著。這小崽子竟是知道用功了？

顧茵放輕了手腳，唇角不由得上彎，又想到武安都唸書有些時日了，顧野還堪堪在認識幾個大字的地步。從前是覺得他在外頭吃了苦，不想拘束他的天性，現在既知道孩子有向學的心，做家長的確實是該重視這個問題了。文家的先生自然是首選，就是不知道那位先生願不願意給沒有半點基礎的孩子開蒙？正想到這裡，顧茵聽到顧野急道——

「你不能這麼寫！」

他肚裡沒墨水的，還能指點武安了？沒想到武安還真聽他的話停了筆！

武安把紙上的內容看了一遍，咬著筆桿子道：「我覺得沒啥問題呀！」

顧野板著張小臉，無比認真地道：「你怎能寫這俏寡婦活兒越幹越好，不想嫁人呢？她不想嫁人，後面怎寫她和皇帝好了，進宮當娘娘呢？」

武安問道：「為啥要當娘娘啊？嫂嫂以前不也是寡婦？咱家過得很好啊！怎麼就非得寫寡婦和皇上怎麼了，她自己不能討生活嗎？你看她若好好做活，把孩子養大，然後孩子像我一樣讀書，她就能當老封君了！」

顧野蹙眉仔細想了想，還是搖頭道：「反正不能這麼寫！你怎不聽我的？你工錢不要了？」

武安笑道：「我真不要你的錢！」從前家裡不能和現在比的時候，武安就對銀錢沒什麼執念，幫嫂嫂做事他就覺得是應該的。現在已經吃穿不愁了，他就更不要了。不過說完武安又把眼前的紙張一揉，毛筆重新蘸了墨水。「好啦，我重新照著你說的寫。」

顧野這才笑起來，親熱地靠在武安身上。「我就知道你最好了！」

笑著笑著，顧野聽到響動，抬頭一看，他頓時不敢笑了，因為他娘黑著臉過來了！「娘今天回來得好早啊，哈哈！」顧野尷尬地笑著下了椅子，討好地把椅子往她面前搬。「快過來坐著歇會兒！」

看他這副精乖的模樣，顧茵又想笑，但還是忍住了，只問他。「這就是你說的找人寫戲本子？」六歲多的孩子讓七歲多的寫俏寡婦和風流皇帝的故事，真真是讓人又好氣、又好笑！

「這……這個……」顧野撓頭解釋道：「是我想寫，但是我自己不會嘛！而且也不是都讓武安寫，只是寫個大概故事，唱段什麼的還得讓專人寫呢！」

這小子難不成還有個作家夢？顧茵也沒再黑著臉了，問他想寫什麼樣的故事？

顧野就更來勁了，當即道：「肯定不能寫那種俗套的！但到底是第一次，也不好太過標新立異，所以其實好像和書生、小姐的內容也沒什麼區別。」然後他就仔細說來。

俏寡婦還是個姑娘的時候，偶然遇到了落難的皇帝，兩人成就了一段露水姻緣。

後頭俏寡婦懷上了身孕，家人為了顧全名聲，逼著她嫁給了一個將死之人。然後她守了寡，又帶著孩子，被婆家趕出家門，日子本就艱苦，家鄉遭災之後，她背井離鄉到了京城討生活，正好就在食為天做工。食為天的東家憐她不容易，優待於她，還教她手藝。

食為天少東家和那小皇子也是異常投緣，成了異姓兄弟。

之後便是皇帝微服出宮，在食為天遇到了這俏寡婦，看她是婦人髮髻，還有個孩子，皇帝以為她再嫁，於是愛著她的同時又恨上了她。

可憐那俏寡婦有苦難言，沒被皇帝接回宮，反而成了皇帝養在宮外私宅的外室。而她那個本該是皇子的兒子，也沒得到皇帝認可，還差點被皇帝送走。

「後面還沒想好呢。」顧野紅著臉，眼睛亮晶晶地問顧茵。「娘覺得怎樣？」

顧茵好一陣無言。這不就是網路上經久不衰的古早帶球跑，追妻火葬場的小說嗎？要不是小崽子已經在身邊朝夕相處了好幾年，顧茵都要覺得他也是穿越過來的了！

顧茵並不怎麼看網文的，震驚過後就問道：「這不對吧？皇帝誤會她再嫁，兩人聊聊不就真相大白了，為啥還要折磨她？」就像當初武青意以為顧野是她和別人生的，但也只是誤會了那麼一下下，沒多大工夫把事情一說開，不就都清楚明白了嗎？

顧野跺跺腳。「這沒誤會怎麼好看呢？就是要一直誤會著，這戲文才有得唱嘛！」說著他又數著手指道：「這第一場，差不多唱到他倆在酒樓相遇。第二場，就可以唱到俏寡婦當了外室，有苦難言，互相折磨。第三場嘛，自然是真相大白，他倆和和美美，俏寡婦當了皇后，她生的兒子順利登基，順帶提拔一下他的昔日舊友……」說著他又自顧自笑起來。「娘說我當個什麼官好？」

顧茵終於忍不住噗哧一聲笑出來。「你怎還帶夾帶私貨的？」

顧野也跟著笑，笑著笑著，眼神就有些失落。

王氏和武重是長輩，先不提。武安過目不忘，是天生會讀書的好料子；武青意天生神力，一力降十會，學武的進度非常人可比。他們倆一個能文，一個能武。他娘就更別說了，廚藝天賦是難得的好，頭腦也靈活，什麼宣傳的法子都能想到。反觀他，自詡聰明，卻好像也沒什麼擅長的，有時候他反而覺得自己是家裡最普通、也最格格不入的那個。

顧野雖比武安小，整日瞧著都樂呵呵的，但或許是從前有那麼一段經歷，其實他的心思比武安細，也比武安敏感。顧茵見了，就把他拉到懷裡，摸著他的後背道：「你點子比我還多呢！反正想寫就寫吧！」她並不是一味溺愛孩子的人，但是看到他那小眼神，心裡就軟得一塌糊塗。「當個戶部的官怎麼樣？」她試探著問。「我聽老太爺說，你文二叔公年後就要入職戶部了。」

「這個好，我喜歡！」顧野立刻高興起來。還有什麼比搞錢更快樂的嗎？

第二十九章

第二天一大早，委託武安代筆寫好戲文大綱的顧野就出門了。

別看他昨兒個和他娘信誓旦旦地打了包票，其實他還不知道要去哪裡找專人寫唱段呢！因此，他先到吉祥戲園找小鳳哥。

小鳳哥雖然是自小在戲班長大的，但過去他也不是長在京城的，是津沽那邊過來的，才來幾個月，日常也是只待在戲園裡，現在唱的新戲的戲本子是從戲園園主那裡得來的，所以他便帶著顧野去找戲園園主。

園主三十來歲，長得獐頭鼠腦，一副精明樣兒。

剛開始他對小鳳哥還挺客氣的，後頭聽說小鳳哥想找會寫戲本唱段的人，立刻就變了臉，要笑不笑地道：「小鳳哥是嫌我給你的戲本不好？」他把好戲留給自家戲班唱，俗套的就分給小鳳哥這樣的外來戲班，自然是為了捧自家的角兒，而不讓小鳳哥和那個俏花旦露頭露得太快。

小鳳哥雖心中對他頗有微詞，但人在屋簷下，他也不能表現出來，只得陪笑道：「園主這是哪裡話？是我這朋友，他自己寫了個戲文故事，想找人潤色潤色。」

園主再把顧野從頭打量到腳，而後嗤笑道：「小鳳哥莫說惹人發笑的話了，這戲文又不是小孩子玩鬧的玩意兒，豈是人人都可以寫的？」

顧野也有些不耐煩了，但並沒因為他的輕慢而甩臉子，依舊客客氣氣地問道：「我只是想找人潤色，不論最後能不能寫好，都由我自己承擔，還請園主引薦一番。」

園主端著茶盞悠悠然抿一口，一口茶在嘴裡過了三遍，這才道：「這樣啊，那我回頭替你們尋摸尋摸吧。」

這樣怠慢的態度，想也知道說的是託詞，並不用指望他了。

小鳳哥拉著顧野離開，出了屋子後他自責道：「是我沒幫上你的忙。」

顧野不以為意地擺擺手。「一點不順罷了，並不用放在心上。」看小鳳哥真有些不自在，顧野又笑道：「橫豎不過是多費些工夫罷了，反正你現在這戲也是新排的，怎麼也能唱到年前，到那會兒我的戲本子肯定寫成了！有句話怎說的？『離了他張屠戶，就得吃帶毛豬』嗎？」

小鳳哥這才笑起來，左右環顧確定無人，又壓低聲音笑道：「我們園主還真姓張！」

兩人笑鬧一陣後，小鳳哥接著去練戲，顧野則背著雙手出了吉祥戲園。

顧野邊走邊想，戲文裡好像經常寫著，窮書生缺銀錢的時候，有些會去給書局抄書，有些就是去寫戲本。那如果直接去書局，是不是也能找到這樣的人呢？想得正入神時，他差點就撞上一個人！顧野到底是練過武的，察覺到有人便立刻站住了腳。只見眼前站著一個穿一身普通棉袍子的中年人，約莫三十五、六歲，生得濃眉大眼，十分英氣。

今日是上朝的日子，上完朝，正元帝陸守義就更衣出宮了。

擅長隱匿身形的侍衛提前被他派了出去，都跟在他娘說的、肯定就是陸烈的那個孩子後頭。

他急匆匆趕來，總算見到了顧野。看過後，他才知道自家老娘為何那般肯定，說這孩子就是陸家的孩子。

他和大兒子素未謀面，只仔細看過他的小像。眼前的孩子和小像上並不是一模一樣，已然長開了許多，和他或是周皇后都不算特別相似。可正元帝就是覺得，是他，就是他！

這孩子也在看著他，必定也是這般的想法！正元帝激動得紅了眼，怕嚇到孩子，他努力平復好情緒才準備開口。然而不等他張嘴，顧野歉然地對他笑了笑，又說了聲「對不起」，接著又繼續背著雙手，從他身邊走過，一個眼神都沒再多給，一步都不帶停頓！

「……」情況好像和他想的不太一樣？正元帝一愣，小傢伙已經走出去好遠。他連忙喚來侍衛，一邊跟上顧野，一邊詢問侍衛，顧野今天是幹什麼去了，怎麼好像心事重重的？

侍衛就解釋道：「公子一大早就出了國公府，早前先進了戲園，出來後神色就不大對勁。」

這麼大點的孩子，一大早去戲園子做什麼？正元帝點點頭，雖心中疑惑，卻腳下不停，人已經跟著顧野走到了書局門口。還好，雖然是武將之家收養的，竟也知道買書了！他老懷欣慰地想著。

顧野雖然沒有穿著特別富貴，那夥計見慣了附近穿著普通卻家底豐厚的主顧，因此還是殷勤地上前招呼道：「小少爺是要買點什麼？小店有新來的話本子。」

正元帝跟著進了來，聽到夥計這話，不贊同地蹙了蹙眉。怎一上來就給人推薦話本子呢？該推薦點正經書看看才是啊！當然，肚裡沒多少墨水的正元帝也不知道啥是正經書。

「我不要那些，」顧野搖搖頭，問他。「你們這有寫戲本子的沒？」

夥計愣了一下，而後才搖頭道：「沒，小店沒有那些。」

顧野也不停留，腳尖一轉就換了下一家。如此又尋了兩家，顧野依舊空著手出來。

出來後他沒再走，轉頭直接走到正元帝面前。

「你一直跟著我做什麼？」

倒是挺警醒的！正元帝笑了笑，說：「你猜猜我為什麼跟著你？」

顧野把他一打量。「你想給我做活吧？」

「啊？」

顧野想了想，又道：「書局外頭你第一次遇上我，之後就一直跟著我。咱們素昧平生的，你跟著我做什麼？應該是聽到我問夥計的對話，知道我想找人寫話本子，所以想和我自薦是吧？」至於為什麼他只跟著卻不開口，顧野猜想，應該是他想讓自己多碰壁，知道寫戲本的人不好找，然後藉此抬高身價。「你真的能寫好嗎？」雖然知道對方可能會獅子大開口，但忙了半上午，確實是沒找到得用的人，若眼前這人真有本事，自己倒是不介意多支付一些銀錢。

雖然不知道小傢伙怎麼會這樣想，但是能搭上話自然是好的，所以正元帝想也不想地就道：「我能。」

「你以前寫過？」顧野對他做了個請的手勢，兩人就近找了個茶攤，坐下來慢慢說。

正元帝道：「沒寫過。不過我會好好寫，也不事先收你銀錢，可以等我交出戲本子的時候，你再給銀錢。」

顧野點點頭，心道這人倒是敞亮。反正暫時尋不到其他人，就讓他試一試也行。自己那戲文大綱也不算特別新穎，換湯不換藥的故事罷了，也不用當寶貝似的藏著掖著，擔心被人剽竊，於是顧野就把故事大綱給他看。

一共就幾頁紙，正元帝看得飛快，看完就一陣無奈。可是看著小傢伙興致勃勃的樣子，自己現在要是反悔說不給他寫了，怕是還沒相認，就先讓他留下了不好的印象。

「怎樣？能寫不？」

「能吧。」正元帝硬著頭皮道。

「這個皇帝你得好好寫，知道不？」顧野說著，就把那幾頁大綱重新折好，塞進懷裡。

正元帝又點點頭。

說定之後，顧野和他約好三日後還在這裡碰頭，兩人就此分開。

正元帝回到宮中，更衣的時候還在想，事情怎就照著這個情況發展了？預想中的父子相認沒有發生，反倒是他這當皇帝的，要親自給兒子寫風流皇帝的故事？實在是奇怪了！

但是答應都答應了，他大話都說在前頭，如今也只能好好完成這件事。

換回常服後，正元帝就讓人去請翰林院的侍講學士過來。

翰林院這地方官職低、俸祿低，之所以被文人那麼推崇，擠破頭都想往裡去，是因為在此處供職，進宮陪伴聖駕的機會多，算是天子近臣。

不過正元帝登基大半年了，倒從未招過翰林學士進宮，只是起草文書的時候會直接讓人傳口諭，因此這次招人進宮，自然是讓翰林院的一眾學士都精神一振。

掌院學士欽點了兩個學問最好，同時也是口舌最伶俐的去。末了，他想了想，又把文大老爺也加了進去。文大老爺學問當然也不差，只是人有些木訥，愛較真，從前在舊朝的時候並不怎麼受廢帝的喜歡，進宮的次數也屈指可數。如今是新朝，掌院學士作為昔日文老太爺的門生，也就賣了恩師一個面子，再把他推上去一次。至於這次能不能成，就還得看文大老爺自己的造化了。

一行三人很快進宮，正元帝正等著他們，見了人就擺手道：「愛卿們不必多禮，朕有事要找你們幫忙。」

三人都道「不敢」，還是行了禮，再詢問要做什麼事。

正元帝不會兜圈子，開門見山道：「朕這裡偶得了一個戲文故事，想請諸君幫朕寫出來。」

三人頓時面面相覷，都沒想到新朝入宮頭一趟，竟是來給新帝寫戲本！

正元帝說完自己也有些尷尬，他自己雖不會讀書，卻也知道能進翰林院的是天下學子中的佼佼者，而能進宮來的，那肯定是佼佼者中的佼佼者。讓這樣的國家棟梁之材做這般活計，實在是大材小用。好在，正元帝已經想好了說辭，輕咳一聲後又接著道：「這不馬上就是太后壽辰，她老人家最愛聽戲的，前兒個她還去了一趟太白街的吉祥戲園，回來後遺憾地說那戲文內容不夠好，所以朕這才……」

這略顯滑稽的事和「孝」字搭上了邊，突然就解釋得通了。

至於為什麼戲文裡還要著重寫京城裡現實存在的食為天酒樓，那自然也能說是太后的意思。「她老人家和英國公夫人一見如故，對英國公府家的酒樓愛屋及烏，朕就想著把這酒樓也放進去誇一誇，她老人家肯定高興！」

文大老爺他們也不再驚訝了，仔細問起正元帝要寫什麼戲碼。

正元帝給他們看了座，這才把顧野那個戲文大綱給三人說了一遍。

說完，三人的反應和正元帝上午時一樣，相顧無言。

最後還是文大老爺道：「陛下為了哄太后高興，不惜親自撰寫這樣一個皇帝和寡婦的故事，臣佩服。」

其他兩人也紛紛應和，說正元帝至孝，還說古來的彩衣娛親也不過如此了。

這下子把正元帝誇得老臉都紅了，得虧他膚色也黑，倒是讓人察覺不出。

後頭三人又進行任務劃分，每人寫上一段。

商量完畢後，正元帝讓人送他們離開，還不忘叮囑道：「這件事朕不希望再有旁人知道，畢竟朕是要給太后一個驚喜的。」才不是！當然是因為越多人知道，他越沒面子！

文大老爺他們自然應是。

都是正經科舉出身的學士，隨便一個放到外頭都是一號人物，就是正元帝不說，他們也不會大肆宣揚這件事，畢竟雖說是孝敬太后的，但多少也有點跌身分。

末了，正元帝還特地多看了一眼文大老爺。自從文老太爺來了之後，大大分擔了正元帝處理政務的壓力，他還挺喜歡文家人的。只是人家親爹那麼幫自己，自己反而糊弄人家的大兒子來寫戲本子，讓正元帝心裡實在挺過意不去的。

文大老爺察覺到了正元帝的視線，立刻道：「陛下放心，微臣不會和父親說的。」

文老太爺是極重規矩的，前頭文二老爺帶顧野去賭坊的事讓他知道了，他氣得抄起家裡的條凳追打文二老爺，把文二老爺逼得爬上了家裡院子的大樹。文大老爺這把年紀了，也怕他爹生氣，可不敢告訴他。

「好！」正元帝讚賞地看著他，心道，誰說這小文大人不及其父的？明明也是個聰明人啊！

三天後，正元帝和顧野再碰頭，拿出了戲本。

顧野翻看了一下，面色有些凝重。

那戲本子正元帝根本沒仔細看，畢竟他沒怎麼聽過戲，看也不頂用，但想著是翰林學士寫的，肯定差不了，所以他本來是十分有信心的，可此時見顧野這樣，他不禁有些忐忑，心道，難道這小子的眼光這樣高？

過了半晌，顧野合上戲本，同他道：「我得拿回去參詳參詳。當然，我也不白拿，我可以先付一部分訂金。」

正元帝當然沒有不允的，一次辦不成才好呢，自己才能和他多接觸幾次！

顧野又試探著問他。「我先給你五兩，成不？」

正元帝當然不在意銀錢，就點頭道：「成。那我三日後還來這裡等你。」

顧野笑著從條凳上跳下，還大方地摸出幾文錢放到桌上。「今天的茶錢我請。」

揣上戲本子，顧野小跑著去了食為天。

早市是顧茵最繁忙的時候，雖然開業時間還短，但點名要吃她做的點心的客人卻在逐漸增加。她剛忙完，聽夥計說顧野在找她，摘了圍裙、放下袖子就出來了。

「娘快幫我看看！」顧野把戲本子往她懷裡一塞。「妳看怎樣？」

顧茵把手擦乾了才接過打開細看。她雖然沒怎麼聽過戲，但在學生時代也看過幾本言情小說。結果這一看之下，她這不怎麼看戲、看小說的人都被吸引住了！

戲文裡，幾個人物都被刻畫得栩栩如生，而且劇情上也經過了梳理。

像是皇帝為什麼會流落到鄉野之地？是因為他那時候還未登基，被其他奪嫡的皇子陷害，把他弄成重傷不算，還想讓他曝屍荒野，所以之後才會遇到小寡婦。

小寡婦為什麼會和第一次見面的皇帝產生露水情緣？並不是她天性浪蕩，而是她家裡有個容不下她的嫂子，故意給她下藥，想把她送給鎮上的老員外當妾室。她拚了命才從老員外那裡跑出來，因為藥性發作，才和皇帝發生了逾矩的行為。

還有就是顧茵覺得難以理解的，兩人經年重遇後產生了誤會，卻為何都不說開，要互相折磨？那是因為皇帝在經歷差點被兄弟害了性命的事件後，性情變得敏感多疑；而小寡婦不解釋的原因，則是因為皇帝已經有了後宮佳麗，明明是他先有了旁人，卻來懷疑她，所以她才那樣故意氣他。

雖然這兩人互相折磨的邏輯在顧茵這裡還是說不通的，但終歸算是圓融了一些，不是為了誤會而誤會了。

最難得的是，這戲本子裡自家酒樓的戲分也不少，還有皇帝親口誇讚自家吃食的戲分。尤其是寫自家麻辣火鍋那段，就好像寫這戲文的人親自吃過，還真心愛得不行一般，恨不能誇出一朵花來，溢美之詞就沒有一句重複的，並且句句都誇到了點子上！若不是自家吃食確實是精心烹調、真材實料，顧茵看著都要不好意思了。

「挺不錯的。」顧茵看完一遍，又仔細品了一下其中的唱段。「你花了多少銀錢？」

顧野美滋滋地伸出小巴掌，比了五根手指頭。「先付了五兩訂金，後續應該再補五兩就成了。」

既然在預算內，價格也沒比那種落了俗套、唱段普通的貴多少，顧茵也不說什麼，把戲本子還給他，問道：「給小鳳哥看過沒有？他怎麼說？」

顧野自己跑到櫃檯邊上倒了碗熱茶，咕咚咚喝了，一抹嘴才道：「沒呢！我又不識那麼多字，萬一這寫得狗屁不通的，我還拿給小鳳哥看，不就讓他笑話我！」

得，合著自己就是充當個識字的人，幫他把第一道關的！顧茵笑道：「你不知道人家寫得怎樣，就先付了五兩訂金，萬一真不行，不能用，不就虧了五兩？」

顧野撓撓頭，說沒辦法啊。「我當時也不能說我不認字，銀錢先不付給你。」又道：「怪我想漏了，早知道該帶著咱家小廝一道去的。好在娘說可用，沒虧錢。唉，肚裡沒墨水真是害人！」那小廝之前是跟著顧野的，後頭他去了一趟賭坊，挨了罰，小廝也挨罰。倒不是武青意罰的，是小廝自己去領了軍棍，領完後躺在床上好幾日下不來。那之後顧野就不想讓人跟著了，沒得回頭自己腦子一熱，又連累了別人。且那會兒他對京中也算熟悉了，後頭也是在幫自家酒樓做事，顧茵就隨他去了。

說完話，顧茵接著去後廚忙，顧野則又去往吉祥戲園。

戲本子到了小鳳哥手裡，不同於顧茵那樣的外行人，小鳳哥看得眼睛都直了。

「這唱段、這辭藻……」他倏地站起身，放了話本，先把屋門關上，再低聲詢問顧野。「你從哪裡弄來的？」

看他反應這般大，顧野心中驚訝，但面上也不顯，只道：「是我雇人寫的，你只說怎麼樣？」

小鳳哥激動得眼睛都紅了。「好！好！好！」

他連說三個「好」，顧野捺不住好奇了，問道：「真有你說的這樣好？」

小鳳哥解釋道：「是真的好！這故事不算新，但這些唱段，每一句都極為貼合人物。皇帝的唱段略顯文謅謅，俏寡婦的唱段則是嬌怯怯的口吻……唉，總之是好，我說不上來的好。」

他都這麼說了，顧野也鬆了口氣。「那咱們是年前還是年後開始排？」

「這……這要給我家戲班唱嗎?!」小鳳哥越發激動了。

顧野說是啊。「咱們不是說好的嗎？我負責新本子，你負責排戲。」

小鳳哥又摸了摸那戲本子，最後閉眼，狠下心把本子往顧野面前一推。「我們是朋友，我不能騙你。這本子是我平生見過最好的，給我這小戲班唱，實在是……實在是有些辱沒它。」

顧野也不笑了，正色道：「真有這樣好？」

小鳳哥點頭道：「這戲本子賣到外頭，少說得這樣。」他比了五根手指。

顧野驚訝道：「五十兩？」

「是五百兩！」小鳳哥痛心道。「所以我不能誆騙你。要是五十兩的本子，我就算花錢同你買，也就買了。」

顧野撓撓頭。「咱們是朋友，我也不瞞你，這本子是我花五兩銀子預訂的。」

「怎麼會?!」小鳳哥驚叫出聲。這不等於大街上白撿金子？

「我運道素來極好的。」顧野想了想，又道：「不過價值五百兩的本子只給人五兩、十兩的，確實不厚道。這戲本子你留著，就給你唱，至於銀錢的事我去和那人商量。」

「好！」小鳳哥也不再推辭，立刻保證道：「我一定督促著大家好好排，這個月就能演上！」

正元帝這日下朝後，特地讓武青意留了一留，然後就屏退宮人，讓他鬆散一些，坐到自己跟前，像個老大哥似地詢問他家裡的境況。

兩人從前兄弟似的同吃同住，沒少單獨閒聊，因此武青意也沒多想，當即就道：「都挺好的。自從我娘他們來了後，我爹就像變了個人，再沒有暮氣沈沈的。每天都有我娘陪著在院子裡鍛鍊，我師父都覺得驚訝，說再過兩個月都不用枴杖了。」

「我妻子是個有想法的。」提到顧茵，武青意肅穆的臉上露出難得的一點柔情。「她開了家酒樓，就在太白街上，日常都在那裡待著，雖然是剛開業不久，但生意一日比一日好……還有就是家裡的兩個孩子。」

正元帝正了神色，心道終於聽到最想聽的了！

武青意眼裡醞出笑意。「我那幼弟雖只七歲，卻已經讀了兩年的書，全是我妻的功勞，當初我妻在鎮子上做吃食買賣，不僅養活了她自己和我娘，也把我家武安培養起來了……」

「……」要不是和武青意相交多年，正元帝都要懷疑他是故意在兜圈子了！而且武青意雖然沒說什麼奇怪的話，但這一口一個「我妻」的，那口吻是說不出的寵溺，起了一身雞皮疙瘩的正元帝默默地用眼神譴責他。

「再就是小野了，」武青意無奈地搖搖頭。「這孩子是個古靈精怪的。」說完他又頓了頓，解釋道：「小野是我妻在鎮子上收養的，我們全家都當成自家的孩子。」家裡雖然是都不會再提顧野收養而來的事，但是他的年紀和自己離家的時間對不上，正元帝看著是個沒怎麼讀過書的粗人，其實心細如髮，回頭肯定會發現。為了避免旁人對顧茵產生不好的猜測，所以武青意自己說了實情。

他不瞞著了，正元帝也打算和他敞開天窗說亮話，直接說自己覺得顧野就是自家丟失的大兒子！正元帝剛準備開口，又聽武青意接著笑道——

「這孩子從前不怎麼待見我的，相處到現在，總算是有了些感情，每天早上會和我一起打拳，等我下值後還會一起再騎會兒馬，有時候也會跑到前院和我一道兒睡。」

正元帝心裡快酸死了，嘴上涼涼地道：「那你們感情倒是不錯嘛！」

武青意說那倒沒有，嘆息道：「這孩子到現在還不肯喊我『爹』呢，一口一個『叔』的，也不知道哪年才能改口？」

正元帝立刻笑起來，心道：你這怕是等不到了！

不過笑歸笑、酸歸酸，正元帝從武青意的口中還是知道了他們一家對顧野的喜歡和看重。猛地和人家說顧野是自家的孩子，還只是空口無憑，拿不出證據來，就好像平白要搶人家的寶貝似的。

此時恰逢宮人來報，說小皇子陸照又不大好了，周皇后大動干戈，叱罵一眾御醫。

正元帝的眼神不禁黯了黯。還是先不說吧，自己這個家眼看著就不成樣兒了，沒得攪和得英國公府也過不好新朝的第一個團圓年。

又過一日，正元帝微服出宮。

因為前一天坤寧宮的事，正元帝的情緒有些不好。

小皇子陸照其實沒什麼大事，只是因為剛剛痊癒，沒有胃口，但也不是全然不吃，只是比平時吃得少了些。沒來由的，周皇后就怪罪御醫們醫術不精，不然怎麼說他病好了，卻還是瘦了呢？最後還是正元帝出面，這件事才算了了。

剛走到茶攤附近，顧野就笑著迎上來。

「叔怎才來？可叫我好等！你吃過朝食沒？」

見到他燦爛的笑臉，正元帝心頭的霧霾頓時散開，笑著說還沒用呢。

顧野就親熱地拉上他的手。「我知道有家胡辣湯特別好喝，我請叔喝！」

一大一小就去了那個賣胡辣湯的小館子，結果裡頭人滿為患。

顧野請他在外頭等著，自己進去排隊。因他年紀小，又嘴巴甜，還真讓一個不怎麼急的客人把隊伍位置讓給了他。沒多會兒，他四平八穩地端著兩碗胡辣湯出了來。

裡頭是坐不下了，兩人就蹲在廊下喝。

「好喝！」正元帝真心實意地誇讚道。胡辣湯的味道濃郁，湯汁黏稠，又酸、又辛辣，滋味倒在其次，難得的是，這是小傢伙親自去買來給他的！

顧野笑咪咪地看著他喝下，自己才呼嚕著喝了一大口。「我沒介紹錯吧？不過我娘說這個她也會做，馬上就要在我們自家酒樓推出了，滋味肯定更好，到時候我請叔喝更好的！」

正元帝之前還想著戲本的事情一了，自己和顧野就沒什麼交集了，得等年後把他認回皇家，才能繼續和他一道相處。雖也就是個把月的事情，但其實正元帝心中還是有些失落的。聽到這話，他忍不住笑道：「你這少東家倒是闊綽！只是逢人就請吃喝，你不怕你家酒樓虧本嗎？」

顧野不以為意地笑了笑。「旁人那自然是不可能的，可是叔不同啊！我之前偶然聽過一個詞，叫『一見如故』，不知道用在這裡對不對？雖然咱們認識的時間還很短，但我看著你就是特別可親！」

這話聽得正元帝眼眶發熱！前頭武青意說和顧野相處了幾個月，才算處出了一些感情，讓這小子一口一個「叔」的。反觀他，同樣是喊「叔」，但是他和孩子才打交道幾天啊？這孩子的態度是一天比一天親熱，連「一見如故」這樣的詞都用起來了！這有啥好解釋的？就是血緣的力量啊！

等到一大一小蹲著喝完一碗胡辣湯後，那小店裡也有位置落坐了，於是顧野又叫了湯包和燒餅，再各自又來一碗湯。

一頓熱騰騰的朝食，吃得背後出一層熱汗，手腳都暖和起來了，好不暢快！

正元帝呼出一口舒服的熱氣，再看向顧野的眼神那是不加掩飾的喜愛。

吃完後，顧野清了清嗓子，一臉愧疚地開口道：「叔啊，你寫的那個戲本子太好了！是小子莽撞了，那麼好的本子只給了叔五兩銀子的訂金。」

正元帝本就不是為了銀錢的，聞言便不以為意地擺手道：「銀錢乃身外物，你都說咱們是一見如故了，不用這樣講。」

顧野一直在觀察他的神色，看他確實不似說假話，總算是放下心來。「後續我再補給叔十五兩銀子，合計二十兩。這戲要是賣得上座，到時我再給叔其他分紅。另外，我再給叔整一個我們家的貴賓，存上一些銀錢，叔得空就能來咱們家吃朝食，如何？」

正元帝正是被他哄得心花怒放的時候，笑著點頭道：「好、好！」

這次顧野給他看了後頭的戲文大綱——前頭他也藏著一手呢，只給對方看到寡婦和皇帝重遇那場。雖說是俗套的故事，但怎麼也是他第一次想故事，也不能一股腦兒全告訴陌生人。眼下兩人算是有了交情，對方是有真本事的，還不計較銀錢，顧野自然也就相信他了。

正元帝自然又把後頭的活兒接下，兩人待了一上午，中午時分才分別。

顧野還想請他用午飯的，正元帝卻得趕著時辰回宮了，便說下次再一道用飯。

最後顧野把他送了又送，一直快送到回皇宮的朱雀大街，這才分別。

吉祥戲園這邊，小鳳哥得了這樣的好本子，自然不能辱沒了它，所以前頭的戲雖然才演了沒多久，他就已經把新戲本按個人的戲分都分好了，讓戲班的其他人加班加點地排新戲。

這一行的休息時間本就不多，同戲班唱花旦的賽貂蟬本是有些不樂意的——他之所以還待在這小戲班，純粹是因為小鳳哥的師父，也就是原來的老班主對他有恩，只是再大的恩情也抵不過時間的消磨，到了現在，吉祥戲園的張園主幾次伸出橄欖枝，他已經有所動搖。

但小鳳哥拿出屬於俏寡婦的那部分給他瞧後，賽貂蟬就再沒有怨言了！

後頭小鳳哥還咬牙拿出了壓箱底的銀錢，給裡頭的重要角色都配了一套嶄新的行頭，一口氣就去了上百兩，戲班裡的老人都勸小鳳哥不必這樣。

那吉祥戲園的張園主知道這消息後，嘴都快笑歪了。他就等著這小破戲班散了，然後把小鳳哥和俏花旦都收歸到自家呢！他攔住了上趕著勸說的人，反而幫著小鳳哥道：「小班主年紀雖小，卻是個有大眼界的。你們認識小班主這麼久，怎麼能不相信他呢？小班主，我相信你！等你這齣戲排好，我給你安排最好的場次！」

到了十一月中，這戲碼的第一場就排好了。

小鳳哥找到顧野，詢問他這齣戲的名字。

顧野一拍腦袋，還沒起名兒呢！

不過故事是他想的，名字由他來想也屬正常，大字不認識幾個的顧野直接起了個名字，叫《風流記》。

十一月下旬，《風流記》正式掛牌上演。

這名字實在過於流俗，還不如之前的書生和小姐呢，也就是場次還算比較好，在下午晌，加上衝著小鳳哥和俏花旦的名聲去的，一開始的上座率只有六、七成。但是一等到戲開場，俏寡婦一個亮相，怯生生地一開口，那嬌怯怯的口吻、清亮的唱腔，那每一句都旖旎押韻、令人回味無窮的唱段，一下子就能把人吸引住。

一場戲唱到皇帝微服出宮來到食為天，大肆誇獎了酒樓的吃食一番，給出了豐厚的賞錢，東家派俏寡婦去致謝，兩人經年後重遇，一個心潮澎湃、一個淚眼婆娑，然後……然後就沒了。

「怎麼到這裡就結束了？」

「是啊，我剛覺出味兒呢！」

看客們紛紛表達不滿。

小鳳哥上來拱手道：「諸位聽我一言，並不是我們這戲故意只唱一半，您們看看外頭天色。」

看客們這才反應過來，外頭已經是接近傍晚時分，到了用夕食的時辰了。

「怎麼已經這樣久了？」

「是啊，還不覺得呢，怎麼一眨眼就過去了一下午？」

這下子倒沒人說什麼了，只催著小鳳哥快把後頭的戲排出來。

還有實在喜歡這齣戲的，已經去預訂第二天下午的場次了。

這戲實在好，隨便哪一句拎出來都是讓人記憶深刻、回味無窮。

他們哪裡願意就這麼歸家呢？得趕緊和一道看戲的同好換地方去回味回味才行！地方也不用再想，自然是戲曲尾聲，裡頭皇帝都大為稱讚的食為天！

顧茵這邊，那幾頭牛的牛肉已經賣完了，畢竟肉凍久了也不新鮮，味道會變差，但是熬好的牛油卻可以長時間保存。之前都是預約，或者提前存銀，成為食為天的貴賓，才能吃到。小鳳哥那邊既然推出了新戲，顧茵這兒自然要跟上，憑戲票可以不用預訂，隨到隨點。

寒風蕭瑟的冬日傍晚，先看上一齣旖旎生花的戲，再吃一頓熱辣辣的牛油火鍋，這誰能抵得住？而且食為天的食客聽說了這活動，只要不是一點戲都看不進的，也會在閒暇時去看一場《風流記》。兩邊互相影響，互相宣傳，互惠互利。

不過十日，全京城都知道吉祥戲園有一場極為好看的《風流記》，看完憑戲票還能去酒樓吃一頓之前都限量發售的牛油火鍋！

這齣戲風靡大街小巷，風靡到什麼程度呢？這日文大老爺下值，竟聽到文老太爺都在哼其中的唱段！

大家都在看，文老太爺也沒覺得有啥不好意思的，反而對文大老爺道：「這戲情節太俗，但是這唱段真真是文采斐然！老大，你閒來無事也別在家裡悶著了，可以去聽一聽。最好能打聽出來是誰寫的，我覺得以這人的才華，肯定不是無名之輩。」

文老太爺之前是因為知道這戲是顧茵為了宣傳食為天而請人寫的，所以才在得空的時候特地去捧了場，沒想到這一看，把他也給吸引住了。後頭他向顧茵打聽作者，顧茵只說是顧野一人負責的，細節她也不清楚。顧野人不大，嘴巴卻緊，說他請的那位先生不願意透露姓名，就從來不對外說。

文老太爺這話一出，文大老爺想笑又得忍住，只道：「父親知道的，我不愛聽戲。」然後就一頭扎進自己的書房了——他還得趕緊寫後頭的戲碼呢！

後來的幾場戲，顧野還是先讓他娘把關，然後再拿去給小鳳哥看。

這戲本一直都沒修改過，就最後一本，顧野在聽他娘說了裡頭的內容後，把戲本子收了起來，這回沒直接送去給小鳳哥。

兩人現在已經極為熟絡了，這天顧野早早地提溜著食盒，在茶攤等他陸叔。

沒多會兒，正元帝來了，笑著問他。「這是又帶什麼好吃的了？」

「是我娘做的蟹黃湯包，請叔吃的。」

這蟹黃湯包是顧茵新推出的貴賓料理，要提前一夜把雞肉切塊焯水，再把豬肉皮剃毛、切掉肥肉，和蔥、薑等一起熬成肉皮雞湯。第二天等肉皮雞湯凝成肉凍，再煮螃蟹，摘出蟹黃和蟹肉，調豬肉餡料。最後把豬肉餡、肉皮凍、蟹肉混合在一起，再加入調料攪拌，才算是做好了最終的湯包餡料。包好之後，巴掌大的湯包放在小碟子上進蒸屜，等水燒開後再蒸上十分鐘。剛出鍋，顧野就憑藉少東家的身分插隊拿了三個出來，裝進了食盒。那湯包白白胖胖、晶瑩剔透，從食盒裡被拿出來時，裡頭的湯汁顫巍巍的，還冒著熱氣。

儘管當了快一年皇帝，正元帝還是覺得新鮮地道：「湯包我之前吃過，個頭也就一口大小，你家的倒是新鮮，這麼大個兒，我都不知道從哪裡吃起了。」

顧野又拿出竹吸管分給他，讓他先用吸管把湯喝了。

正元帝照著做了，吸管毫不費力地插進了湯包，鮮香撲鼻的湯汁立刻被吸到了嘴裡。等喝了湯汁，再咬破薄如蟬翼的包子皮，最後吃到鮮美多汁的餡料，真是鮮得恨不能把自己的舌頭也吞了。正元帝一口氣吃了兩個後，讚嘆道：「你家酒樓的吃食真是沒得挑！前頭的胡辣湯也比你帶我去的那家做得更好，加上這蟹黃湯包，也難怪生意會越來越好。」

看到顧野托著腮不吭聲，也沒碰剩下的那個湯包，正元帝便詢問道：「是有事要說？要在戲文裡頭推薦你家的湯包？」

顧野點頭道：「確實是要改戲，但稱讚湯包的能加就加，不能加就算了，主要是想改別的。皇后娘娘是好人，我不想在自己的故事裡寫這麼個壞皇后。」他如是說道。

戲本子的故事進行到尾聲，皇帝和俏寡婦終於解除誤會，要把她和小皇子接回皇宮了，但這並不是一帆風順的，裡頭出來了個壞皇后。這個皇后嫁給皇帝多年無子，嫉妒俏寡婦既有皇帝的寵愛，又生了那麼個聰明伶俐的兒子，幾次用計要除去他們母子。當然，肯定是不能得逞的，皇帝識破了她的真面目，然後廢了她的皇后之位，最後讓寡婦當了皇后。

說到這個，正元帝也想起來了，翰林學士寫到這段的時候曾詢問過他，他當時不以為意地道「這故事本就是杜撰，愛卿隨便寫。歷來的皇后多了去，又不是說本朝，真要對號入座，皇帝跟皇后的戲碼那麼多，朕和皇后都要忙不過來了」。沒想到他沒在意，顧野倒是在意上了。正元帝心頭一軟，問：「你見過皇后？」

顧野搖頭說沒有。「不過我知道她是好人，只是生病了。」

前頭顧茵和王氏從宮裡赴宴回家後，難免說起宮裡的事。說最多的，當然是罵馮貴妃和秦氏兩個，然後就是周皇后了——

王氏心腸軟，同顧茵道：「皇后娘娘瞪妳的時候我瞧見了，妳別放在心上。我看她只是緊張孩子，緊張過了頭。」

顧茵點頭道：「娘就是不說我也曉得，皇后娘娘為咱家解了圍，只這一點我們就該念著她的好。」

顧野在旁邊聽了，不大高興地嘟囔道：「她雖先幫了娘，可後頭娘就看了兩眼小皇子罷了，是她自己把皇子抱出來的，幹啥瞪您呢？」他護短，反正誰瞪他娘都不行！

顧茵就跟他解釋，說人不只身體會得病，心也會得病。「皇后娘娘現在就像是心上得了風寒，所以表現得過於緊繃。這並不是她的本意，你會因為有人得了風寒，不受控地在你面前打了噴嚏，就討厭這個人嗎？」

顧野想了想，說不會。之前還在寒山鎮的時候，他也得過風寒，鎮日打噴嚏、流鼻涕的，別說家裡人了，就是他那些小夥伴，都沒有因為他病了就討厭他、疏遠他，反而會更加照顧他。

顧野道：「皇后娘娘是好人，我們不好拿她做消遣，萬一她更不高興了，她心上的風寒就更不會好了。」

心上的風寒嗎？正元帝凝眉沈吟。過去這些年，他只當周皇后是因為對他心生怨懟，同他離了心，所以才移了性情，故意去做那些讓人不愉快的事，卻從沒想過，現在這樣並非她的本意，只是她情緒上、心裡上得了病，不受控地表現出了病症。

「我知道了，最後一場的戲本我再改改。」

「那就麻煩叔了！」顧野笑起來。「其實也不用大改，把壞皇后改成壞貴妃就行！」反正那馮貴妃不是啥好東西！

分別之後，正元帝回到皇宮，直接奔著坤寧宮去了。

這次周皇后還是沒讓他進殿，正元帝也不同她爭吵，逕自讓人搬來椅子，往門口一坐，隔著一道門就開始和周皇后聊天。他不扯什麼皇帝、皇后的，也不提孩子的事，就說過去兩人相處時那些令人愉快、難以忘懷的點點滴滴。

剛說了不到一刻鐘，正元帝正講到兩人剛剛成婚的時候，周皇后紅著臉出來了，讓他閉嘴！

十二月初，《風流記》一共三場戲全都排了出來。

喜歡這戲的人實在多，吉祥戲園裡所有的戲碼都給它讓步，早午晚三場，正好能演完一整遍，就這樣還一票難求呢！因為眼下不只是戲迷了——戲迷們聽說有這齣好戲，早就來看過不只一遍了。如今是街知巷聞，沒看過的反而成了異類，都接不上旁人的聊天內容，所以便是平時不怎麼愛看戲的人也得買張票來瞅瞅。

食為天酒樓趁著這股東風，在開業第二個月就聲名大噪，客似雲來。顧茵再一盤上個月的帳，利潤就達到了五百多兩，抵得上過去在寒山鎮時一整年的進項了。

這其中當然還有顧野的功勞，他不只平價買來了質量極其高的戲本，而且也確實很有交友眼光——後續顧茵和小鳳哥談廣告費，本以為對方會漲價，畢竟現在人家的戲那麼賣座，漲價也在情理之中，沒想到小鳳哥非但不漲價，反而連事先說好的那十兩也不要了，直言顧野能把那麼好的本子給他們戲班唱，才有了他們聲名鵲起的今天，這已經是給他們最好的報酬了。

那五百多兩的利潤，顧茵一開始是拿回家的。

王氏根本不要，說家裡的銀錢盡夠，而且馬上就要發俸祿了，銀錢方面根本不用操心。後頭等到武青意下值，顧茵又把這銀錢給他，說前頭店裡留的流動資金還剩不少，這五百兩可以隨意處置。他之前把私房都掏空了給她開店，不放點銀錢在身邊總歸不好。

結果武青意並不肯收，反而同她道：「我正要為這個找妳呢！陛下說文二老爺已經把欠款都收得差不多了，之前那三萬餘兩要還給咱們，還詢問我要什麼賞賜？」

原來那日接顧茵下工，顧茵一句「授人以魚，不如授人以漁，互惠互利」給了武青意莫大的啟發。他和正元帝之前都把撫恤傷兵這樁事當成一項支出，卻沒想過傷兵也可為朝廷辦事。思路一變，他便向正元帝進言，不用直接給傷兵銀錢，而是把京城附近的田產分發給他們，再減一點他們的賦稅。

這樣一來，傷兵們不用再付佃租，也不必擔心賦稅，只要踏實肯幹，自然能養家餬口。

他們都是義軍中人，衝鋒陷陣沒有退縮才受了重傷的，忠心毋庸置疑。雖然都身帶殘疾，但參過軍的人身上帶著血性和狠勁兒，非普通百姓可比，把這些人安置到附近的村子裡，無形中等於大大加強了京城的守備。

正元帝現在正缺現銀，田產倒是不缺，前頭他想著先把好出手的鋪子那些賣了，變成現銀，再來處置田產。現在省下了一道工序，田產不用再變賣，直接發給傷兵即可。

從武青意進言到現在，這事開展了月餘，一直很順利。

最早一批拿到田地的傷兵都對正元帝感恩戴德，也就是眼下京城附近實在是太平得不行，不然他們恨不能立刻再穿上甲冑，多殺幾個賊子宵小來表忠心。

這舉動也確實仁義，連之前朝中一些覺得正元帝的皇位來路不正而不怎麼服氣他的文官，都轉變了態度。

這個功勞正元帝自己領了，武青意心中沒有不服氣，他是真沒有不臣之心，要收攏那麼多民心做什麼？

君臣相處得這麼好，正元帝自然要賞他，還不像從前似的，賞賜宮中多不勝數的古董珍玩，而是詢問他的意思。

擱以前，武青意大概也不會要求什麼，但這次其實是顧茵點了他，獎賞自然該歸她，所以他說回去和顧茵商量一番，結果正元帝忍無可忍，笑罵他一聲「妻奴」，把他趕了出去。

聽武青意解釋完來龍去脈後，顧茵抿唇笑道：「我前兒個還聽衛三娘她們說都分到了田地，沒想到這主意竟是你想的。賞賜什麼的是真可以隨便要嗎？」

武青意道：「陛下從前還未登基時就是一言九鼎，這次是他說的『儘管開口，朕無有不應』，所以妳儘管說。」以武青意對顧茵的了解，她肯定是不會提什麼過分的要求，而且就算提了，反正是他去開口，至多被正元帝罵兩句，也不會損失什麼。

顧茵想了想，就道：「那我能要一條船嗎？就是那種能出海的大船！」

店裡的辣椒現在供不應求，這東西從市面上買來就貴，要是能有自家的商船，自然能省下一大筆。而且如果能在海外找到適合中原種植的辣椒，能在本土種植，就再好不過了。

海外的東西可太多了，只是時人還不知道分辨罷了。

武青意點頭道：「這不難。不過我也不知道一條商船的具體價值，陛下說要還咱家前頭花出去的那三萬兩，若船很貴，大不了咱們就不要那三萬兩銀子了。」

商量好之後，隔天武青意就進宮去說，顧茵照常去酒樓上工，下工就在家等消息。

暮色四合之際，武青意下值回來，直接找到顧茵。

看他回來得這樣晚，又神情複雜、若有所思的，顧茵猜著應該是事情不順利。她先讓人給他送上熱茶，再詢問道：「可是陛下沒允？沒關係的，是我貪心了。」時下朝廷都施行海禁，除非官府允許，一般人是不能出海的。她所要的雖是一條商船，但給了船還得給出海的資格，海外的很多東西是朝廷未知的，正元帝不允也在情理之中。

武青意搖頭，道：「不是不允，而是允得太多了。」

他們家只要一條可以出海的商船，正元帝當時沈吟了下，武青意以為他要不允，沒想到半晌後，正元帝卻道「朕記得前朝有家『遠洋船行』，和前朝權宦糾葛頗深的，一干人員之前就外逃了，朕登基後把這家船行給查封了，你這麼一提，朕才想起來了。也不知道他家有幾條商船？索性整個船行都給你家了」，後頭他就讓人帶武青意去清點遠洋船行的東西了。

這家船行有兩艘巨大的商船、十幾條可以載客過百的中型商船。若折合成現銀，價值百萬餘兩。就是忙著清點這些，所以武青意才回來得這樣晚。

顧茵嚇得都咳嗽起來了，忙擺手道：「不用，真不用！我要一整個船行做什麼?!」

武青意伸手給她拍背順氣。「我當時也是這麼說的，但陛下說這是咱家該得的。我說光是傷兵的事，我只是提了一點想法，愧不敢受，陛下卻說咱家還有別的大功，等年後再告訴咱家。」

這話把顧茵都聽納悶了，什麼大功勞能得到價值百萬兩的賞賜啊？

不過他們不敢接受也不頂用，隔天遠洋船行的房契、地契、船契等一系列的東西，全一股腦兒地送到英國公府來了！

魯國公府這邊，這些日子府裡的氣氛都很不好。

一個月花出去了十萬兩銀子，擱誰家都不是一件小事。

一開始魯國公馮源還覺得自己這件事算是立功，一邊心痛一邊還美滋滋的，但沒想到自家的銀錢如流水般花出去後，正元帝還是待武青意最親厚！

送船行的事，正元帝和英國公府都先沒往外透，馮源且還不知道。

但宮裡有個馮貴妃，已經把正元帝幾次單獨留武青意說話的事告訴了娘家人。

最近大行其道的《風流記》裡頭出了個奸貴妃，背景也是武將世家出身，馮貴妃自覺受了天大委屈，哭噎著到正元帝面前告狀，想讓他下令不許宮外再唱這齣戲。

這戲就是正元帝讓人寫的，而且用來聯絡父子感情的，這他能允？當場就說馮貴妃太小心眼了，歷史上的奸妃多了去，何必自個兒跳出來認？

這把馮貴妃給氣的，立即遞消息出來讓家裡人查查。

輕而易舉的，魯國公府就查到了食為天，也查到了食為天背後的英國公府。

難怪正元帝護著呢！

秦氏是個忍不住氣的，知道消息的當天就開了箱籠，拿出了三萬兩體己銀子。

瞧著現在武青意那簡在帝心的模樣，他們不好直接對英國公府出手，但是鬥一家酒樓總沒事吧？英國公府家底薄，產業只那酒樓一家，只要鬥倒這酒樓，夠讓他家元氣大傷！

拿出銀錢後，秦氏把家裡所有人想了一遍，最後把銀錢給了小兒子馮濤——也就是之前在賭坊輸錢給顧野，讓親哥打得起不了身的那個。「濤兒儘管去買一間更好、更大的酒樓，家裡銀錢管夠，一定要把那家『食為天』鬥倒！」

正元帝給了整間船行，連同顧茵在內的英國公府眾人都受寵若驚，但各種書契都直接送過來了，自然也不好再推辭。至於書契的所有者，大家都說過到顧茵名下。

不等顧茵推辭，王氏就說自己啥都不懂，現在只想陪著武重頤養天年；武青意也說這份產業太大，記掛在他名下太過刺眼；武重就更別提了，雖然鍛鍊了這段時間，身體好了許多，但還是病人一個，自嘲說他現在這副身體，可處理不來這些個事務。

一家子好像都嫌這產業燙手似的。

但他們的話也確實有道理，做了船行的東家，少不得要為大小事務奔忙。尤其是初期人手不夠，且有得忙呢，後頭辦行船許可的文書那些，也必須東家本人到場。

顧茵倒是不怕忙，但是酒樓的生意日漸紅火，一邊在城外，一邊在城內中心地帶，搭乘馬車來往就得去掉半日工夫，她實在是分身乏術，不能兼顧。

尋常大戶人家的產業都是分散在一大家子名下，或者記在忠心可靠的家生子名下，家生子的賣身契再拿捏在主子手裡，其實並沒有差別，只是便宜行事。

但英國公府的主子少，一手調教出來的忠僕更少，一時間倒真把大家給難住了。

顧野在旁邊聽了，見縫插針道：「其實，寫我的名兒也行。」

顧茵好笑地點了一下他的額頭。「小財迷！到時候有啥大小事，可都得你到場，且有得忙呢！」

顧野點頭道：「爺奶年紀大了，叔和娘都有自己的事，平時就很忙，連武安都要讀書，就我沒啥事！」

這麼一說還真有理，而且別看顧野年紀小，辦事是越來越有條理了。船行肯定是一家子一起出力打理的，記在他名下倒也無不可。

顧茵和王氏都沒意見。

武重則樂呵呵地道：「小野好志氣！」這是也贊同了。

武青意更別說了，上趕著和顧野打好關係，還等著他改口喊「爹」呢！「那就記在小野名下。」

隔天武青意休沐，他帶著他們母子倆就去辦手續了。

顧野過契的時候還沒覺得有什麼，後頭再被帶到船行，又去城外運河邊上看自家的商船，他才嚇了一跳。那船實在大，一座宅子那麼大，登上去就像在陸地上一般！

到了這會兒，顧野才知道自己名下登記了多大一份產業！他還當只是個什麼鋪子呢，和自家酒樓那種一樣。

他又震驚又驚奇，在船上晃悠了好大會兒都沒逛完。不過這段時間也足夠他消化情緒了，下船的時候就拍著胸脯道：「娘放心，我肯定照看好這家船行！」

冬日裡，運河和接壤的海域都結了冰，不能行船。趁著這段時間，船行自然要招兵買馬，增加人手，等到一開春，船隻也就能動起來了。

這活計也不用顧茵操心，由武青意去辦。

正好傷兵的事還沒解決，他們這些人從前做什麼的都有，自然也有不少從前就是靠打漁維生而不擅長種地的。

把這些本就會水的人先招過來，再利用冬天的時候招募和訓練其他人手。

想法成型後，武青意還是上報給正元帝，由他出面，也由他來領這份功。

正元帝都不知道說啥好了，本是因為武青意有功勞，加上他家收養照顧了自家大兒子，所以才給足了賞賜。沒想到這時候，武青意都沒忘記要幫自己分憂解難。

等後頭下面的人來說那船行記在顧野名下，正元帝心裡就更是百感交集了。

英國公府一家子那真是把顧野當成親生子疼，半點兒都沒把他當外人。易地而處，正元帝自認都做不到這點。

那船行等於左手到右手，還在自家人手裡。不過也沒事，反正等到大兒子認祖歸宗那一日，該給英國公府的東西只會多，不會少。

遠洋船行一朝更名成了顧氏船行，後續的事情都有武青意和顧野在忙，顧茵還是料理自家酒樓。

十一月底，太白街的街尾張燈結彩，一家規模不遜於食為天酒樓的大酒樓換了東家，重新修葺，眼看著馬上就要開業。

那酒樓也是朝廷放售的，雖是同一條街，但市口不如顧茵買下的這家，價格卻是因為那酒樓足足有六層樓，且不存在食為天這樣上頭三層還待大修葺的情況，所以貴上不少，要二萬餘兩。

那酒樓敲敲打打沒幾天，就先把招牌掛上了，名頭十分響亮，叫做「望天樓」。

光衝著這個名字，就知道酒樓東家不只財力豐厚，背景也是極極深厚——望X樓的名字十分常見，但敢在招牌上用「天」這個字而不怕犯忌諱的，自然是有人做保。

一條街上的同行，顧茵肯定得找人打聽清楚了對手到底是哪家。

不過事情比顧茵想的順利，因為那日正好顧野得空，他過來了一趟，在街上看著魯國公府的馮濤從望天樓裡出來的。兩人雖只見過一次，但當時的場景特殊，顧野到現在也記憶深刻，一眼就把他認出來了，後頭也就不用再查了。

之前同一條街本就有兩座酒樓，有人買下還做酒樓，那很正常，顧茵也沒多想。現在知道那酒樓是和自家素有積怨的魯國公府買下的，傻子也知道那是準備和自家打擂臺了！

顧野自責道：「早知道就不讓陸叔改本子了。」兩家前頭雖然有齟齬，但最近都沒有交集，顧野想來想去，猜想多半是壞在自己的戲本子上。他第一次寫故事，存著私心，不想在自己的故事裡，把家裡人都說是好人的皇后寫成壞人，就改而弄了個奸妃出來，但也沒有真正的影射馮貴妃，只是把原先壞皇后的角色改成了壞貴妃。

至於同樣是武將人家出身，那還是給他寫戲本的正元帝出謀劃策的，說故事到尾聲得弄一個高潮，那會武的奸妃窮途末路，上演一場行刺的戲碼，再讓風流皇帝為俏寡婦擋下刀子，然後兩人患難中真情爆發，迎來最後一生一世一雙人的團圓結局。這樣動作戲、感情戲都有，驚心動魄和催人淚下並存，想不賣座都難。

沒承想他倆寫戲本寫歡了，承擔後果的卻成了他娘。

顧茵安慰他說沒事。「創作自由嘛，你的故事本來就是你想怎麼寫就怎麼寫，那最後定稿的本子我都看過，除了將門出身相同，和馮貴妃沒有半點兒相似的。但是同樣的，她家生氣、要和咱家對著幹那也是她家的自由。而且你沒聽你叔之前怎說嗎？魯國公和你叔不睦已久，就是沒有你這戲本子，等到咱家從陛下那裡得了個船行的消息傳開，他家能坐得住？這種事早晚也是會發生的。」這雖是安慰顧野的話，卻也不是顧茵亂說的。

前頭魯國公府的人能挑著豆丁大的顧野上賭桌，後又因為賭輸了銀錢而故意在人前讓顧茵給馮貴妃行跪拜大禮，踩他們家的臉面，可見是個說不通道理的人家；後頭顧茵還藉著秦氏那自吹自擂的話擺了他家一道，到這個時候他家也該回過味來了。

歸根究底，只要武青意在正元帝面前壓魯國公一日，兩家就不可能做到相安無事，戲本子不過是個引子罷了。

看小傢伙興致還不高，顧茵又拍了拍他的背。「我之前還覺得這次再開業好像缺了點什麼，今兒個才想起來，原來是缺打擂臺的對手呢！有競爭才有進步，小野難道不相信娘能處理好？」

顧野這才笑起來。「我當然相信娘！」

母子倆說完話，就見文二太太領著人過來了。

第三十章

文二太太到了京城後一個朋友都無，又不像文二老爺那樣有差事可做，都快閒出病來了。幸好十月的時候，食為天開業了，離文家也不遠，她來這裡坐坐，和顧茵說說話，也算是有了個消遣的地方。

最近《風流記》正熱，文二太太看得如癡如醉，也因為這戲結交了一群同好，相處著成了手帕交，日日都要約著一道出來坐坐。

「好久沒看到小野，瞧著比九月的時候又長高了不少。」兩人相處到現在已極為熟絡，文二太太上來就拉著顧茵的手，歉然道：「上次賭坊那事，我家夫君做得實在不地道。」

顧茵拍著她的手道：「都過去的事了，您都道過好幾次歉了，老太爺也帶著文二叔上過門致歉了，咱們不提了。」

文二太太「哎」一聲，拉著她的手揉了又揉。

其實不只是她，她最近結交的同好，也是一群富家太太們，和顧茵也很玩得來。

有時候顧茵私下裡不禁要想，這文學作品裡的穿越女主好像都有不少愛慕者，要是早期一些的，好像幾乎只要是男子，都會拜倒在穿越女的石榴裙下。她倒是沒有那麼好的異性緣，技能點好像點在了長輩緣和女性緣上。

文二太太等人並不怎麼喜歡吃火鍋和烤肉，倒不是嫌滋味不好，而是吃多了犯熱氣，臉上容易冒痘，十分影響觀瞻。而且火鍋和烤肉味道都大，雖然食為天會附贈一個去味道的香包，能把那味道蓋住，但是對於她們這樣對氣味十分敏感的女子來說，每次吃完回去都要更衣沐浴，才能把味道徹底去除，十分麻煩。

她們並不在哄鬧的一、二樓待，更願意去還沒修葺裝潢的三樓。

顧茵只讓人在三樓擺了幾套桌椅，每次看到個個如同文二太太那樣打扮得十分精緻的夫人、太太們坐到空落落的三樓，自己都替自家酒樓覺得寒磣。

這天顧茵讓人送上來她們喜歡的花茶和小點心，又詢問她們。「夫人們幫我出出主意吧，三樓一直不修繕也不是個事，正好前頭賺到了一點銀錢，我就想著把這裡修繕一番，做一個吃甜品、飲料的輕食吧，您幾位看如何？」

文二太太她們自然都說好，有個圓圓臉的年輕婦人道：「顧娘子別笑話我，我前頭是聽戲文裡皇帝誇您家的吃食好才過來的。其實每次來這裡都覺得三樓空落落的，只是妳家的東西確實好，格外合我胃口，這才每天聽完戲都過來。這要是能修葺一番，弄一個妳說的那個『輕食吧』，咱們也能多留一會兒，我也好給其他朋友推薦此處。」

擱以前，顧茵看一、二樓的生意好，可能還沒這麼上心。但現下知道望天樓是衝著自家來的，她正是幹勁滿滿的時候，當下就道：「那我明日就去找人來忙這個，盡量在年前弄出這樣的一個地方來，到時候再下帖子給諸位。」

眾人一起給顧茵出主意，熱鬧過一陣後，顧茵就下樓去了後廚，給每人送了一份沙拉。

晚上顧茵就回去畫圖紙了。

三樓硬體裝潢上得比照著一、二樓來，但主要做女客的生意，所以軟體裝潢上肯定得更花一些心思。

顧茵不準備放一、二樓那種四四方方的八仙桌了，先設計幾張圓桌，再弄一些布藝沙發軟椅。

沙發這東西眼下還沒有，但說到底這東西不複雜，就是低矮寬大的木椅子，然後墊上塞了棉花的坐墊，再套上一整套的布藝棉花靠墊，其他地方再塞幾個蓬鬆的抱枕，做腰靠、膝靠之用。步驟並不算複雜，唯一美中不足的就是棉花不如海綿形狀穩定，很容易發生形變，這沙發坐一段時間就得換一套行頭。但到底不是貴重的東西，對現在又過去一個月，帳面上流動資金已過千兩的顧茵而言，都是無傷大雅的小問題罷了。

再就是女客用的盤子、杯子、碗，甚至筷子、勺子，顧茵都重新設計，讓武安操刀，畫了各種圖案出來。

硬體裝潢那邊由周掌櫃負責，軟體裝潢這邊由顧茵監督。

因為銀錢充裕，不到半個月就把東西都準備齊了。

整間三樓，顧茵並沒有再設計廂房，而是一整個大開間，最中間設置一個吧檯，吧檯外放小巧的雙人桌，靠近窗戶的地方則放大桌子和條形沙發，再用屏風隔擋，自有一方小天地。

後頭沙發和桌椅等東西都送了過來，顧茵在開業前再巡視一遍，總覺得好像缺了點什麼。

傍晚時分，武青意下值，去給王氏和武重請了安後，就來了顧茵的院子尋她。

顧茵正坐在書桌前，一手拿炭筆，一手托腮，看著三樓的平面設計圖發呆。

到底缺了什麼呢？她想得太過入神，連門口的下人給武青意問安都沒發現。

一直到武青意走到她桌前，面前的圖紙映下一道黑影，顧茵這才抬頭。

「怎麼不喊我呢？」她放了炭筆，讓人進來送熱茶。

她回到家先沐浴過，換上了家常的草綠色褙子，頭髮不像平時梳髻，只是鬆鬆散散的編了大辮子落在一側肩上，看起來比平時還小了幾歲，越發嬌憨。

剛瞧她拿筆托腮，皺著張臉，活像個為先生出的功課而發愁的差學生，武青意忍不住發笑，哪裡捨得打擾她呢？他不以為意地笑了笑。「看妳想事情想得入神，不想打擾妳。」

顧茵活動了一下脖子，納悶道：「總覺得好像少了點啥，一時間又想不起來。過兩日就開業了，我就怕到時候再弄不好。」

武青意笑著看她。「我們顧娘子還有拿不定主意的時候？我以為任何事到妳手裡，都是成竹在胸的。」

她斜他一眼。「打趣我是不是？」

她日常臉上都帶著笑的，此時故作凶狠地板著臉、瞇著眼，像一隻隨時會亮出小尖牙的貓，反而讓他覺得越發可愛好瞧。武青意「害怕」得連連擺手，說我哪敢呀，又說：「這府裡誰敢說妳一句不好，不得讓咱娘趕出去？」

王氏現在穩居大後方，料理家中庶務。之前家裡商量好年前得放一批下人出去，王氏正在忙這個。

最近顧茵忙著裝潢的事，比從前更忙，不到天黑不著家。武青意和顧野料理船行的事，下了值還得出城去，也沒空去接她。偏府裡還有不長眼的一個婆子，之前就在主院服侍，還算得臉的。她看顧茵和武青意沒再同進同出，自作聰明以為看破了什麼玄機，到王氏面前嚼舌根，說什麼太太日日在外頭奔忙，拋頭露面且不說，連家事都不親自料理，更別說關心大爺的日常起居和給公爹、婆母請安了。又說老太太年紀也大了，精力有限，身子金貴，如何能料理這些呢？還是讓她幫忙分擔一些。

顧茵他們都不習慣有陌生人在屋裡待著，日常說話的時候都讓人退到屋外，需要人做事時才招呼人進來。那婆子只想著乘機分權，哪裡知道王氏和顧茵關起門來關係親如母女呢？看到顧茵這麼忙，王氏只有心疼的分，她能聽得了這些？她耐著性子聽對方說完，又佯裝贊同道「最近偌大的府邸讓我一人照看，確實麻煩。不過只妳一個能行不？不得找其他人幫幫忙」，那婆子心裡輕看王氏，心道果然是腿上還沒洗乾淨泥的泥腿子，三言兩語就給哄著了，當時就笑說「老太太別擔心，奴婢在府裡不是一日兩日了，且有好些乾閨女、乾兒子，也還有許多幫手。眾人一條心，一定幫您把家裡的大小瑣事都辦好，再不用您操心的」，這話正合了王氏的心意，當下就讓那婆子去點出一干願意幫著管家的人馬。

半天工夫，那婆子就帶著二、三十人到了王氏面前。他們以為自己能上位了，個個都臉上帶笑，就等著王氏看過他們之後，給他們分配職務呢！

王氏並不想「錯殺」好人，還和他們聊了聊，聽他們話裡話外的意思，都對顧茵現在不顧家的作派很看不上。這些人其心不正，想趁著她們婆媳「失和」的時機攬權，王氏不同他們客氣，讓人找出這些人的賣身契，把他們一鍋端了，趕出府去，還省下了一筆安家費。

說到這個，顧茵也裝不起凶了，笑著揚手要打他。「本就是那些人挑撥在先，娘趁著這個機會肅清闔府，怎麼到你嘴裡，好像我才是挑唆娘處置下人的那個？」

武青意故意放慢動作裝作要躲，卻又沒躲開，任她的拳頭砸在自己胸口，又連忙告饒道：「太太饒命，小的可不敢再胡唚了！」

這種話要讓顧野這素來乖覺的來說，還不怎麼令人發笑，但到了人前肅穆持重的武青意這裡，顧茵當即笑得前仰後合，肚子都痛了。「真該讓外人瞧瞧，你這惡鬼將軍私下是一副什麼模樣！」

武青意不以為意地挑挑眉。「為什麼要給外人瞧？我這是只給內人瞧的呢！」

「胡唚什麼啊！」顧茵雙頰微微發燙，不自在地挪開眼，又從他身邊躲開，坐到屋子中間的圓桌前，拿起茶盞抿了一口。

武青意看著她，喉頭微動。那杯茶，是他方才喝過的呢。

喝過熱茶，顧茵摸了摸自己的臉，發現溫度下去了，才又開口問道：「你有事要和我說？」之前兩人都各忙各的，除非是有要緊事找對方，不然並不會打擾對方，都是在主院用夕食的時候碰頭。

說到這個，武青意收斂了唇邊的笑意，坐到她對面。「確實有事……」遂娓娓道來。

年關將近，正元帝自然要再封賞一下群臣。說通俗點，那就是送官、送錢、送女人。

英國公府已無官可升，又剛得了一整間船行，古玩字畫那些物件更是前頭開府就賞過的。

正元帝也發愁要送什麼？要是不送，難免有那笨婆子似的人，以為英國公府失了君心。換別家，正元帝還能隨意點，而且送女人肯定不出錯，可到了武青意這裡，他妻奴的形象已經深入正元帝的心中了。正元帝還曾經向顧野打聽過，問他「你娘是不是很凶」，別看顧野平時跟正元帝哥倆好似的，說到他娘他要急眼，一句「你娘才凶呢」都到嘴邊了，被他生硬的嚥下，只說「我娘最溫柔了，說話都是輕聲細語的，而且從來不罵人，不和人急眼的。叔別說她不好，我聽不得這個」。看到平時一直笑嘻嘻的小傢伙突然板起臉，正元帝也就不再打聽了。但不論怎麼說，正元帝算是看出來顧茵在英國公府的地位了，若送女人去這家，她不高興，那武青意和顧野肯定都要不高興，別回頭送禮送出仇怨來。

武青意邊說邊打量顧茵的神色。「我已經回絕陛下了。旁人愛猜測，猜測就是了。沒得因為旁人的猜測，而攪亂了咱家的日子。」出乎他意料的，她沒有不高興，反而眼睛一亮。

顧茵抓著他的胳膊問：「是什麼樣的女子？」

武青意的眼神落在她白皙的手背上，恍了一下神才道：「是擅樂器和歌舞的伎人。不過妳知道的，我是個粗人，我不喜那些。」

顧茵又拉著他的胳膊晃了晃，說：「你不喜歡，我喜歡啊！」

先前她還覺得缺點什麼呢，就是缺音樂啊！

三樓做成甜品輕食吧，給女子聚會。女子們小聚的時候並不喜歡太過喧鬧，但作為一個大開間，說話總是缺少一點私密性，若能來點音樂、歌舞，不論是助興，還是放鬆，甚或是掩蓋大家悄悄說的私密話，都是極好的。

誰說男子才喜歡那些呢？女子才是最懂得欣賞女子的！

想到馬上能有漂亮的小姊姊到自家輕食吧彈琴、彈琵琶，腰肢柔軟地跳個舞，顧茵心裡都激動得發癢！她一臉期待地看著武青意，就差直接說「我喜歡、我想要，求求你」！

武青意雖然對她這反應丈二金剛摸不著頭腦，但她這模樣實在是可愛，若不是關係還不到那一層，他都恨不能把她抱進懷裡揉搓一番。

他挪開眼睛輕咳一聲，嗓音略帶沙啞地道：「好，我去和陛下說。」

顧茵樂得直點頭，但還不忘叮囑他道：「那你得和人家說清楚，到咱家是純粹做工，不是那啥。」雖然她覺得恢復自由身、給女孩子表演樂器、歌舞，並不算辱沒了伎人的技藝，但也說不準會不會有些人是想奔著妾那種前程的，沒得擋了別人的路。

隔天武青意就向正元帝說了想要伎人的事。

正元帝看著他，促狹道：「前兒個你不還義正辭嚴地拒絕朕了嗎？」因殿中還有其他宮人，正元帝也沒想下武青意的臉面，所以不等他回答，正元帝又一副「都是男人，朕都懂」的樣子，擺手道：「行了，不用解釋。」

武青意稟明道：「不是臣的意，是臣妻……」

等到他一通解釋完，正元帝目瞪口呆。「所以不是你喜歡伎人，是你夫人喜歡？」

武青意說，就是這個意思，還幫著轉達了顧茵的話，說得事先和伎人說好，是去給自家做工的，願意的再去他們家。

這種要求更是聞所未聞了！因為在上位者眼裡，這些伎人不過是供人取樂的玩意兒，哪有把她們賞人還得問她們的意思的？不過正元帝也是窮苦人家出身，倒沒覺得這事多奇怪，而且也就是讓人詢問一聲，不費什麼工夫的事，招招手也就讓錢三思去辦了。

錢三思讓宮裡新收的徒弟去傳了話。

那小太監到了宮中的歌舞伎坊，說要選人送入英國公府。

伎人們聽到消息後，一個比一個激動。她們有一些是前朝留下來，沒有逃走的，一些是新朝建立後，其他官員上供入宮的。想奔前程的大有人在，尤其聽說是英國公府，那可是激動得眼睛都亮了。

不過後頭小太監又添了一句——

「不是大將軍愛這些呢，是將軍夫人喜歡，日後是聽將軍夫人驅策，所以妳們想清楚再說話。」

一番話宛如一桶冷水，兜頭把大家的熱情都澆熄了。

都是在宮裡的苦命人，小太監心軟，又補充道：「不過將軍夫人是極為和氣的，說好入英國公府的伎人可以恢復自由身，只算是在她家做工的，還能得月錢呢！」

圍上來的人還是散開了，只剩幾個不論是容貌還是技藝在伎坊裡都算是中下等級的女孩兒。

小太監看過她們，最後眼神落在一個穿絹紗金絲繡花舞裙的年輕女孩身上。

這女孩名喚楚曼容，進宮時間不長，正是十六、七歲，花一般的年紀，長得桃腮杏臉、嫵媚纖弱，就是在這美女如雲的宮中伎人裡，也是屬於頂好的姿容。而且她擅長的緞帶舞，堪稱翩若驚鴻，婉若游龍，連原是粗人、不怎麼喜歡看歌舞的正元帝都親口稱讚過。有她加入，一下子就拉高了留下來的伎人的水準。

小太監自覺不算辦壞差事，臉上總算有了笑影兒。「幾位姊姊就隨我過去吧！」

一行人剛走到伎坊門口，突然跑過來一個人，和領頭的小太監撞了個滿懷。

對方人倒是沒動，小太監卻被撞得「哎喲」一聲，仰躺在地。

「公公對不起，是我太心急了！」莽撞的女孩兒立刻伸手拉他。

小太監定睛一瞧，眼前的女孩雖然同樣穿著舞裙，卻是五大三粗、圓圓滾滾，臉白胖得像個發麵饅頭似的。

伎坊裡的其他人聽到門口的響動，紛紛出來瞧熱鬧。

「袁曉媛，怎麼又是妳？妳還回來做什麼？」有人戲謔道：「怎麼，終於改好妳的舞裙了？好厲害啊，妳這一身舞裙能做我們兩、三身了！」

看到小太監被其他人扶起，袁曉媛白皙的臉龐脹得通紅，絞著手指道：「我聽說今天宮中遴選伎人，所以、所以……」

其他人聞聲都嗤笑出聲。

這袁曉媛是前朝的伎人，改朝換代的時候她沒從宮中跑走，照理說是有自己的想法的，卻沒想到她卻一天比一天胖。做伎人的，首先就得賞心悅目，胖到這副模樣，誰還有心思管她有什麼技藝呢？後頭她連舞裙也穿不上了，伎坊的嬤嬤日常就讓她做些雜活，把她當打雜的使喚，要不是她今日穿上了舞衣，其他人都要忘了她原先也是伎人了。

袁曉媛睜著一雙圓溜溜的鹿眼，可憐巴巴地看著小太監。

小太監擺手道：「算了算了，那妳跟我走吧！不過若是回頭讓人送回來……」

那可太丟臉了！但怎麼說也算是一次機會，總好過在宮中做打雜的。

袁曉媛感激得直點頭。「謝謝公公、謝謝公公！」

小太監便領著連同袁曉媛在內的六人，到了御書房外頭。

正元帝和武青意已經說起了傷兵的事，聊完聽說伎人過來了，正元帝問武青意要不要見見？

武青意搖頭道：「不用。直接把人送回府中就好。」

顧茵這天主要在做開業前的最後準備。

因為要加設歌舞樂器表演，所以原先訂做的大吧檯就不能用了。

不過也不礙事，反正上頭兩層還空著，早晚要弄這些的，就先把吧檯放到樓上去。

原先擺吧檯的地方空了出來，顧茵讓人緊急做出一個小舞臺，就是鋪設一個比地面高出一寸多的木臺子。工序並不複雜，十來個木工師傅齊齊上陣，半下午的工夫就做好了。

等到舞臺做完，外頭已經到了傍晚，顧茵沒再多留，急著回家看美女呢！

她的馬車剛在家門口停穩，武青意也騎馬從外頭回來了。

顧茵不等他扶，自己就踩著腳蹬下了馬車。

武青意也翻身下馬。

顧茵對他擠擠眼睛，促狹道：「今天回來得倒是早呀！」

武青意把馬鞭拋給下人，衝她一挑眉。「這不是知道妳肯定得早回來？」

顧茵邊說邊加快腳步進了府。

主院裡王氏已經讓人提前擺了夕食，看到他們進來，她就忍不住笑道：「我就知道咱家大丫今兒個肯定會早回來，吃食都備上了！快吃快吃，吃完咱們看歌舞！」

顧茵邊洗手邊問今天來的那些伎人怎麼樣？

王氏道：「上午宮裡就來了馬車把人都送過來了，一共六人。我都安排在一個院子裡住下了，讓她們下午晌養精蓄銳，晚上再表演。夕食剛也讓人送過去了，肯定不會怠慢了她們。」

後頭一家子用過夕食，顧茵就讓人把伎人都請過來。

伎人們早就得到消息要表演的，因此下午晌都精心排練過了。

尤其是楚曼容，從中午得到消息到現在，別說是飯了，就連一口水都沒喝，生怕影響了自己的身形。她就等著首次在國公府表演的時候，要嶄露鋒芒呢！

袁曉媛吃了個肚兒圓，看楚曼容出門的時候臉色發白，便勸道：「楚姊姊，為什麼不吃些東西？這都出宮了。而且國公夫人都說了，咱們就是來給將軍夫人做工的，讓咱們鬆散些呢！」

楚曼容臉上浮起一個輕蔑的笑容，心道這人不只胖得像豬，更是蠢鈍如豬！不會真有人相信她們這些伎人是要賞賜給將軍夫人的吧？明顯是託詞罷了。

楚曼容年紀雖不大，從前卻是在揚州青樓長大的清倌人，早就見慣了這世間男人的醜態。天下烏鴉一般黑，哪有男人不貪花好色的呢？

即便是眼下後宮只有皇后和貴妃兩人的正元帝，第一次看到她的緞帶舞，也都讚不絕口。她很有信心，假以時日一定能在後宮謀劃到自己的位置。

只可惜，她是馮家的人，出身把柄捏在魯國公府手裡。

魯國公府本是想著新朝建立，正元帝肯定要充裕後宮，屆時後宮百花齊放，已經生育過的馮貴妃可能會比不過新人，所以秦氏才讓人把楚曼容從揚州買下，改換身分送進宮內，想讓她幫著馮貴妃固寵。但這近一年工夫，正元帝一心忙著前朝的事，並沒有去管後宮，而周皇后又一心撲在小皇子身上，因此馮貴妃成了後宮的獨一份兒，自然不願意再讓楚曼容冒頭了。

恰逢年關前，正元帝要賞賜伎人給臣子，馮貴妃就遞了消息給楚曼容，讓她想辦法進英國公府。

惡鬼將軍威名赫赫，一般人都懼怕他，但楚曼容曾在宮宴上見過武青意，他雖戴著半邊面具，露在外頭的半張臉卻英俊非常，比人近中年的正元帝不知道英武了多少倍。而且馮貴妃還給她透露了消息，說武青意的後宅比正元帝的後宮還簡單，只有一個發跡前在鄉下娶的髮妻。一個農女出身的山野村婦，對自詡美貌和技藝超群的楚曼容來說，自然稱不上是對手。

英國公府可沒有拿捏著她把柄的人，楚曼容已經迫不及待想大展身手了！

一行人被引到了主院。

顧茵已經讓人把桌椅都挪開，在屋中間留出一大片空地，而他們一家子則挨著坐在一處，只等著看表演了！

宮中的舞衣華美非常，行動起來衣袂飄飄，而且因為她們都是會舞的人，身姿格外挺拔窈窕，走起路來都如風吹荷葉一般，楚楚動人。

「妾身見過國公爺、國公夫人……」為首的楚曼容領著眾人齊齊福身行禮，她微微頷首，露出一截白皙纖細的脖頸，自有一股風流姿態。

顧茵的眼珠子都快瞧出去了，還要細看她的長相。

旁邊的顧野突然噗哧一聲笑出來了。

顧茵順著他的視線看過去，在最末處看到了個圓滾滾的身影。她也是和其他人一樣的行禮方式，但是因為身子圓潤，那動作到她身上就顯得有些滑稽，就好像圓滾滾的大熊貓在學人的姿勢一般。

顧茵看他一眼，顧野立刻就止住了笑。

王氏也瞧到了，小聲納罕地道：「下午我有事忙，都沒細瞧就讓她們去安置了。這些不是伎人嗎？怎還有這麼胖的？比咱家石榴還胖呢！」

宋石榴就站在旁邊，聞言嘟起了嘴。

王氏立刻改口說：「胖點兒好，有福相！」

宋石榴這才不皺著臉了。

顧茵讓眾人都起身，不用多禮，接著就讓她們開始表演。

六個人裡頭，一個袁曉媛彈琵琶；還有個尖臉、長眼睛的彈月琴；其他四人則負責跳舞。

那舞是她們下午臨時排練的，但在宮中多年，每人都是下了多年的苦工，每個踢腿、下腰、抬手等動作都不知道練過多少遍了，所以一場舞那也是跳得羽衣蹁躚、翥鳳翔鸞。

顧茵都看傻了，臉上的笑就沒停下來過。

王氏也看得津津有味的，瓜子咳得嗶啵作響。

反而是武重和武青意覺得沒啥意思，看到一半父子倆就開始心不在焉、眼神亂飄，最後一邊聊天、一邊用餘光看著自己身邊的妻子，偷偷發笑。

兩個孩子就更別說了，武安已經在想著沒寫完的功課，顧野則在想船行的事。

一首曲子演罷，歌舞也結束。

顧茵拍手稱讚道：「好，真好！」雖說這些人除了楚曼容外，在宮裡伎坊都算不得一號人物，但是放到宮外，那絕對都是技藝超群，所以顧茵確實是真心實意地稱讚。

看完群舞，顧茵又詢問她們有沒有個人才藝展示？

畢竟是在酒樓裡表演的，總不能讓人從早跳到晚，沒個休息的時間吧？所以最好是每人都有個別的才藝，一人上場表演一段，這樣大家能輪流休息。

楚曼容往後站了站，等著其他人拋磚引玉。

後面其他五人裡頭，有人會唱曲、跳獨舞，有人會吹笛子、吹簫，還有人說會彈古箏和古琴。

這些樂器庫房裡還都有，都是前朝名家製作的那種，不然也搆不上國公府開府時的賞賜等級。而且東西還不少，讓人去一扒拉，居然扒拉出了兩大箱，常見的樂器一應俱全。

袁曉媛眼睛尖，看人開箱子的時候，激動得嘴唇子都哆嗦了，喃喃道：「這是蘇大家製的玉笛，這是張大家製的琵琶……這這這、這是焦尾！」她越說越激動，一個不察，聲音就拔高了。

顧茵聽了就笑道：「妳倒是識貨。以後這些樂器就給妳們用，總好過在家裡吃灰，暴殄天物。」

袁曉媛忙道不敢！真不敢，她哪裡配啊！

這些樂器前頭賞賜出宮的時候都由專人侍弄過，放到現在雖然落了一層灰，卻不影響使用。袁曉媛方才說要彈古琴的，所以那焦尾琴就讓人架到她面前。

「用吧，就是好東西才要經常用呢！」顧茵鼓勵地對她笑了笑。

袁曉媛深呼吸一口氣，當場撫琴。

不知道是不是因為她心緒激動的關係，一曲悠然恬淡的〈高山流水〉到她手裡，都快成「高山急水」了。

等到後頭，曲子接近尾聲的高潮部分，袁曉媛更是彈得忘我，十根胖胖的手指翻飛，快得讓人只能看到她手指的殘影。

和著她的曲子，和她搭配跳獨舞的伎人可就慘了，舞步越跳越快，也越跳越亂，最終踩到了自己的裙襬，跌坐在地。

楚曼容嗤笑出聲，其他幾人也都掩嘴發笑。

袁曉媛這才回過神來，自責得眼淚都出來了，手指絞著衣襬，從古琴前站起身。

她才十五、六歲的年紀，雖然胖一些，卻一點都不難看，此時圓溜溜的鹿眼蓄滿了淚水，偏還咬著花瓣似的唇不肯哭出來。

而那個踩到衣裙的獨舞伎人看著十七、八歲，桃花眼、鵝蛋臉，也羞愧得脹紅了臉。

「也是妾身學藝不精。」

大小兩個美人都要哭不哭的，顧茵見了心軟得一塌糊塗，讓她們都到跟前來，溫聲安慰道：「沒事，真沒事！這連彩排都算不上呢，即興表演罷了。」又對格外自責的袁曉媛道：「我聽人說樂器到人手裡，也是要磨合的，所以這次不要放在心上。下次好好練練，知道不？」

袁曉媛的眼淚這才落下來，紅著眼眶，忙不迭地點頭，甕聲甕氣地保證道：「知道，一定不辜負夫人的希望！」

哄好了她們，顧茵的眼神落到還沒有展現單人才藝的楚曼容身上。楚曼容不論是容貌還是身段、氣質，都遠超其他人，顧茵對她抱持極大的期待。

楚曼容垂著眼睛走到中間，雖然神情恭敬，心中卻十分不滿，她自覺受到了前所未有的侮辱——顧茵等人坐在一處，吃瓜子的吃瓜子、吃點心的吃點心，而唯二的兩個成年男子竊竊私語著，好像在說別的！

回想在宮中時，哪次她出場的時候不是萬眾矚目呢？怎麼可能有人這麼漫不經心的？不過沒事，楚曼容在心裡對自己道，自己還沒使出看家本事呢，到時候一定讓他們刮目相看！

她餘光注意著武青意，從懷中掏出緞帶。

那緞帶不知道是何材質，雖然被這麼摺疊起來貼身存放，但展開後卻一點摺痕都無。等到她舞動起來，那緞帶就彷彿活過來一般，泛著凌凌波光，圍繞著楚曼容周圍游走，襯得她本就出色的面容越發好瞧，宛如謫仙一般。

這緞帶舞實在驚豔，顧茵看得目不轉睛，王氏都忘記嗑瓜子了，就連武重和武青意都不由得多看了兩眼，兩個小傢伙也是看得全神貫注。

最後楚曼容扭動著腰肢，踏著輕快的步伐，將緞帶往武青意身上拋去。

武青意之前看過兩眼就繼續和他爹說話了，餘光瞥見有東西直衝自己面門而來，他下意識地伸手一接、一摜！

楚曼容先是被一股奇大無比的力氣往前一拽，接著整個人都不受控地被拉扯著跌到一邊去！她驚叫著摔向一邊，額頭還磕到了旁邊的桌角上！

顧茵嚇了一跳，立刻起身去扶她。「妳沒事吧？」

楚曼容又屈辱、又憤恨，這時候根本來不及掩飾自己，面上的情緒一下子就落到了顧茵眼裡。

「沒事！」楚曼容捂著額頭，垂著眼睛，自己站起身。

到底是武青意的不是，顧茵看了他一眼，他便摸著鼻子歉然地說了聲「對不起」。

這句道歉多少有些敷衍，但屋裡的人都不是傻子，楚曼容表演的時候，離她最近的明明是王氏和顧茵，偏她要繞過兩人，把緞帶往武青意身上拋，不是別有用心是什麼？

顧茵讓人請來府裡的大夫，讓大夫給楚曼容檢查傷處。

等楚曼容離開後，顧茵用眼神詢問武青意——不是讓你和人說好，是來做工，不是那種事嗎？

武青意一臉無辜地搖搖頭。我確實是照妳說的辦，真不知道怎麼會這樣！

有外人在場，兩人打過一陣眉眼官司，也不好繼續說什麼。

趁著這個工夫，顧茵也該和伎人們聊聊未來的工作內容和待遇了。

在場幾人聽說是去酒樓裡專門接待女客的地方表演才藝，都沒有表現出不樂意。反正她們本來就沒有其他一技之長，給誰表演歌舞都沒什麼差別，只要不是那種聲色犬馬的場所就行。

待遇方面，顧茵詢問她們，從前在宮裡的月錢多少？

宮中伎坊裡也有等級之分，像楚曼容那樣出色的自然是一等，月錢十兩；而其他人則是二、三等，月錢是三兩到五兩。

袁曉媛胖乎乎的臉又紅了，她月錢只有一兩，因為自從她長胖後，每次伎坊考核她都沒有資格參加，拿的都是最低等粗使小宮女的月錢。

顧茵就點頭道：「這樣吧，我給妳們每人五兩月錢。當然，這是最基本的工錢，另外還有績效獎金，這個我稍後再詳細地說給大家聽。」

正說到這裡，被大夫看過，傷處無礙的楚曼容頂著腦門上的瘀青回來了。

楚曼容開口打斷道：「妾身不願。」五兩銀子的月錢，就想讓她把引以為傲的技藝表演給普通人看，這是折辱誰呢？

這人明顯動機不純，但又確實能力超群，顧茵遂懷著愛才之心，耐著性子詢問她。「是覺得這工錢低了嗎？這只是最基本的，還有其他的呢，妳聽我解釋就懂了。」

「不。」楚曼容跪下了。「不論多少銀錢，妾身不願意在人前跳舞。」

顧茵就說算了。「既妳不願意，我也不強人所難。今日天也晚了，明日妳就出府去吧。」

「夫人慎言。」楚曼容不緊不慢地道：「妾身是陛下所賜，夫人無權把妾身趕走。」

王氏被氣笑了，手裡的瓜子往盤子裡一扔，抄著手冷笑道：「妳又不願意給我兒做工，又不願意離開我們家，怎的，妳還賴上我家了?!」她管家一段時間了，身上已有一股上位者的氣度，加上她板著臉的時候又委實顯得凶惡。

楚曼容纖弱的身子瑟縮了一下，小聲道：「妾身願意為奴為婢，任憑驅策，但就是、就是……」

「就是不願意跳舞是吧？」顧茵接口道。

楚曼容應「是」。反正她的才藝只展現給如正元帝、武青意這樣的人物瞧。雖然她沒想到武青意是這般的不解風情，但若是她傍身的技藝變成為了幾兩銀子的月錢就能隨便看到的普通玩意兒，她哪裡還有立身的資本？

王氏又要張嘴，讓笑咪咪的顧茵攔下了。

「別的什麼都成？」

「是！」楚曼容擲地有聲地又應了一次。反正她是皇帝賜下的人，諒英國公府的人也不敢要求她去做什麼骯髒差事。

「妳可別後悔。」

「妾身絕不後悔！」

臘月中旬，食為天的輕食吧和同一條街的望天樓同時開業。

顧茵這邊是早就預告過的日子，對方偏偏選了同一天，顯然是要跟食為天一較高下了。

兩邊都是張燈結綵，魯國公府的馮濤親自主持開業儀式，還請來了京城最有名氣的幾支舞獅隊伍，敲鑼打鼓，好不熱鬧！

反觀食為天這邊，只是在門口架了一張貼著紅紙的告示牌，一相對比，顯得十分冷清。

等到街尾的鑼鼓聲停下後，顧茵和周掌櫃才從店內出來，夥計們也魚貫而出，在門口架設了一張條案。

後頭又出來一個身形纖細娉婷的女子，她穿著一身和堂倌一樣的淡黃色工作服，頭上包著布巾。雖然不施粉黛，又木著張臉，但女子是那麼的美，光是站著就足以吸引人駐足。

女子緩緩動了起來，一道潔白的素練在她嫩如春蔥的手中舞動，一開始是繞著她纖細的脖子，後頭是繞著她的身子，最後在空中畫圓，那圓越來越大，那素練也越來越長……

看客們這時覺得不對勁了，什麼素練能越甩越長？莫不是變戲法？等他們定睛看去，就發現女子手中的東西根本不是什麼素練，而是麵啊！

「本店新晉扯麵師現場表演，絕對的手工扯麵、絕對的勁道彈牙，快來嚐嚐喂！」周掌櫃響亮的吆喝聲響起。

雖然望天樓的開業儀式熱鬧非常，但說實話，這種儀式大差不差，時常都能瞧見。

反而是食為天的甩麵、扯麵，倒是實在新鮮。尤其那什麼扯麵師，更是前所未聞，且那扯麵師還是個姿容、氣質都百里挑一的美人兒呢！美人兒和麵團的搭配雖然奇怪，可那麵到美人手裡，卻如同活物一般有靈，賞心悅目得叫人移不開眼。

食為天門口的看客越來越多，楚曼容也扯好了越來越多的麵。她臉上雖然木然，心底卻是很羞憤！獻藝那晚，她當著眾人的面前誇下海口，說任憑驅策，絕不後悔，轉頭顧茵就說讓她做廚房相關的工作。楚曼容當時說自己沒下過廚，怕是做不好這份差事，顧茵還是笑咪咪的，說「我給妳尋的差事妳肯定能做好」，然後楚曼容就來食為天扯麵了！

她自覺受辱，一開始還消極怠工，故意把麵扯斷，顧茵也不惱怒，只和她說「我勸妳最好是好好扯，不然妳怕是還得後悔」。楚曼容第一次遇到這樣捉摸不透的人，看到顧茵笑就背後發寒，但還是強撐著回顧茵「妾身確實不擅長這個」，結果顧茵又糾正她一次，說以後自稱用「我」，接著就讓後廚夥計監督她練習，顧茵自己則去忙別的了。

等到第一天練習完畢，楚曼容兩條胳膊都抬不起來了。

到了用夕食的時候，顧茵就讓她吃自己扯壞的麵，說是不能浪費糧食，還道「陛下也是窮苦出身，最見不得人糟蹋吃食的，楚姑娘是從宮裡出來的，想必也知道這個吧」。

這還真是確有其事。楚曼容入宮的時候，伎坊的嬤嬤就叮囑過她們一些注意事項，其中就有一條，說讓她們即使進宮也不能奢靡浪費，後頭每次用飯，嬤嬤都會監督她們。但伎坊裡的人本就在吃食上極注意，每人都按著自己胃口的一半分量要飯食，所以沒出現過誰犯了忌諱的情況。

於是那扯壞的白麵被做成了一點味道都無的清水麵條，悉數進了楚曼容的肚子。

一開始她倒不覺得有什麼，可是一天一天過去，自小也算錦衣玉食的她實在是頂不住頓頓吃清水麵條了，尤其她還每天都聞著酒樓裡噴香的火鍋和烤肉味，看到肉食的時候眼睛都冒綠光了！人一餓，腦子就容易遲鈍，這樣過了幾日後，楚曼容再也不敢故意扯壞麵了。

她算是看出來了，這位將軍夫人雖然出身鄉野，卻是個頂奸猾的，再折騰下去，她怕自己根本不用想什麼以後，眼下就要交代在這裡了！

於是她就正式上任，成了食為天的新晉扯麵師。

沒多會兒，文二太太也和各家夫人們陸陸續續來了。

她們到了門口，也被這扯麵的技藝給驚呆了。

之前那個圓圓臉的年輕婦人還笑道：「顧娘子這腦袋怎麼長的？竟這般多的好點子！今日我聽人說妳家的輕食吧和望天樓同日開業，還擔心妳家被對方搶了風頭，早早地就來捧場呢，沒想到顧娘子早就想好應對的招數了！」

顧茵笑而不語。還真不是早想好的，只是碰巧罷了。可真別說，會跳舞的人就是靈活，那緞帶舞和扯麵更是異曲同工，所以楚曼容沒練幾天就上手了，實在是意外之喜。光剛才那麼一會兒的工夫，就賣出去幾十份扯麵，夠楚曼容扯上好一會兒了。

於是她便請一眾夫人移步三樓。

顧茵日前就下了帖子，所以一眾夫人不只自己來了，還把其他從前沒來過食為天的手帕交也帶來了。

不過文二太太沒有其他的朋友了，所以只有她自己過來，她正要致歉，顧茵先上前挽住她一條胳膊笑。

「您總算來了，我還等著您給意見呢！」

文二太太笑著拍拍她的手背。進門左拐就是樓梯，兩人邊說話邊上了樓。

一、二樓都沒有變化，三樓樓梯口就不同了，放了許多花籃，鋪設的地毯也從大紅色變成了霧霾藍色。

「這個季節哪來的這麼些花？」文二太太說著話，湊近一瞧，才發現這些花是布疋製作的，並不是真花！她不由得讚嘆道：「好精巧的手藝，幾步開外我居然沒發現呢！光這些花就要價不菲吧？」

顧茵笑著解釋道：「倒還真不怎麼費銀錢，都是自家繡娘做的。」

他們一家子都是不怎麼注重享受的人，並不像從前王府的主子那樣，每個月都要做幾身嶄新的衣裳。上次繡娘們忙活時，還是顧茵和王氏入宮赴宴之前。

後頭每人做了四、五身應季的衣服，繡娘們就閒下來了。

閒散當然不是不好，只是王氏前頭剛趕走了二、三十人，後頭又遣散了一些其他下人啊！雖後頭遣散的會另外給安家費，但在府裡待了這些年了，誰願意挪窩去外頭呢？尤其繡娘也是吃的青春飯，她們都不怎麼年輕了，出去做幾年活計後可能眼睛就不頂事了，還不如在府裡，給主子們做活，不那麼費眼，也不用擔心那麼多事。

所以等顧茵和她們說自己想佈置一下三樓，專門招待女客，詢問她們有什麼建議的時候，繡娘們都拿出了看家的本事。

這布花，只是其中一樣。

在千奇百豔的各色布花中穿過，文二太太上到三樓時，一股冷冽的雪松香氣在鼻尖縈繞。

這香味不算特別濃郁，十分沁人心脾，完全把樓下飄散上來的其他吃食味道給掩蓋住了。

這就是府中下人幫忙想的第二樣了。

可別小看這製香的手藝，在很多世家裡，香料是如同家族秘辛一般，世代母女相傳的傍身手藝，並不會對外人道的。也就是原先王府這樣的地方，才會有懂得製香的大丫鬟。

她們照著顧茵的需求調配出來了這雪松香，既能遮味，又十分的好聞。

進到三樓，入眼處擺放著一大張美人屏風，那屏風也不用想，是王氏從家裡庫房淘出來的。

繞過屏風，一張張雕花小圓桌整齊擺列，搭配著淺素色桌布，旁邊是霧霾粉或者天青色的布藝沙發，光是氛圍就讓人十分放鬆。小圓桌有二十幾張，圍繞在小舞臺附近。

而靠窗的地方則是長條沙發加上大一些的桌子，以精緻小巧的屏風隔開。這樣大一些的桌子也有十幾張，每張桌上還都擺著插著布花的小花瓶。那小花瓶並不名貴，但同樣都是素雅的淡色，花瓶上頭也有圖案，或是飛鳥魚蟲，或是梅蘭竹菊，栩栩如生，每桌各不相同。

文二太太和顧茵在雙人小桌前坐下，身子陷進那填充了鵝絨、鼓鼓囊囊的沙發，立刻發出一聲舒服的喟嘆。

兩人剛坐下，便立刻有穿了工作服的堂倌送上菜單。

三樓的堂倌是大孫氏幫著新招的，一共八人，都是眉清目秀的年輕婦人。

菜單也是卷軸式樣的，圖文並茂，一樣由武安所畫，但不論是材質或風格，和一、二樓所用都完全不同，顯得更加素雅、有格調。

文二太太看完一遍，笑道：「我是看什麼都新奇，也不知道點什麼好了，妳給拿主意吧。」

顧茵點點頭，吩咐了堂倌，沒多會兒各色吃食就被端了上來。

兩個精緻的陶瓷小杯子先送上來，一份是加了珍珠的奶茶，另一份則是放了水果乾的果茶。

文二太太近來十分注意身形，自然是捧了果茶來喝。那果茶裡頭放了很少的糖，卻是果味濃郁，帶著微酸，在這吃不到新鮮蔬果的冬日裡，喝上一杯十分舒坦。

後頭其他點心也被送上來，有做成指節大小的綠豆糕、棗泥糕、蓮子糕、牛乳糕等，還有做成小兔子、小豬形狀的豆沙包、奶黃包、水晶梅花包等，每樣都是精緻無比、大小適中，一口一個，並不用擔心會弄花口脂。

裝點心的盤子都是花瓣形狀，一個小盤子上只能放兩、三個小點心，合在一起正好就是一朵盛開的花朵模樣。

今天開業的點心都是顧茵親手做的，文二太太揀著幾樣吃了，又是一番讚嘆。「雖一直知道妳手藝好，也嚐過許多次了，但每次吃著還是覺得新奇，妳怎麼這個年紀就會這樣多的東西呢？」

正說著話，文二太太的兩個朋友已經坐到靠窗的地方，招呼她一道過去坐了。

顧茵就讓人把吃食都送過去。

那個圓圓臉的年輕婦人笑道：「顧娘子來得正好，快和我說說該點些什麼？我方才看到上頭有個叫龜苓膏的，這是什麼？」

輕食吧新開放，顧茵肯定得琢磨一點新吃食，這頗費工的龜苓膏就是其中一樣。

顧茵先詢問對方在不在信期，得知不在，才笑道：「這是本店新品，夫人感興趣的話我送一份給您嚐嚐。」

沒多會兒，堂倌就捧來一個小盅，裡頭自然就是切成小塊、黑乎乎的龜苓膏，雖然淋上了蜂蜜和牛乳，但這賣相到底還是可怖了一些。

那圓臉婦人看見這賣相就蹙了蹙眉，但顧茵的手藝毋庸置疑，這又是對方送她的，她也只能拿著小勺子舀一塊嚐嚐。龜苓膏清苦，帶著一股藥材的味道，初時嚐起來並不是很美味，可是再吃第二口、第三口，這清冽特別的味道就不那麼難以接受了。

顧茵便補充道：「這龜苓膏滋陰潤燥、降火除煩，我看夫人唇邊生了一點火瘡，所以推薦給您用。這東西是略帶寒性的，因此我方才先詢問了夫人在不在信期。」

「原來還有藥用的功效，怪不得我聞著有一股草本味道。」圓臉婦人本來還覺得這甜品味道一般，但如果有藥用價值，這東西就得和湯藥作比，那滋味絕對算得上是十分不錯的了！

文二太太聽到這話，眼睛立刻亮了，詢問道：「若是吃完炙肉和火鍋，再吃一盅這個，是不是就不會長痘了？」

顧茵笑著點頭，但還是道：「這東西寒涼，犯熱氣的時候吃就好，也不能頓頓吃。」

文二太太立刻要了一盅。

另外還有一個婦人也要了一盅。她不是好奇這黑乎乎的東西的滋味，也不是想著解火鍋跟炙肉的熱氣，而是她本身一到冬天就容易上火，最常見的癥狀就是通便不順暢，到了冬日幾乎天天都得喝下火的湯藥，所以才想試試。

介紹完吃食後，小舞臺上的表演也開始了。

袁曉媛坐在舞臺一側撫琴伴奏，其他四人先表演了一場群舞。

她們妝容清淡，眼睛清亮，每個都是那麼的好瞧。她們的舞蹈並不是為了賣弄風情而搔首弄姿、扭腰頂胯那種，是十分清雅古典的舞蹈。舞衣當然也不會很暴露，只是比一般的衣裙更貼身一些，修飾出伎人優美的身線。

如顧茵所想，文二太太等人看到伎人們，都帶起了欣賞的眼神。

文二太太更忍不住小聲道：「從前這些個歌舞都是為了那些臭男人而跳，如今也輪到咱們享受了！」

旁人附和道：「就是，我從前就喜歡看這些，我家夫君非說哪有女子愛看這個的，說的我都覺得奇怪了，想著難不成我自己是異類？」

更還有人在心中想著，自己其實未出嫁前也學過這些，但後頭嫁了人，貪花好色的夫君豢養了歌舞伎人，所跳之舞十分媚俗，令人生厭，以至於自己都很多年沒有再跳過舞了，卻不想原來只是優雅的舞蹈的話，確實是適合每個人欣賞的。

輕歌曼舞結束，文二太太等人都撫掌誇讚。

文二太太又詢問顧茵。「我看那些男人看完歌舞都會給些賞錢，我們是不是……」

顧茵就指著桌上的布花道：「夫人可以把這個買下，一支十文錢，送給妳們心儀的伎人，這個銀錢會直接折算成伎人的績效獎金。」

文二太太不懂什麼績效獎金，但還是聽懂了，這個是可以直接算銀錢給對方的。

一支十文錢委實不貴，文二太太就直接道：「那我給她們每人送兩支。」

其他婦人也紛紛應和。

顧茵早就準備好這些了，很快就讓人把合數的布花準備出來。

這些花沒直接送到伎人手裡，而是放到了舞臺邊上一個告示牌之前。

那告示牌是由一個個小告示牌組成，小牌子上貼了每個人的小像，下頭做成可以活動的數字牌，數字即每個人當天收到的布花數量。

根據方才眾人的打賞數量，袁曉媛等人的小像面前擺放了數量不同的布花，名次也跟著改變。出乎意料的，她居然是收到打賞最多的那個，貼著她小像的小牌子也挪動到了最前面。

群舞結束後是單獨才藝的環節，袁曉媛幫著堂倌把古琴搬走，又抱著琵琶回來，回來後看到那變化了的告示牌，她激動壞了，小跑著到了顧茵面前，聲音打顫地詢問道：「東家，那個牌子……牌子是不是出錯了？」

顧茵伸手把她額前的一縷髮絲挽到耳朵後頭，笑說：「沒出錯，是夫人們喜歡妳呢！」

「謝謝東家！謝謝夫人們！」袁曉媛臉色通紅。

她其實技藝不比伎坊的一等伎人差，更小一些的時候就是因為才藝才被選召入宮的，只是那已經是好幾年前的事情，她都快忘了被人肯定和讚賞的感覺了！

顧茵之前就覺得袁曉媛並不難看，反而胖得珠圓玉潤，十分可愛。

果然，文二太太一見她也都稀罕她，伸手捏了捏她胖乎乎的小手，誇讚道：「真是個有福相的好孩子！這是還會彈琵琶？好好彈，我還給妳送花！」

袁曉媛清脆地「哎」了一聲，抱著琵琶坐回到舞臺上。

雖然心緒激動，但這次袁曉媛把初次獻藝的事引以為鑒，很快就調整好了狀態。她胖胖的手指有條不紊地開始彈奏，一曲婉轉旖旎的〈春江花月夜〉從她的指尖流淌而出。

在這輕柔的曲調中，文二太太等人又給她送了十幾支花。

顧茵也順勢把自己另外準備的東西展現給她們。她讓人準備了幾副燙銀印花的撲克牌和簡單的大富翁那樣的小桌遊，唯一和現代不同的，大概就是大富翁裡面的錢變成了小銀票。

文二太太等人閒暇時分就是打葉子牌和馬吊，倒是沒玩過這些。

經由顧茵教授，眾人很快就玩了起來。

這一玩，就玩到了午飯的時辰。

三樓的午飯有各色沙拉、三明治等輕食，當然也可以另外點菜。

眾人點了自己想吃的，或邊玩邊吃，或邊看表演邊吃。

玩到傍晚，天色一下子暗了下來，屋內並不點油燈，而是點蠟燭。

那蠟燭比一般的纖細，還雕著花紋，插在銀質燭臺上，再罩上畫了美人的輕薄紗罩，把三樓的氛圍烘托得越發雅致。

有句話說叫燈下看美人，越看越迷人。

舞臺上的伎人本就都是容貌姝麗的美人兒，這燭燈一點，七、八分的容色都成了十分。

夕食顧茵準備了一些適合女子喝的酒，梅子酒、桂花酒、果子酒、米酒……一應俱全。

但這些白日並不對外售賣，只有晚上才會有單獨的酒水菜單。和現代一樣，這些酒水並不整壺出售，而是按杯賣的，客人可以根據自己的口味點。

文二太太等人點來嚐過，個個都是讚不絕口。

微醺時分有人一時興起，主動要求上臺表演——都是女子嘛，也沒什麼不好意思的。那婦人擅彈古箏，技藝當然不能和宮中出來的伎人相比，卻也是十分的嫻熟。

一曲彈畢，眾人又是撫掌稱讚。

那婦人初上臺的時候是一個衝動，後頭就有些後悔了，可是看到友人都在替自己鼓掌，顧茵和伎人、夥計等臉上讚賞的笑容也都是真心實意的，她就再不覺得有什麼了，大大方方地斂裙半福身，給大家還禮。

有人領頭之後，自然也有其他人效仿，連文二太太都上臺給大家唱了一段。

這些人今天相聚於此，只是因為有共同的閨中密友，有許多其實之前還從未見過，只在密友口中聽過對方的名字，但今天一天相處下來卻算是熟稔了。

文二太太最高興不過，她本就是喜歡熱鬧的，一天下來多交了十幾個朋友，實在是意外之喜！而且這些個朋友和場面上應酬、因為利益而相識的不同，完全是因興味相投而結交來的，再寶貴不過。

一直到快宵禁時分，婦人們的家人來尋了，連文二老爺都親自駕車過來了，一整日的熱鬧才算結束。

文二老爺看到自家夫人那滿面紅光的模樣，就埋怨道：「晨間妳和我說來給食為天捧場，我怎麼也沒想到妳會在這裡待一整日，還當妳是去了別處呢，可把我好找。」

文二太太根本不理他，自己爬上了馬車。

文二老爺也跟著坐進去，肉痛道：「食為天今非昔比了，吃食的價格翻了好幾倍，妳在這裡待一整日，那得花多少銀錢？」

文二太太不以為意地道：「沒花多少，就二、三兩銀子而已。」吃食確實只花了二、三兩，當然還有後頭打賞送花的，也有個幾百文。對著鐵公雞似的丈夫，文二太太很有眼力的沒提賞錢。若讓他知道自己白給人送錢，他要發瘋！說實話，他們家真不差這點銀錢，不說文二老爺奉旨討債分得的銀錢，單單文二太太自己就是嫁妝頗豐、不差錢的主兒！

「二、三兩不是銀錢嗎？這要是從前在寒山鎮上……」他且肉痛呢，馬車外頭忽然傳來一道軟糯的女聲——

「夫人，您的斗篷忘記拿了。」

文二太太剛還懶懶散散地躺在馬車裡，聞言立刻坐起身，撩起車簾，探出半邊笑臉。「是曉媛啊？走得匆忙，我給忘了，麻煩妳了。」

袁曉媛把文二太太的斗篷遞上，吸著鼻子道：「沒事，就幾步路而已。」

文二太太看她凍得鼻頭都發紅了，心疼道：「趕緊回去，妳這好嗓子可不能凍著。我明兒個還來瞧妳！」

袁曉媛甜甜地「哎」了一聲。「那我今晚再練練夫人家鄉的小曲兒！」說完，她小跑著回了酒樓，進去之前還不忘轉身向文二太太揮揮手。

文二太太也笑著朝她擺手，催促她快些進去。等她徹底進去了，文二太太才放下車簾子，看都沒看文二老爺一眼，又閉眼躺了回去。

文二老爺無語。「……」奇了怪了，怎麼有種糟糠妻來接風流夫君回家的感覺？

——未完，待續，請看文創風1023《媳婦好粥到》4

2021年11月出版

小富婆養成記

文創風 1012～1013

她生平無大志，唯有一個小小的願望——當個小富婆！
正所謂靠山山倒，這天底下最可靠的朋友，就只有孔方兄啊！
不過她不貪，賺的錢夠她一家滋潤地過日子就好，
那種成天忙得團團轉的富豪生活她可不想要，麻煩死了～～

一人巧做幾人羹，五味調得百味香／明月祭酒

她實在不明白，怎麼一覺醒來，就從飯店主廚變成窮得要命的村姑蘇秋？
這個家真是窮得不剩啥耶，爹娘亡故，只留下四個孩子，偏不巧她是最大的那個！
自己一個單身未婚的女子，突然間有三個幼齡弟妹要養，分明是天要亡她吧？
何況她沒錢，她沒錢啊！可既然占了人家長姊的身體，她自然要扛起教養責任，
而且，這三個小傢伙可愛死了，軟萌地喊幾聲「大姊」，她就毫無招架之力了，
養吧養吧，反正一張嘴是吃，四張嘴也是吃，她別的不行，吃這事還難得倒她？
……唉，還真是難！巧婦難為無米之炊，家裡窮得端不出好料投餵他們啊！
幸虧鄰居劉嬸夫婦是爹娘生前的好友，二話不說出錢出力解了她的燃眉之急，
擁有一手好廚藝的她靠著這點錢，賣起獨一無二的美味鳳梨糕，
幸運地，一位京城來的官家少爺就愛這一味，還重金聘她下廚燒菜好填飽胃，
沒想到這貴人不僅喜歡她煮的菜，還喜歡她，竟說想納她為妾，讓她吃香喝辣，
可是怎麼辦，她喜歡的是沈默寡言又老愛默默幫忙她的帥鄰居莊青啊，
雖然他只是個獵戶，但架不住她愛呀！況且，論吃香喝辣的本事，誰能比她強？

能吃是福，好運食足／浮碧

2021年12月出版

米袋福妻

一國公主的回門禮，居然是五百斤大米?!
敢向皇帝開口討糧養家，唯有他媳婦才辦得到吧……

文創風 1016 **1**

從惜糧如命的末世穿到吃穿不愁的古代，還是可以嚐遍美食的公主?!
楚攸寧樂了，下嫁滿門寡婦的將軍府也不算什麼，供她好吃好喝就行，
既然注定守寡，不如收編沈家婦孺當隊友，關門過囤糧的小日子多好。
孰料她不慎出糗，沒圓房就想替夫君搭靈堂，氣壞負傷歸來的沈無咎，
這且不算，將軍府竟米袋空空，正因她那昏君老爹御下不嚴、剋扣糧餉，
她乾脆扛刀直奔慶國糧倉，一大家子要養，欠她的糧還不快快還來——

文創風 1017 **2**

解決將軍府的糧食危機，楚攸寧真心覺得沈無咎是萬中選一的好隊友，
能幫她囤糧、幫她保守穿越的秘密，還能研製抵禦外敵越國的火藥。
嗯，她的御用軍師非他莫屬！奈何她的酒品太差，醉了對他上下其手，
又偷溜出門，酒醒發現自己當了劫皇糧的土匪，讓著急的他哭笑不得。
唉，她不喝了，聽聞近日來選妻和親的越國親王囂張，狠打慶國臉面，
還敢在國宴上當著昏君老爹的面調戲她，豈能放過，定要出口鳥氣！

文創風 1018 **3**

破除鬧鬼傳言後，人跡罕至的鬼山被楚攸寧改造成囤糧藏寶的大本營，
還養出補腦壯陽，咳，是讓人頭好壯壯的放山雞，買家堪比過江之鯽！
天啊，她只是三不五時用異能陪這群雞跳跳舞，效果居然這麼好？
可憐了沈無咎，吃了雞又碰不得枕邊睡得熟透的她，只能練劍到天明。
沒等她好好補償他，越國便以和親團遇劫為由開戰，沈無咎請纓上陣，
身為沈家糧倉的她當然要跟，還要把欠三個嫂嫂的公道討回來——

文創風 1019 **4** 完

真實身分為越國老皇帝的私生子，難怪昏君老爹不勤政，處境尷尬啊，
這場仗一定要贏，為了百姓著想，乾脆輔佐她爹這假血脈當上真明君吧！
沈無咎也在這次戰役中找回哥哥們，終於打破沈家滿門寡婦的流言，
可兩位兄長完全認不得他這個弟弟，二哥舉止如野人，還同小孩搶食；
三哥更是心性大變，執意效忠越國，對楚攸寧痛下殺手，該如何喚回？
楚攸寧陷入苦思，闔家團圓僅差一步，她要怎麼幫親愛的夫君一把……

為流浪貓狗加油 和貓寶貝 狗寶貝 廝守終生(一定要終生喔！)的幸福機會

對人來說，貓寶貝狗寶貝只是生活的一部分，但妳(你)對牠們來說，卻是生活的全部，領養前請一定要考慮清楚——

▲ 會讓人忍不住親上幾口的小妞 吳天天

性　　別：女生

品　　種：米克斯

年　　紀：2歲半

個　　性：親人親狗

健康狀況：救援初期患有心絲蟲，已治療完成，將於12/15覆驗，心絲蟲覆驗過關才結紮

目前住所：新北市三重區

本期資料來源：中途吳小姐

第326期推薦寵物情人

『吳天天』的故事：

小小年紀已升格成母親的天天，生了九隻顏值很高的寶寶，一起被捉捕進新屋收容所。救援初期不親人、不親狗，極度怕生且有低吼咬人的問題，對聲音敏銳度極高，害怕任何會發出聲音的物件。

經過八個多月的訓練，成果豐碩，目前狀態親人也親狗，個性溫和，其實內心住了一個小三八，渴望被愛，滿心滿眼都是牠的愛；生活習慣良好，吃飯、喝水、吃零食都很守規矩，是個很有禮貌又愛排隊的小妞；個性可靜可動，在室內會不吵不鬧地靜靜休息，在戶外可以跟同伴們打打鬧鬧地玩耍追逐。

不過對聲音很靈敏的天天，聽到突然的聲響還是會害怕，尤其車聲最讓牠感到壓迫。但很可愛的一點是，牠遇見陌生人會主動靠近打招呼，遇到貓咪也很和善，卻因此反倒常被貓咪凶呢！

天天最愛在鄉下的空曠地上打滾、盡情奔跑，喚回時完全不用費心，只要牠認定您，不管您身在何處，牠的目光總是在您身上，在您還沒出聲喚回時，牠已經奔向您了！來吧，請拿起電話跟吳鳳珠小姐0922982581聯繫，通關密語請說「我想認養吳天天」！

認養資格：

1. 認養人須年滿25歲，有工作且收入穩定，勇於對自己負責，全家人也須同意。
2. 請當成家人一樣愛護，謝絕放養、關籠、睡陽臺或當成顧果園/工廠之類的工作犬。
3. 不接受差別待遇，嚴禁當童養媳。
4. 須同意簽認養寵物切結書。
5. 須同意送養人日後之追蹤探訪，對待吳天天不離不棄。

來信請說明：

a. 個人基本資料：姓名、性別、年齡、家庭狀況、職業與經濟來源等。
b. 想認養吳天天的理由。
c. 過去養寵物的經驗，及簡介一下您的飼養環境。
d. 若未來有結婚、懷孕、出國或搬家等計劃，將如何安置吳天天？

過 年 2022 狗屋 書 展

富貴虎妻揚福威

旺夫納寶我最行

1/17 (8:30) ~ 2/7 (23:59)

新書春到價75折

文創風 1028-1031 秋水痕《綿裡繡花針》全四冊

文創風 1032-1033 春遲《月老套路深》全二冊

文創風 1034 莫顏《將軍求娶》【洞房不寧之三】全一冊

部部精采，不容錯過

【7折】文創風977～1027

【66折】文創風870～976

此區加蓋 ㊣

【5折】文創風657～869

【70元】文創風001～656

【50元】花蝶/采花/橘子說全系列（典心、樓雨晴除外）

【15元】Puppy435～546

【每本10元，買1送1】小情書全系列、Puppy001～434

新年限定，僅此一檔！

莫顏

【洞房不寧系列】

文創風899《莽夫求歡》

文創風985《劍邪求愛》

文創風1034《將軍求娶》

（單冊定價270元）

2022
過年書展
狗屋

秋水痕

愛 情 的 最 佳 風 味 ，
便 是 那 一 股 傻 氣

他查案居然還要到墳頭看屍體？
她可太好奇了，這死了許久的人，
跟剛死不久的人，到底有何差別？

文創風 1028-1031

《綿裡繡花針》 全四冊

青城縣顧班頭的女兒顧綿綿，自生下來就是個美人，
無奈這等美貌為她帶來的不是運氣，而是災禍。
她又生來膽大心細，一手針線活更是出名，
有顏、有才，自然引得一群富人家的浮浪子弟心癢。
為了護她，她爹一不做二不休，讓她拜師學習「裁縫」手藝，
那靈巧的針線自此不在布疋上穿梭，而是遊走於亡者的軀體上。
這事雖是行善積德的活兒，卻受人畏懼，狂蜂浪蝶自然遠去。
可流言又傳她有一品誥命的命，竟讓老縣令異想天開想納她為妾？!
這下子做裁縫的招數不靈通了，她爹又無法得罪縣老爺，
全家面對這絕路只能拖著，皆是成日愁雲慘霧，苦惱萬分，
這烏雲未散，縣太爺還不要臉地給他們家添麻煩，
塞了個不知哪來的遠房親戚——衛景明，要她爹照看。
本以為這漂亮少年就是個臥底，是特地來抓她家小辮子的，
可他卻再三保證會幫忙解決這災厄，這人……真的能相信嗎？

2/1出版 一場亂局，成就好姻緣？

春遲

將門逆女，實力撩夫

所嫁非人禍及全家，她最終只能親手了結性命以贖罪，
如有來世，只願能忘卻前塵重新開始……
豈料她連黃泉路都走得不順遂，被孟婆一出手就送回大婚當日！
她投胎不成，還得重新面對這棘手的一局，這盤棋該如何下？

文創風 1032-1033

《月老套路深》 全二冊

大將軍之女陸蒺藜是京城的話題人物，容貌絕色卻古靈精怪、時有驚人之舉，
繼看上新科狀元展開窮追不捨的求親後，大婚之日姑娘她又「發作」了——
「退婚！我要退婚！」
身著嫁衣的陸蒺藜嚷嚷著要退婚，任將軍老爹氣得跳腳也動搖不了她的決心，
只因重生歸來，她心裡有數，這男人嫁不得！
他的人模人樣只是表面功夫，實則腹黑心機別有所圖，終將害得她家破人亡……
這一回她不再傻傻被套路，順手拉了個喝喜酒的路人充當新歡，誓要退婚成功，
誰知她想得太天真，逆天改命可不簡單，
婚事沒退成，抗旨拒婚就先觸怒龍顏，惹來殺身之禍，
還得仰賴隨手拉來演出的「路人」出手相救、從中化解！
原來人家身分不一般，年紀輕輕後臺比她還猛，竟是地位尊貴的國公爺?!
據聞羅止行出自天家行事低調，向來不涉及政事，全然是個富貴閒人；
可不知為何被扯進混亂中，形成和狀元郎針鋒相對的局面，他似乎開心樂意得很？
這棋局深得她看不懂，以為如願退了婚一切便在掌控中，不料事情變得更複雜，
無緣渣夫不放手，國公爺這尊大佛也請不走，這場面她實在始料未及啊……

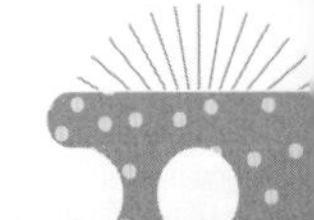

活動1 +狗屋2022年過年書展問卷調查活動+

抽獎辦法 活動期間內，請至 狗屋天地 或是掃描下方QR Code，皆可參加問卷活動。

得獎公佈 3/2(三)於 狗屋天地 公佈得獎名單

獎項
- 3名《月老套路深》全二冊
- 3名《將軍求娶》全一冊

活動2 + + + + + + 購書福運多 + + + + + +

抽獎辦法 活動期間內，只要在官網購書並成功付款，系統會發e-mail給您，並附上抽獎專用之流水編號，買一本就送一組，買十本就能抽十次，不須拆單，買越多中獎機率越大。

得獎公佈 3/2(三)於狗屋官網公佈得獎名單

獎項

- 3名 紅利金600元
- 3名 紅利金300元
- 4名 文創風1039-1040《大器婉成》全二冊

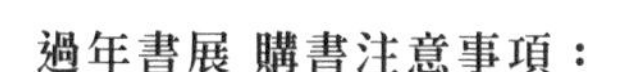

過年書展 購書注意事項：

(1)請於訂購後**三日內**完成付款，最後訂購於2022/2/9前完成付款才算有效訂單喔！

(2)寄送時間：若欲在過年前收到書，請於**1/25前下訂並完成付款**。
1/26後的訂單將會在2/7上班日依序寄出。

(3)購書滿千元(含)以上免郵資。未滿千元部分：
郵資65元(2本以下郵資50元)／超商取貨70元(限7本以內)／宅配100元。

(4)特賣書籍因出書時間較久，雖經擦拭、整理，仍有褪色或整飾痕跡，故難免不如新書亮麗。除缺頁、倒裝外無法換書，因實在無書可換，但一定會優先提供書況較良好的書給大家。若有個人原因需要換書，需自付來回郵資。

(5)各書籍庫存不一，若遇缺書情形可選擇換書或退款。

(6)歡迎海外讀者參與(郵資另計)，請上網訂購或是mail至love小姐信箱(love@doghouse.com.tw)詢問相關訊息。

狗屋有權修改優惠活動的實施權益及辦法。

媳婦好粥到 3

國家圖書館出版品預行編目資料

媳婦好粥到 / 踏枝著. --
初版. -- 臺北市 : 狗屋出版社有限公司, 2021.12
冊 ; 公分. --（文創風 ; 1020-1024）
ISBN 978-986-509-280-1（第3冊 : 平裝）. --

857.7　　110018443

著作者	踏枝
編輯	黃淑珍
校對	吳帛奕
發行所	狗屋出版社有限公司
地址	台北市104中山區龍江路71巷15號1樓
電話	02-2776-5889～0
發行字號	局版台業字845號
法律顧問	蕭雄淋律師
總經銷	知遠文化事業有限公司
電話	02-2664-8800
初版	2022年1月
國際書碼	ISBN-13　978-986-509-280-1

本著作物由北京晉江原創網絡科技有限公司授權出版

定價280元

狗屋劃撥帳號：19001626

網址：love.doghouse.com.tw　E-mail：love@doghouse.com.tw